고계수의

# 걷는 세상

# 고계수의 걷는 세상

초판 1쇄 발행 2014년 10월 10일
초판 2쇄 발행 2014년 11월 11일

지은이 **고계수** • 발행인 **권선복** • 편집주간 **김정웅** • 기록·정리 **조정아** • 디자인 **곽민경** • 마케팅 **서선교** • 전자책 **신미경** •
발행처 **도서출판 행복에너지** • 출판등록 **제315-2011-000035호** • 주소 (157-010) **서울특별시 강서구 화곡로** 232 •
전화 0505-613-6133 • 팩스 0303-0799-1560 • 홈페이지 www.happybook.or.kr • 이메일 ksbdata@daum.net

값 18,000원
ISBN 979-11-5602-073-8 03810



도서출판 행복에너지는 독자 여러분의 아이디어와 원고 투고를 기다립니다. 책으로 만들기를 원하는 콘텐츠가 있으신 분은 이메일이나 홈페이지를 통해 간단한 기획서와 기획의도, 연락처 등을 보내주십시오. 행복에너지의 문은 언제나 활짝 열려 있습니다.

고계수의

# 걷는 세상

도서출판 행복에너지

# 프롤로그

지난날을 잠시 회상해 봅니다. 60세인 2006년 말에 직장에서 은퇴했습니다. 은퇴하기 1년 전부터 은퇴하면 무엇을 할 것인가를 두고 무척 고민했습니다. 고민 끝에 얻은 결론은 젊었을 때부터의 오랜 꿈이던 해외 도보여행을 하면서, 더불어 노후를 봉사하면서 살 구체적인 계획을 생각해 보자는 것이었습니다. 그렇다면 먼저, 배낭여행의 목적지를 어느 나라로 할 것인가를 결정해야 했습니다. 그래서 책꽂이에 있던 배낭여행 관련 책 중 일단 한비야 씨의 책 네 권과 김남희 씨의 책 두 권을 통독했습니다. 모두 감명 깊게 읽었으나 특히 김남희 씨의 『여자 혼자 떠나는 걷기여행(스페인 산티아고 편)』을 읽고서는, 아무런 주저 없이 첫 도보여행 코스를 '스페인 산티아고 길'로 정했습니다.

환갑이 되는 2007년 7월에 제주일주를 하면서 '스페인 산티아고 길'을 가기 위한 첫 도보여행이 시작되었습니다. 5박 6일간 190km의 제주일주를 하고 나니 도보여행의 묘미를 알 것 같았습니다. 육체적으로는 무척 힘들었으나 마음만은 날아갈 듯 행복했습니다. 그때부터 매일, 제주의 오름 등반과 제주의 모든 유인도와 각종 도로를 걷기 시작했습니다. 걷고 나서는 인터넷 서핑을 하며 산티아고 길에 대한 정보를 얻었습니다. 다행히도 산티아고에 대한 모든 자료가 업데이트 되는 좋은 사이트를 발견하고, 매일 그 사이트에 들어가서 공부하기 시작했습니다. 출발일자를 2009년 5월로 정하고 나서, 2008년 한 해 동안 제주 올레길을 82회 약 2,000여 km를 걸으면서 착실히 준비했습니다. 2008년 11월부터는 한 달에 평균 10~15일씩 매일 6~7시간 25km를 걸었으며, '카미노' 카페에서 많은 정보를 얻었습니다.

이때부터 카메라를 구입하고, 찍은 사진을 블로그에 올리기 시작했습니다. 준비하는 동안 애로점들이 한둘이 아니었는데 첫째가 건강상의 문제였습니다. 심장병으로 3년 전부터 매일 약을 복용했습니다. 자주 부정맥이 발생하여 제주와 서울의 병원 등에서 수차례 검사와 진찰을 받았는데, 심방세동 외에 특별한 증상이 없으므로 계속해서 하루 두 번 약을 복용하면 된다고만 했습니다. 그러나 점점 심해지는 부정맥 때문에 늘 마음 한구석에 불안한 마음을 떨쳐버릴 수 없었습니다. 게다가 걷기 시작하여 2~3시간이 지나면, 오른쪽 발목의 아킬레스건에 바늘로 찌르는 듯한 통증이 발생했습니다. 점점 심해져서 도내 병원을 전전했으나 별다른 진전이 없었습니다. 지인이 모 대학병원의 발목 전문 의사에게 가보라고 소개해 주었습니다. 병원에 가니 의사가 엑스레이 사진을 찍어 보고는 "이 발로 어떻게 그동안 견뎠느냐? 선천성 질환인데, 걷거나 뛰는 데 심한 지장을 가져온다. 치료방법으로는 수술밖에 없는데 나이가 많으므로 그냥 진통제를 복용하며 견뎌 보다가 정 못 견디겠으면 3년 후에 수술하자."고 하였습니다.

심장 전문 의사와 발목 전문 의사는 장거리 도보여행을 극구 말렸으나, 나는 청년 시절부터 꿈꾸어 왔던 도보여행을 이 정도의 난관을 가지고 포기하기엔 너무 억울했습니다. 비록 걷다가 쓰러져서 되돌아오는 일이 있더라도 꼭 가고 말겠다는 각오를 다졌습니다. 항공권을 예약하지 않으면 마음이 약해져서 여행계획을 연기하거나 중단하게 될지도 모른다는 불안감에, 2월에 예약을 마치고 주위의 친지들에게도 미리 공개함으로써, 계획을 변경할 수 없도록 배수진을 쳤습니다.

처음 준비할 때는 하루 25km에 6~7시간씩 근 40일간 걷는 게 가장 큰 문제였으나, 꾸준한 연습으로 차츰 걷는 데도 자신감이 붙기 시작했습니다. 다만 약간 불안한 점은 걷는 도중 혹시 심장병이 도지지나 않을까 하는 두려움과 언어소통 문제였습니다. 언어소통 문제는『이보영의 여행 영어회화』책을 mp3에 녹음하여 올레길을 걸으면서 늘 공부하였고, 스페인어는 약간의 기초를 공부함으로써 어느 정도 해결할 수 있었습니다. 한국에서 프랑스 파리 왕복 저가항공권 예약, 파리에서 도보여행 출발지인 생장피드포르(Saint-Jean-Pied-de-Port)까지 가는 테제베와 일반열차 예약, 산티아고에서 파리로 가는 저가항공 예약, 파리 민박집 예약 등을 어느 누구의 힘도 빌리지 않고 직접 했는데 정말 힘들었습니다. 특히 파리에서 생장피드포르까지 가는 여정은 불어로 되어 있어 더 어려웠습니다. 이렇게 어려운 준비과정을 다 마쳤더니 또 다른 암초가 생겼습니다. 인플루엔자 전염병이 전 세계적으로 하루하루 확산 일로에 있었는데, 스페인에서도 환자가 발생했다는 것입니다. 나는 아무렇지도 않은데, 주위에서는 이상한 시선으로 바라보았습니다. 환갑을 지난 나이에 혼자서 그런 장거리 도보여행을 가는 것도 이상하고, 세계경제가 어렵고 건강도 좋지 않은 상태에다 전염병이 창궐하는 시기에 여행을 한다니, 도저히 이해할 수 없다는 것이었습니다.

드디어 2009년 5월 8일 서울을 출발하여 프랑스 파리를 거쳐 5월 9일 프랑스 생장피드포르에서 도보여행이 시작되었습니다. 1년 이상 준비를 잘한 탓인지 언어구사나 걷는 데는 아무런 지장도 없었습니다. 발목 통증에 먹는 진통제는 2개월분을 가지고 갔지만, 아플 때만 먹으려고 일부러 먹지 않았습니다. 국내에서는 걸을 때마다 통증을 느꼈는데, 이곳에서는 약을 먹지 않았는데도 한 번도 아프지 않았고 그 이후로 완치되었습니다. 완치된 이유를 확실히는 모르겠으나 아마도 스페인의 건조한 날씨 때문이 아닐까 추측할 따름입니다. 스페인의 아름다운 자연경관도 경관이지만 천 년도 더 된 웅장하고 화려한 성당과 오랜 역사가 묻어나는 소박한 마을들을 바라보고 걷노라면, 마음이 무척이나 평안하고 행복했습니다. 또한 도보길이나 숙소에서 알게 된 세계 각국 사람들과의 따뜻한 만남! 그들이 준 행복을 결코 잊을 수 없습니다. 6월 7일 산티아고, 6월 12일 피니스테레(Finisterrae), 6월 13일 묵시아(Muxia)까지 총 920km의 '산티아고 카미노 길'을 마치고, 스페인 마드리드와 프랑스 파리를 9일간 도보여행을 한 후 6월 24일 무사히 귀국했습니다. 막상 49일간의 첫 해외 장기 도보여행을 하고 나니 장기 도보여행에 대한 자신감을 가질 수 있었을 뿐만 아니라, 다시 가고 싶다는 간절한 소망이 솟아나기도 했습니다. 1년에 한 번 이상은 꼭 한 달 이상의 장기 도보여행을 떠나자는 결심도 굳혔습니다.

2010년엔 서울에서 1년 동안 침과 뜸 수업을 받느라고 한 달 이상의 장기 도보는 못 떠나고, 그 대신 서울을 비롯하여 각 지역의 둘레길을 짧게는 5일 길게는 11일씩 걸었고, 100km 울트라 걷기대회에 참가하여 21시간 만에 완주를 했습니다. 2011년에는 59일간의 2차 산티아고 길과 영국과 포르투갈 도보여행을, 2012년에는 40일간의 3차 산티아고 길과 바르셀로나 도보여행을 했습니다. 2013년 3월엔 해남 땅끝마을에서 강원도 통일전망대까지 29일 동안 821km를 걸었고, 2013년 10월엔 부산 오륙도 공원에서 강원도 통일전망대까지 30일간 780km를 걷기도 했습니다. 도보여행을 시작한 2007년 7월부터 만 7년 동안 제주 올레길 271회를 포함해 약 14,000여 km를 걸었습니다. 그리고 2014년 3월엔 유럽 10개국 17개 도시를 36일간 혼자서 배낭여행 했습니다. 14,000여 km라면 서울과 부산을 약 34번 걸은 셈입니다. 정말 많은 거리를 걸은 듯합니다.

문득 '걷는다고 돈이 생기지도 않고 누가 알아주지도 않는데, 왜 난 매일 죽자 살자 하고 걷는 것일까?' 자문해 봅니다. 그 이유는 단 한 가지입니다. 길에 서면 행복해지기 때문입니다. 길은 인생과 무척이나 닮은 것 같습니다. 가끔 길을 잃고 헤매기도 하지만 길은 어디에도 있습니다. 걷노라면 발끝에서 전해져 오는 말할 수 없는 전율의 기쁨이 느껴집니다. 발끝에 의지한 채 무작정 길을 걷고 있노라면 세상 어느 누구도 부럽지 않습니다. 누구에게도 얽매이지 않고 모든 것을 내 스스로 해결하는 자유스러움이 이토록 소중함을 새삼 깨닫게 해줍니다.

길은 내게 있어서 꿈이고 도전이며, 걷다 보면 건강과 행복은 자연스레 덤으로 오는 것 같습니다. 새는 날개가 있어 높이 날아야 하고, 동물은 네 다리가 있어 뛰어다녀야 하며, 인간은 두 다리가 있기에 걸어야 한다는 말이 있듯이, 난 죽는 날까지 계속 걸을 것입니다.

Chapter 1.

# 산티아고 '프랑스 길' 도보여행기

Chapter 2.

# 산티아고 '은의 길' 및 '포르투갈 길' 도보여행기

## 산티아고 '은의 길' 걷기



## 산티아고 '포르투갈 길' 걷기

Chapter 3.

# 산티아고 '북의 길' 도보여행기

Chapter 4.

# 국토종단 도보여행기

Chapter 5.

# 동해안 종단 도보여행기

Chapter 6.

## 나 홀로 유럽 10개국 배낭 여행기

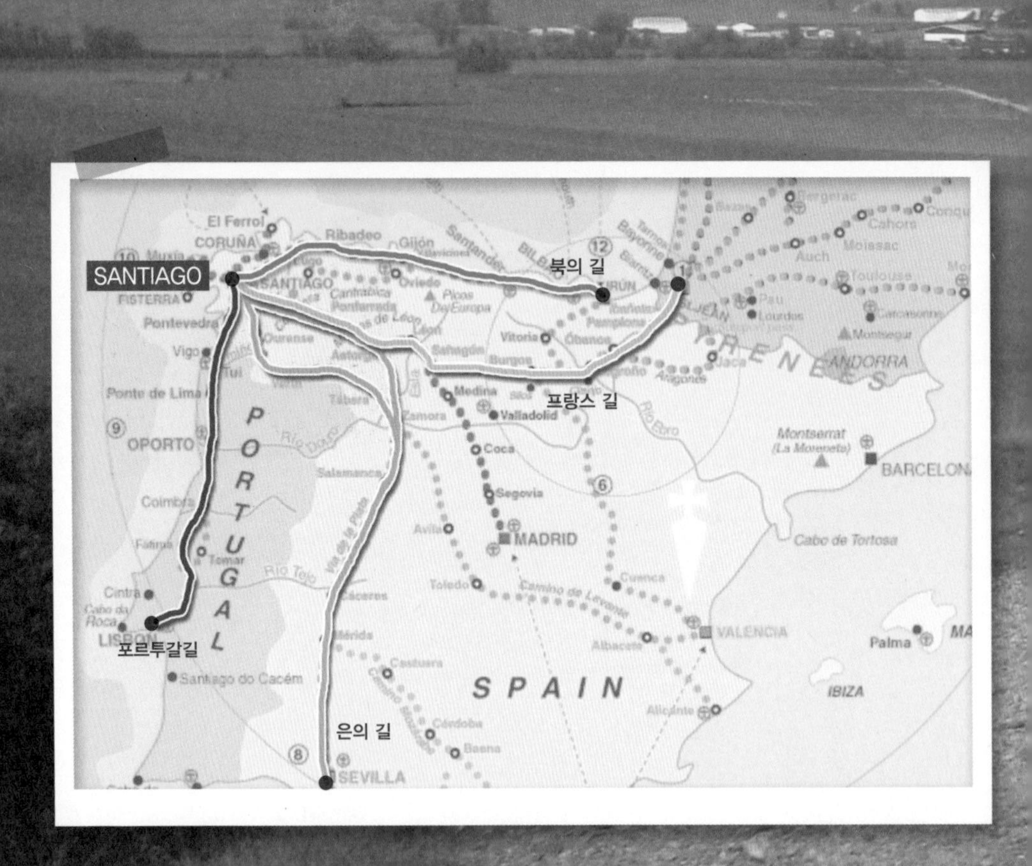
SANTIAGO
북의 길
프랑스 길
포르투갈길
은의 길
El Ferrol
CORUÑA
Ribadeo
Gijón
Oviedo
FISTERRA
Pontevedra
Vigo
Ourense
Astorga
Sahagún
Burgos
Vitoria
Pamplona
IRÚN
Medina
Valladolid
Zamora
Salamanca
Coca
Segovia
Avila
MADRID
Toledo
Cuenca
Cáceres
Mérida
Castuera
Córdoba
Baena
SEVILLA
Camino de Levante
Albacete
VALENCIA
Alicante
SPAIN
PORTUGAL
Ponte de Lima
OPORTO
Coimbra
Tomar
Cintra
LISBOA
Santiago do Cacém
Rio Tejo
Rio Ebro
Montserrat
(La Moreneta)
BARCELONA
Cabo de Tortosa
Palma
IBIZA
ANDORRA
Lourdes
Pau
Auch
Moissac
Cahors
Toulouse
Carcassonne
Montségur
Bayonne
Vía de la Plata

Chapter 1.

# 산티아고 '프랑스 길' 도보여행기

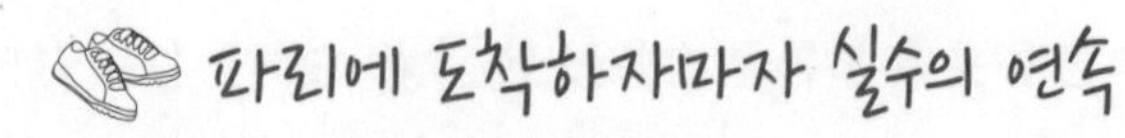

## 파리에 도착하자마자 실수의 연속

• 2009. 5. 7(목)~5. 8(금) 맑음

• St. Jean Pied De Port(알베르게 8유로)

• 인천~홍콩(cx419)~파리(cx261) 드골공항~몽파르나스~바욘~생장피드포르

• 서울~파리 왕복항공료(캐세이퍼시픽) 1,100,000원/파리~생장피드포르 열차요금(테제베 및 일반열차) 200,000원

파리 드골공항에는 오전 6시 30분에 도착했다. 배낭 안에 몽파르나스(Montparnasse)로 가는 열차 안내메모가 있다는 사실을 잊고서, 배낭 외부포켓에 있는 열차의 전자티켓을 꺼내 '몽파르나스'라고 인쇄된 것을 지나가는 행인들에게 보여주며 물었다. 친절하게도 버스정류소로 안내해 줘, 16.5유로를 내고 버스에 승차했다. 그제야 유럽에 성공적으로 첫발을 내딛었다고 안도하며 긴장을 풀었다. 10여 분쯤 지나자 갑자기 잊고 있던 기억이 되살아났다. 공항에서 몽파르나스까지는 열차를 타고 가야 하며, 열차 값은 이미 한국에서 지불된 상태라는 것을. 몽파르나스에서 바욘(Bayonne)까지 가는 테제베 고속열차는 오전 10시 20분에 출발하므로 시간은 충분했지만, 프랑스에 도착하자마자 16.5유로를 쓸데없이 낭비한 게 너무 억울했다.

몽파르나스에 도착하여 역사(驛舍)를 한 바퀴 둘러본 다음, 매표소로 가 출력해 간 영수증을 보여주며 표로 바꾸려고 카드를 제시했다. 그런데 전에 결제한 카드와 다르니 다시 결제해야 한다는 것이 아닌가. 당황한 내가 카드가 왜 재발급되었는지를, 짧은 영어로 아무리 설명을 해도 막무가내다. 한국에서 결제한 카드의 영문 이름이 여권의 이름과

스펠링이 다르기에 재발급을 받고 왔는데, 결국 그것이 문제가 된 것이다. 역무원은 "한국에서 결제한 것은 취소시킬 터이니 걱정하지 말라."고 했지만, 불안한 마음을 지울 수가 없었다. 핸드폰을 안 가지고 갔기 때문에, 카드사에 전화도 할 수 없는 형편이었다.

시간을 보니 아직도 세 시간이나 남아 있었다. 역내를 이리저리 돌아다니며 구경도 하고 의자에 앉아 쉬다 보니, 10시 10분쯤 전광판에 이룬(Irun) 가는 열차의 플랫폼 번호가 나왔다. 9번이라 표시되어 있기에, 9번 팻말 앞에서 승차하려는 승객에게 표를 보여주며 물었다. 프랑스어라 잘 알아듣지는 못했으나 눈치껏 승객의 손가락이 가리키는 방향으로 걸어갔다. 한참 더 가다가 단정한 복장의 젊은이에게 다시 물어보았다. 그는 나의 열차표를 가리키며, 내가 탑승할 열차는 16번 열차라고 알려주었다. 그때서야 표를 보니 16번 열차라고 쓰여 있었다. 16번 열차를 타기 직전 또다시 탑승하는 신사에게 표를 보여주며 물어보자, 다행히도 영어로 "이 객차가 맞다."고 했다. 짐을 선반 위에 올려놓고 그의 옆 좌석에 앉으려 할 때였다. 그가 다시 표를 보여 달라고 해 보여줬더니 "이 표는 입석이다. 조금 기다려 보고 자리가 비면 앉아도 되지만, 그렇지 않으면 복도에 나가야 한다."고 했다. 그의 말을 듣고 나서 다시 한 번 표를 찬찬히 살펴보았다. 국내에서 출력한 전자티켓에는 좌석이 분명히 있었는데, 아까 역무원이 재발급해 준 티켓은 입석표였던 것이다.

조금 있으니 객석이 다 차서, 하는 수 없이 밖으로 나왔다. 통로에는 한 젊은이가 기둥을 손으로 붙잡고 잠을 자고 있었다. 기댈 데라곤 창 쪽으로 나온 가느다란 문기둥이 유일했다. 조그만 의자에 앉아 창 기둥을 붙잡고 밖을 보니, 출입구의 창문이 협소하여 시야가 매우 좁았다. 이곳에 앉아 4시간 이상을 가야 한다고 생각하니, 한심하기도 하고 불안하기도 했다. 이처럼 도보여행의 첫날은 실수의 연속으로 시작되었다.

##  St. Jean Pied De Port~Orrison

- [1일차] 2009. 5. 9(토) 맑음
- 7.5km/2시간 13분/알베르게 30유로

6사 30분 기상, 알베르게 식당에서 바게트(딱딱한 빵)에 카페콘레체(밀크커피)를 먹고 7시 7분에 프랑스 생장을 출발했다. 날씨는 청명하고 새벽이라 곳곳에 안개가 자욱했다. 평화롭게 풀을 뜯고 있는 양 떼들과 야생화, 그리고 마치 한 폭의 그림처럼 예쁜 산 밑의 집들을 보며 즐거

▲입구 위쪽에 신발들을 달아놓은 이색적인 알베르게(Albergue, 숙박소). 알베르게 문이 열리기 전에 도착한 순례자들은 입구에 배낭을 내려놓고 문이 열릴 때까지 시내 구경을 한다.

운 마음으로 2시간 가량을 걸어 피레네 산맥을 넘고, 오전 9시 20분경 오리손(Orrison)에 도착했다. 기분이 좋아서인지 아니면 제주 올레길에서 충분한 연습을 한 탓인지, 날아갈 듯 몸이 가뿐 했다. 거기다가 동행하는 독일인 노베르트도 나와 보속이 비슷하여 무척 좋았다. 숙소는 12시가 돼야 문을 연다고 하여, 밖에서 맥주 한 잔씩을 마셨다. 12시에 방 배정을 받고 샤워와 빨래를 한 후, 야외 벤치에 앉아 바게트와 카페콘레체로 점심을 대신했다.

오후 1시경이 되자 오리손에 묵는 여자 순례자 2명이 숙소 뒷산으로 올라가는 게 보였다. "우리도 한번 둘러보자."고 노베르트에게 제안하니, 자기는 "지나가는 순례자와 주변경치를 보는 게 매우 즐겁다."면서 안 가겠다고 했다. 그의 말을 듣고 나니 '내가 이곳에 단순히 걷거나 구경하러 온 게 아니지 않은가? 60 평생을 바쁘게만 살아오다가 처음으로 맞는, 누구에게도 방해받지 않는 나만의 소중한 시간인데, 제발 조급하게 생각하지 말고 느긋하게 하루를 음미하며 보내자.' 하고 생각을 바꿨다. 난생 처음으로 10시간을 한 의자에 앉아 지내봤는데 역시 색다른 묘미가 있었다. 처음에는 좀 지겹지 않을까 우려했는

▼한가로이 풀을 뜯고 있는 양과 염소들이 퍽 평화로워 보인다.

▼안개가 서서히 걷혀가는 생장 마을 전경.
생장 마을을 거쳐 오리손으로 가는 길은 계속 오르막길인데도 걸으면서 보이는 풍경이 무척 아름다워 피곤한 줄 모른다.

데 막상 마음을 달리 먹고 앉으니 정말 좋았다. 만일 대한민국에서 이렇게 하루 종일 앉아 있으라고 하면 너무도 힘들었을 것이다. 세상사 모든 게 마음먹기에 달려 있다는 말이 실감나는 하루였다. 오후 2시쯤 한국인 여자 2명이 도착했으나 숙소를 미리 예약 안 한 탓에, 25유로를 주고서도 침대가 없어서 숙소 뒤쪽에 있는 텐트에서 자기도 했다. 난 미리 예약을 했기에 천만다행으로 침대에서 잘 수 있었다.

##  Orrison~Roncesvalles

- [2일차] 2009. 5. 10(일) 피레네 정상 돌풍과 비
- 17.3km/4시간/알베르게 6유로

아침을 먹고 동행하기로 했던 노베르트는 비가 갠 다음 걷겠다고 해서, 8시 10분에 비를 맞으며 혼자 출발했다. 앞서 가는 사람들 15명 정도를 계속 앞지르기 하는 바람에, 출발 후 1시간 30분부터는 오늘 종점인 론세스바예스를 갈 때까지 계속 혼자 걸었다. 두 시간 반가량 계속 오르막이었는데도, 컨디션이 무척 좋아서 평지 걷는 속도로 계속 걸었다. 이처럼 높은 오르막길을 평지처럼 걸을 수 있었던 이유는, 평소에 25km의 거리를 10kg의 배낭을 메고 평균 3일에 한 번씩 근 1년 동안 제주 올레길을 걷다가, 평소 때보다 2.5kg이나 가벼운 7.5kg 배낭을 메고 걷기 때문이었다. 적정한 배낭 무게는 자기 체중의 10분의 1이라고 한 이야기를 카미노 카페에서 보았기에 그 규칙을 철저히 지킨 결과였다. 전 카미노 기간 동안 나처럼 가벼운 배낭을 멘 사람도 드

▲멀리 보이는 것이 피레네 고개 정상(1,430m)이다.

물었다. 피레네 산맥을 올라갈 때도 대한민국의 산처럼 가파르지 않아서 그리 힘들지 않았다.

저녁 6시에 노베르트와 2년째 세계여행을 하고 있다는 독일청년 필립과 함께 미사에 참석했다. 미사 도중 필립이 갑자기 눈을 허옇게 뜨고 의자 위로 넘어지더니 발작을 했다. 4, 5명의 사람들이 물을 먹이고 마사지를 하는 등 한참 동안 치료했다. 2분 후쯤 필립이 언제 그랬냐는 듯 멀쩡하게 제정신으로 돌아왔다. 참으로 다행이었다. 만약 '주위에 아무도 없었다면 어땠을까?' 하고 생각하니 아찔한 기분이 들었다.

유럽은 대부분이 평지로 되어 있어서, 유럽인들은 조금만 오르막이 되어도 무척 힘들어하는 데 반해, 등산을 자주하는 한국인들은 대체적으로 오르막이 그렇게 어렵지 않은 것 같다. 물론 등산을 자주 한 사람의 경우에만 해당되는 말이겠지만. 피레네 고개를 넘으면 프랑스와 스페인 국경이 나온다.

론세스바예스는 순례 첫날부터 피레네 산맥을 오르는 것이 부담스러운 순례자들이 시작점으로 많이 선호하는 곳이다. 생장피드포르에서 시작한 순례자들과 버스를 타고 도착한 순례자들로 꽤 붐비기 때문에, 늦게 도착하면 순례자 숙소(2층 침대로 110개의 침대가 있다)가 만원이 되어 다른 숙소를 알아봐야 하는 경우도 있다.

##  Cízur Menor~Cirauqui

- [5일차] 2009. 5. 13(수) 맑음
- 27.4km/6시간 50분/알베르게 9유로

오르막을 힘들게 올라가는 사람이 있어 추월하면서 쳐다보니 70세 이상 되어 보이는 할머니였다. 국적과 나이를 물어보니 74세로 미혼인 독일 할머니 헤드윅이었다. 무척 상냥한 분이었다. 힘이 들 터인데도 선 채로 즐거운 대화를 하고 서로 사진도 찍었다. 다음 날 만찬에서도 같은 테이블에 앉을 기회가 있었는데, 6월 14일 산티아고에서도 다시 한 번 만날 수 있었다. 만날 때마다 얼

◀74세의 독일 할머니의 장난스런 포즈.
짧은 시간의 만남이었지만 뭔가 통하는 듯한 느낌이었다.

마나 반갑게 대해 주시던지, 귀국하여 사진을 보니 50여 년 전에 돌아가신 친할머니와 모습이 너무 흡사하여 깜짝 놀랐다.

## Villamayor~Viana

• [7일차] 2009. 5. 15(금) 맑음

• 31.2km/6시간 30분/알베르게 6유로/만찬 9.5유로

어젯밤엔 위층에서 자는 친구가 밤새 뒤척이는 바람에 제대로 잠을 잘 수 없었다. 코 고는 소리보다 침대 삐꺽거리는 소리가 더 견딜 수 없었다. 새벽 5시 30분경 옆 침대에서 출발준비를 하기에 나도 조용히 일어났다. 어제 저녁에 미리 배낭을 챙기지 않은 터라, 허겁지겁 대충 집어넣고 6시 15분에 출발하였다. 웬일인지 이스라엘인 라즈레비가 어제는 제일 늦더니만, 오늘은 혼자 계속 앞서갔다. 7시경부터는 라즈레비와 독일인 토마스와 함께 걸었다. 비아나에는 12시 30분쯤 도착했다. 처음 4시간은 시간당 6km의 속도로 걸었고 나중엔 시간당 5km의 속도로 걸었다.

같이 걷다 보면 서로가 자동적으로 평소의 자기 보속보다 빨리 걷게 되는 단점이 있다. 왜냐면 서로가 자기 때문에 늦어지는 게 아닌가 해서 빨리 걷게 되어, 대부분 오버 페이스를 하기 때문이다. 또 같이 걷게 되면 쉬고 싶을 때도 눈치 보느라 쉬지 못하게 되어, 좋은 점보단 나쁜 점이 더 많은 것 같다. 물론 사진 찍기가 용이하고 저녁을 준비하여 함께 먹을 수 있다는 점은 장점이지만, 동행이 있으면 걸을 때 혼자 생각할 시간이 없고 다른 외국인과의 대화 시간이 부족하다는 점은 단점이다.

##  Ventosa~Santo Domingo

• [9일차] 2009. 5. 17(일) 맑음

• 30.8km/7시간 20분/알베르게 7유로/만찬 10유로

프랑스인을 만나서 한 시간 동안 동행하였다. 52세로 미혼인 그녀는 프랑스에서 간호사로 재직 중이며, 이번에 2주간의 휴가를 얻어 카미노 중이라고 했다. 프랑스에 대해서 아는 게 있느냐고 묻기에 알랭 들롱과 이브 몽땅을 안다고 했는데, 알아듣지를 못해 여러 번 얘기한 끝에야 겨우 이해하고 서로 웃었다. 서로가 영어에 미숙한 탓에 자신

▲선탠을 즐기고 있는 70대 부부 순례자. 처음엔 여자 혼자 누워 있더니 나중에는 남편도 같이 있다. 자유분방한 이런 모습이 부럽기도 하고 황당하기도 하다.

의 의사를 표시하는 데 어려움을 겪었으나, 짧은 영어와 손짓으로 뜻이 통하는 게 무척 신기했다. 한 시간쯤 같이 걷다가 헤어지게 되자 "프랑스에 돌아가면 당신을 만나서 즐거운 시간을 가진 것에 대해 친구에게 자랑하겠다."고 하면서 자신의 수첩에 내 이름을 한글과 영어로 써달라고 부탁했다. 또한 "50 평생 동안 오늘이 영어를 가장 많이 한 날이다."라면서 무척 즐거워했다. 그러고 보니 나 역시 오늘이 영어를 가장 많이 한 날인 듯싶다.

▲상큼한 외모의 주인공 프랑스인 Josiane와.

##  Santo Domingo~Belorado

• [10일차] 2009. 5. 18(월) 맑음

• 23.5km/7시간 20분/알베르게 5유로

▲카히뉴(짐수레)로 카미노를 하고 있는 포르투갈인 Redecilla.

허리 병으로 고생하던 그가 카미노를 시작하기 전에 의사에게 가니, "허리 상태로 보아 장거리를 걷는 것은 무리다."라고 하였다고 한다. 그래도 그가 "어떤 일이 있더라도 꼭 가겠다."고 하자 "정 그렇다면 허리에 무리를 적게 주는 장비를 가지고 가라."고 하며 이 카히뉴를 소개해 주

▲야외풀장에서

었다고 한다. 내가 직접 운전해 보니 허리 상하 조절도 가능할 뿐 아니라, 배낭을 메는 것보다는 훨씬 쉬워 보였다. 그러나 평지는 그렇다 치고 오르막길, 흙길, 자갈길 등은 과연 끝까지 걸을 수 있을지 의심스럽다. 그의 허리 병이 빨리 완치되길 기대해 본다.

알베르게에 도착하면 먼저 침대에 침낭을 펴고 샤워와 빨래를 마친 후, 일기를 쓰고 나서 마을을 한 바퀴 돈 다음 저녁때까지 휴식을 취하거나 환담을 하는 게 순례자의 공통된 일과다.

##  Ages~Burgos

- [12일차] 2009. 5. 20(수) 새벽안개 후 맑음
- 25.9km/8시간10분/알베르게 6유로

유네스코 세계유산 중 하나인 부르고스 대성당이 있는 부르고스에 도착 즈음, 20여 년 전에 왼쪽 어금니 3개에 덧씌운 인공치아가 흔들거리기 시작했고, 오른쪽 발목이 어제처럼 다시 아프기 시작했다. 오른쪽 발목의 통증은 산티아고 길을 출발하기 1년 전에서부터, 걷기 시작하여 2~3시간이면 어김없이 발생하는 고질병이었다. 그런데 이번

여행에서는 신기하게도 그 증상이 한 번도 안 나타나서 안도하고 있었다. 알베르게에 도착 후 잠을 자기 위해 침대에 누워 있는데 갑자기 어금니가 빠졌다. 이가 빠지자마자 갑자기 머리에 열이 오르며 가슴이 답답한 증상이 나타났다. 가슴이 답답한 증상은 심방세동 시 발생하는 증상으로, 통증이 심할 때는 마치 가슴이 터질 것처럼 아프다. 심방세동은 7년 전에 걸린 이후 의사의 처방에 따라 매일 약을 먹고 있다. 사실 이번 여행에서는 약을 가져오긴 했지만, 그동안 한 번도 먹지 않았어도 아무런 이상이 없었다.

갑자기 세 가지 병이 한꺼번에 들이닥치니 너무도 당황스러웠다. 별의별 생각들이 파노라마처럼 내 머리를 스쳐갔다. '이대로 죽는 건 아닐까? 병원에서는 영어가 안 통한다는데 아픈 것을 어떻게 설명하지? 평소 고질병인 오른쪽 발목 진통이 심해지면 진통제를 먹으면서라도 반드시 순례길을 완주하겠다고 결심하고 온 여행이 아닌가. 그러나 심장병 치료를 위해 병원에서 장기간 입원시킨다면? 스페인은 의료보험도 적용 안 될 것이고 게다가 병원비도 엄청날 터인데……. 만약 내 의지와 상관없이 완주하지 못하고 강제로 귀국하게 되면, 내가 가는 것을 탐탁지 않게 생각하던 많은 사람들을 어떻게 대할까?' 등등. 결국 나는 '미리 고민해서 될 일이 아니니 일단 내일 아침까지는 지켜보다가 그때 상황 보면서 결정하자.'고 마음먹고, 부모님께 간절한 기도를 드리면서 억지로 눈을 감았다.

• 산티아고 프랑스 길에서 만난 스페인의 세계유산

1) 카미노 데 산티아고(순례자의 길).

2) 부르고스 대성당–완성까지 3세기가 걸린 톨레도, 세비야와 함께

스페인의 3대 고딕성당 중 하나.

3) 산티아고 데 콤포스텔라(구 시가)-9세기 초에 성 야고보의 묘가 발견되어 기독교 3대 성지 중 하나가 되었음.

4) 아타푸에르카의 고대유적-이 고생대 지층은 서유럽에서 가장 오래된 인류 호모 안테세소르의 뼈와 80만 년 전의 화석이 발견된 곳.

5) 오비에도 역사지구와 8세기에 세워진 아스투리아스 왕국의 성당들.

## Burgos~Castrojeriz

- [13일차] 2009. 5. 21(목) 맑음
- 40.7km/10시간/알베르게 6유로

아침 5시경 눈을 뜨자마자 몸 상태를 체크해 봤다. 신기하게도 어젯밤 일들이 언제 그랬냐는 듯 아무 데도 아픈 데가 없었다. 아마도 부모

▼"가도 가도 끝이 없는 외로운 길, 나그네 길"

님의 영혼이 내 기도를 들어주신 듯하다.

산티아고를 다녀오고 나서 '나그네 설움'이 나의 애창곡이 되었다. 혼자 걷기 시작하여 두 시간쯤 되면, 워밍업이 되어 발걸음이 가벼워지면서 노래가 절로 나온다. 그때 즐겨 불렀던 노래가 '나그네 설움'과 '방랑시인 김삿갓'이었다.

## Calzadilla~Bercianos

- [16일차] 2009. 5. 24(일) 맑음
- 33km/6시간 30분/알베르게 6유로

저녁 식사시간에 내 옆에 앉은 핀란드 여성이 내 전직을 물어와 군인이었다고 대답하니, 대뜸 자기는 평화주의자여서 군인을 안 좋아한다고 면박을 주었다. 그러고는 "한국 사람들은 만나는 사람마다 모두 고급 메이커 의상만 입고 있더라."며 또다시 듣기 싫은 소리를 하였다.

"한국에는 유럽과 달리 산이 많아 휴일에는 누구나가 산행을 하기 때문에 등산복을 갖추고 있는 것이다."라고 했더니, "어른들은 그렇다고 치자. 그렇다면 젊은이는 돈이 어디서 나서 비싼 옷과 배낭을 사느냐?"며 다시 물었다. 내가 마치 형사에게 신문을 당하는 느낌이었다. "한국은 짧은 기간에 괄목할 만한 경제성장을 했기 때문에 부모들이 못해 본 것을 자식들에게 잘해 주고 싶은 욕망이 강해, 자식이 성인이 되어서도 경제적으로 도움을 주고 싶어 한다. 그렇지만 대다수 학생들은 스스로 아르바이트 등으로 돈을 벌어 자기가 사고 싶어 하는 것을 산다."라고 변명 아닌 변명을 식은땀을 흘려가며 했는데, 유감스럽게도 이해를 못 하는 것 같았다. 아마도 이 여성은 지금까지도 '한국이 아주 못사는 나라'라고 지레짐작한 것처럼 보였다. 어쨌든 마음 한구석이 개운치 않았다. 성인이 되어서도 자식을 도와주는 한국 풍토가 좀 창피하기도 했지만, 잘 알지도 못하면서 처음 만나는 사람에게 싫은 소리를 하는 이 여자가 은근히 괘씸했다.

공립 알베르게 중 몇 곳은 숙소요금을 기부제로 받는데도, 실제로는 거의 반강제적이라고 볼 수 있다. 왜냐하면 접수 시에 접수대 옆에 놓인 돈통을 가리키며 숙박요금을 기부하라고 하는데, 어느 누가 기부하지 않을 수가 있을까? 외국인들 중엔 그래도 안 하는 사람들도 있었지만……. 그러나 이곳 알베르게는 전혀 그렇지 않았다. 돈을 넣는 곳이 아예 접수처와 떨어져 있었다. 저녁과 아침까지 제공해 주는지라 저녁때 5유로를 기부하고, 아침에 나오다가 기부하려고 잔돈을 찾아보니 3.55유로가 있기에 다 집어넣으려고 하니, 내 앞의 한 순례자가 동전 2개만 넣는 게 보였다. 대충 돈통에 동전 떨어지는 소리로 액수를 알 수 있다. 순간 나도 모르게 그를 따라서 2유로만 넣었는데, 넣고 나니 너무 꺼림칙하였다. 2유로라

◀순례자 무덤.

야 3,400원밖에 안 되는데, 다 넣고 나올걸 하는 후회를 며칠 동안이나 했다.

순례길을 걷다 죽은 사람들은 행복한 사람들일까, 아니면 불행한 사람들일까? 자신이 좋아하는 일을 하다가 죽은 그들은 분명 행복한 사람들일 것이다. 내 꿈도 내가 좋아하는 길을 걷다가 어느 날 갑자기 길가에서 죽는 것이다. 조영남이 부른 〈모란동백〉이란 노래에 나오는 "나 어느 변방에 떠돌다 떠돌다 어느 나무 그늘에 고요히 고요히 잠든다 해도~"라는 구절처럼.

나는 우측 끝의 2층 침대에서 잤는데, 옆 침대의 스페인 아가씨가 밤새 기침을 하더니, 공교롭게 다음날도 옆 침대에서 또다시 기침을 하여 신종 인플루엔자에 감염된 게 아닌가 하고 걱정하기도 했다. 대부분의 알베르게가 2층 침대로 되어 있는데, 이따금씩 단층 침대도 있다. 물론 단층 침대가 이용하는 데 더 편리하다.

## Bercianos~Mansilla

- [17일차] 2009. 5. 25(월) 맑음
- 26.5km/5시간 30분/알베르게 4유로

어제 만찬 시 오스피탈레로가 "제발 7시 전에 일어나서 잠자는 다른 사람들을 깨우지 말아 달라."고 신신당부했건만, 내 앞 위층의 독일인은 새벽 4시부터 근 한 시간 동안 부스럭대며 짐을 싸질 않나, 아래층 침대의 스페인 아가씨는 밤새 기침을 하여 잠을 설칠 수밖에 없었다.

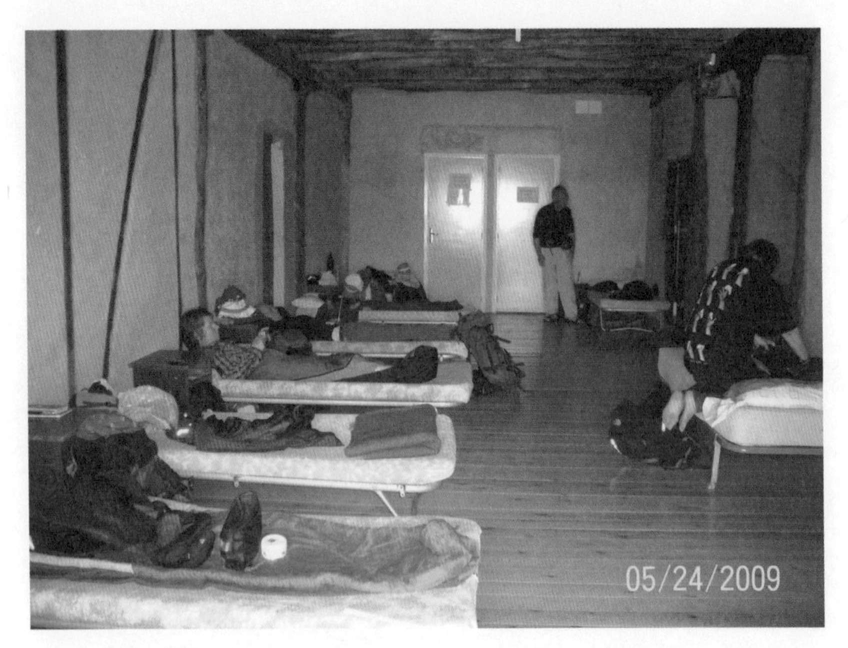


▲숙소 내부

게다가 6시 30분경에는 옆 침대에 있던 60대의 스페인 부부가 목을 서로 끌어안고 새벽부터 할 말이 뭐 그리 많은지 계속 속닥거린다. 그들의 모습이 부럽기도 하고 짜증이 나기도 했다.

어제 만났던 2명의 네덜란드 여성을 만나 "오늘 어디까지 갈 예정이냐?"고 물었다. "내일 레온에서 구경을 많이 하기 위해 만시야에서 6km쯤 더 가서 묵으려 한다."고 하여, "나도 동행하겠다." 하고 같이 걸었다. 영어와 한국어로 "하나 둘, 하나 둘" 구령에 맞춰 군인처럼 걷기도 하는 등, 많은 대화를 나누며 걸었다. 39세와 44세인 그녀들은 나를 위해 천천히 그리고 또박또박 얘기해 주어 그런대로 의사소통을 원활히 할 수 있었다. 네덜란드의 나무신발에 대한 얘기와 네덜란드에선 30~50km의 걷기대회가 매년 열리는데, 450만 명의 관광객이 온다는 얘기 등……. 출발 5시간 30분 만인 12시 50분에 만시야에 도착했는데, 그녀들의 보속이 너무 빠를 뿐 아니라 약 두 시간 동안 시속 6.2km(그녀들은 팔에 GPS를 착용하여 수시로 시속을 체크했다)로 걷다 보니 몹시 피곤하여 도저히 더 이상 동행할 수 없었다. 그래서 부득이 그들과 헤어져 만시야에서 1박 하기로 계획을 변경하였다.

## Mansilla~Leon

• [18일차] 2009. 5. 26(화) 맑음

• 17.3km/3시간 50분/알베르게 4유로

▼알베르게 문이 열리기를 기다리며 순례자 대신 배낭이 줄을 서고 있다. 내 배낭은 왼쪽 끝에 있다.

## Astroga~Acebo

• [21일차] 2009. 5. 29(금) 맑음

• 39.9km/9시간/알베르게--기부 3유로/만찬 5유로

아침에 일어나자마자 어제 널어놓은 빨래를 찾으러 빨래 건조대에 갔더니 양말과 목욕수건이 사라지고 없다. 게다가 방에 들어와서 가방을 챙기다 보니 모자까지 없다. 분명 방에는 가져왔는데 어찌 된 일인지 모르겠다. 출발하면서부터 스페인 남성과 앞서거니 뒤서거니 하며 4시간 정도 같이 걸었는데 시속 5km 이상 되는 것 같았다. 쉼터에서는 서로 웃통을 벗고 사진 촬영을 하기도 했다. 어제 산 초콜릿을 먹으려고 꺼내 보니 이미 죽이 되어 버렸다. 일부러 오늘 먹으려고 아껴놓은 건데…….

오늘 처음 계획은 라바날(21km)까지 갈 예정이었다. 동행하던 스페인 친구가 스페인어로 "더 가면 곤란하다."는 내용의 얘기를 하는 것 같았다. 정확히 무슨 말인지는 모르겠고, 시간은 12시가 채 안 되었을 뿐만 아니라 힘도 남아돌고 해서 그대로 계속 걷기로 하였다. 결과적으로 이 판단이 앞으로 5일간이나 엄청난 고생을 하고, 아까운 시간을 허비하도록 만들 줄 꿈엔들 알았겠는가! 27km 지점인 폰세바돈에 도착해 순례자 여권에 도장을 받으려고 밖에서 기다리며 간식을 먹었다. 옆을 보니 70여 세로 보이는 연세가 지긋한 순례자가 내 배낭보다 훨씬 무거워 보이는 배낭을 옆에 놓고 앉아 있었다. 그분은 85세로 독일인이었고, 작년에는 산티아고(800km)까지 걸었는데 이번엔 생장에서 출발하여 피니스테레(890km)까지 간다고 했다. 전 카미노 기간 동안 내

가 만난 순례자 중 가장 나이가 많은 연장자였다. 조금 있으니 그분이 일어서서 다시 가시기 시작했다. 그 순간 '85세나 되신 분도 더 걷는데 그보다 22살이나 젊은 내가 이곳에서 묵는다는 게 좀 창피하다.'는 생각이 들어 얼른 그를 따라나섰다. 85세의 고령의 나이인 데도 성큼성큼 나보다도 더 잘 걷는 것 같았다.

31.8km 지점인 만하린(Manjarin)에 오후 한 시경 도착했으나 2시에 오픈한다고 하여, 의자에 앉아 점심을 먹으려고 빵을 꺼내드는 순간 갑자기 고양이 세 마리가 우르르 달려들었다. 평소 쥐와 고양이를 가장 무서워하는 나는 혼비백산하여 주섬주섬 다시 빵을 배낭 속에 집어넣고, 30여m 떨어진 지점으로 가서 빵을 꺼내 들었다. 고양이들이 어느새 또 내 주위로 몰려왔다. 오스피탈레로는 고양이 새끼를 계속 품에 안은 채 주위 사람들과 얘기하고 있었다. 옆에는 5~6명의 괴상한 복장을 한 사람들(템플 기사단원)이 계속해서 고양이를 들여다보며 웃고 있고, 나는 도저히 이곳에서 잘 수 없겠다는 생각이 들어 가방을 챙겨 들고 무작정 출발했다. 그런데 출발하고 조금 있으려니 왼쪽 발등이

▼85세의 독일 할아버지와. 작년에 이어 두 번째 산티아고 길을 걷는다고 했다. 나도 저 나이에 산티아고 길을 걸을 수 있을지……. 용기와 희망을 가져본다.

▼아세보 알베르게에서의 만찬. 왼쪽 젊은이(네덜란드)는 나처럼 발등이 부어 다음날 폰페라다의 병원에 갔다 오더니, 결국 카미노를 포기하고 귀국길에 올랐다. 중앙에 앉은 이가 오스피탈레로(봉사자)인데 무척이나 친절하고 상냥한 분이었다.

아프기 시작했다. 다음 알베르게까지는 8km밖에 안 남았지만 계속 오르막길이었다. 절뚝거리며 걷고 있으니, 앞서가던 46세의 경제학 교수인 독일인이 진통제를 주고 스틱까지 빌려주었다. 한 시간가량 동행하며 서로 종교와 신에 대한 얘기를 나누었다. 나의 종교가 무엇이냐고 묻기에 "가톨릭을 믿다가 지금은 냉담 중"이라고 하니, "아름답고 신비스러운 자연만 보더라도 하느님이 계신 것을 알 수 있는 것 아니냐?"면서 나를 열심히 설득했다. "나는 독실한 가톨릭 신자라 매일 3회 기도드린다. 3시 정각에 길 옆 언덕에서 기도드리고 가겠다."고 해서 아쉽게 헤어졌다. 스틱까지 돌려주고 나니 걷기가 더욱 불편했다. 진통제도 별 효과가 없는 것 같았다. 한 시간 동안 아픈 다리를 이끌고 아세보에 겨우 도착해 보니, 교회에서 운영하는 알베르게인데 첫인상부터 아주 좋았다. 특히 오스피탈레로 부부의 자상하고 친절한 성품이 더욱 마음에 들었다.

## Acebo~Ponferrada

- [22일차] 2009. 5. 30(토) 맑음
- 16km/6시간/알베르게-기부 3유로

어제는 계속 오르막길이었는데 오늘은 그와 반대로 계속 내리막길이다. 어제보다 훨씬 더 아프다. 제주에서부터 가지고 온 진통제를 처음으로 복용했으나 통증이 전혀 가시지 않는다. 출발하자마자 발목이 너무 아파 지팡이로 쓸 나무가 어디 없나 하고 주위를 살펴보며 걸었다. 다행히도 5분도 채 안 되어 지팡이로 쓰기에 적당한 나뭇가지가 있어 그것을 사용했더니 훨씬 나은 것 같다. 과연 오늘의 목적지인 폰페라다는 고사하고, 다음 알베르게 있는 곳까지라도 갈 수 있을는지 심히 의심스럽다.

70세쯤 되어 보이는 마을주민인 듯한 노인이 오르막길을 올라오고 있었다. 절뚝거리며 걷는 나를 보더니 다짜고짜 붙잡고 신발과 양말을 벗겨내고는 마사지를 해주셨다. 그러고는 보디랭귀지로 더 걷지 말고 버스를 타고 가라고 하신다. 나는 알겠다고 하고는 5분쯤 더 걸었다. 두 갈래 길이 나왔는데, 하나는 찻길이고 하나는 카미노 길이었다. 카미노 길로 들어서려니 뒤에서 고함소리가 들렸다. 돌아보니 그 할아버지가 손가락으로 찻길을 가리키면서 찻길로 가라고 하신다. 가슴이 뭉클했다. 그렇지만 나는 괜찮다고 손짓하면서 계속 카미노 길로 갔다. 조금 걸으니 다시 통증이 재발하여 약을 다시 복용했으나 효과가 전혀 없었다. 아세보에는 슈퍼가 없어 음식을 준비하지 못한 관계로 처음 마주치는 바르에서 점심을 먹으려고 했으나, 바르에 가려면 50여m쯤을 돌아가야 하기에 엄두가 나지 않아 그냥 걷기로 했다. 배는 고프고 갈 길은 멀고, 발의 통증은 더 심해가고.……. 그냥 이곳 알베르게에서 자고 갈까 하고 생각해 봤지만, 세 시간 걷고 자고 가려니 도무지 내키지 않았다. 비록 힘은 들더라도 다음 알베르게가 있는 곳까지 가기로 결심했다. 버스 정류장에 앉아 제주에서 갖고 온 육포를 씹으면서 양말을 벗은 채 쉬고 있는데, 어제 내가 절뚝거리며 걷는 것을 보았던 독일인이 "아직도 아프냐?"고 물었다. "발등이 부어서 쉬고 있다."고 했더니 자신의 짐 속에서 약을 꺼내 발라주고 간다. 걷다가 멈춰 가방 속의 물건을 꺼낸다는 게 보통 힘든 일이 아닌데, 고마울 따름이다.

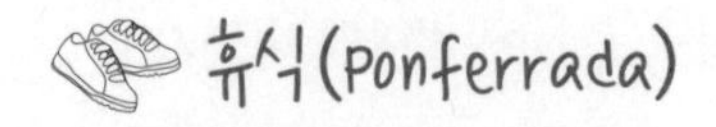

## 휴식(Ponferrada)

• [23일차] 2009. 5. 31(일) 맑음

• 알베르게 3유로

어제보다 발이 더 붓고 아파서 도저히 걸을 수가 없다. 결국 오늘 하루 더 쉬기로 결정하였다. 8시에 체크아웃 하여 밖의 풀장에서 한 시간 동안 냉찜질을 하고 발을 보니 발등만이 아니라 발목까지 많이 부었다. 오고가는 사람마다 병원에 가보라고 한다. 하루쯤 쉬면 나을 줄 알았는데 그렇게 쉽게 나을 것 같지 않다는 생각이 갑자기 들었다. 병원에 가면 돈만 많이 받고 무조건 7일 이상 쉬라고 한다는데, 과연 어째야 좋을지 결정하기 어렵다. 10시쯤 되니 헝가리인 부부와 그저께 함께 걸었던 스페인인 스트롱 맨(마라톤 선수인 그가 mp3를 들으면서 힘차게 걷기에 내가 지은 별명)들이 속속 들이닥쳤다. 슬그머니 '내일도 못 걸으면 어떡하나?'라는 걱정이 들었다. '시간이 충분하니 최악의 경우 일주일 이상 쉬어도 괜찮으리라.' 하고 마음을 크게 먹고 용기를 냈다. 설마 하는 마음과 자만심이 이런 결과를 가져온 것을 뒤늦게 깨닫고 후회가 된다. 그저께 스트롱 맨이 라바날에서 쉬고 가자고 할 때 등, 여러 번 기회가 있었지만 그만 헛된 자만과 고양이 공포증으로 이 지경까지 오고 말았다. 항상 나는 과잉이 문제다. 적당히 하지 못하는 성격 탓에 실수와 후회를 반복하곤 한다. 제주에서 1년 동안 연습할 때도 아무리 아프다가도 하루 지나면 거뜬하기에, 그때 생각만 하고 방심한 것 같다.

알베르게 의사는 3~4시경 온다고 한다. 어제도 치료하는 것을 보았지만 어째 신통치 않아 보였다. 외부 병원은 오늘이 일요일이라 문 연

곳이 없다 하고……. 11시경 종합병원 응급실로 어렵게 전화하여 택시를 타고 병원에 도착하였다. 접수직원 2명 중 한 명의 아가씨가 다행히 영어를 조금 할 줄 안다. 접수를 마치니 밖에 앉아 기다리라고 한다. 한 시간가량 앉아서, 언제면 내 이름이 불리나? 하고 초조한 마음으로 기다렸다. 졸음이 오건만 언제 부를지 모르니 잘 수도 없었다. 대기하는 사람도 얼마 없고 나보다 늦게 온 사람들도 속속 안으로 들어가는 게 보였다. '외국인이라 차별하는 건가?' 하는 생각이 들어 접수처에 가서 왜 이렇게 늦느냐고 물었다. 의사에게 갔다 와서는 바빠서 그렇다고 한다. 다시 한 시간, 총 두 시간을 기다렸으나 감감 무소식이라 은근히 화가 나기 시작했다. 무턱대고 의사가 있는 방으로 들어가려니 지나가던 의사가 나를 보고, 밖으로 나가라는 제스처와 함께 스페인어로 뭐라고 한다. 마지막으로 시도해 보고 만일 좌절되면 치료받지 않고 그냥 돌아가자고 마음먹었다. 지나가는 간호사에게 손목의 시계를 가리키며 "도스 호라스(두 시간이란 뜻의 스페인어) 기다렸다."며 보디랭귀지를 하니 알아듣고는, 안에 들어갔다가 나오더니 나를 데리고 의사에게 갔다. 가서 보니 환자는 한 명도 없고 의사만 있었다. 20대로 보이는 어린 여의사가 나의 아픈 발을 보더니 스페인어로 뭐라고 하기에, 영어 할 줄 아느냐고 물으니 못 한다고 한다. 전혀 단어 하나도 모르는 것 같았다. 답답해서 옆방의 의사가 지나가기에 물어보니 마찬가지로 영어를 전혀 못 하였다. 내가 접수처를 가리키며 그곳에 영어 하는 자가 있으니 거기 가자고 하여 데리고 갔으나, 접수처 아가씨나 나나 영어에 능숙한 게 아니라서 역시 대화 불통이었다. 영어와 손짓으로 내가 더 이상 치료 안 받고 돌아가겠다고 한 후 접수증을 건네주고 밖으로 나와서는, 무려 10여 명의 환자 가족들에게 "영어 아는 사람 있느냐?"고 물어봤으나 끝내 영어를 아는 사람을 발견할 수 없었다. 결국 접수처에 다시 가서 택시를 불러달라고 부탁하여 콜택시를 타고(14유로) 알베르게에 도착하였다. 원래 알베르게에는 하루밖에 묵을 수 없는데, 아프다고 하니 하루 더 있도록 배려해 주었다. 3시경 알베르게에 다시 입주하였다.

알베르게 의사는 얼음찜질 1분에 마사지를 2분 하고는 병원에 가라고 한다. 일요일이라 슈퍼도 문을 닫아 먹다 남은 사과 2개로 점심을 때우고 누워 있으려니 배가 무척 고팠다. 아침은 빵과 치즈 하나와 요구르트에 남이 먹다 남긴 우유 약간으로 때웠는데, 저녁도 고민이다. 시내까지 걸어갈 엄두가 안 나기 때문이다. 한 발자국 떼기가 겁이 날 정도로 너무 아팠다. 그렇다고 쫄쫄 굶을 수도 없고, 이곳에서 하루 쉬면서 발 치료를 하려면 내일 아침과 점심도 준비해야 되는데……. 3시

▼발등이 부은 왼쪽 발.
맨발로 걸으면 어떨까 하여 잠깐 걸어봤더니, 발등은 아프지 않은 대신 발바닥이 아파 포기하고 말았다.

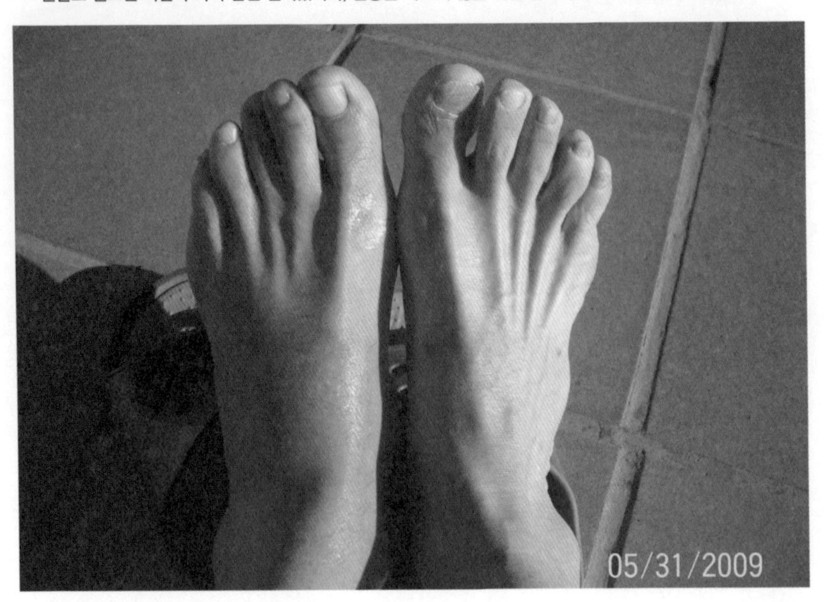

까지 침대에 누워 이런저런 걱정을 하고 있었다. 그때 위 침대의 이탈리아 아줌마가 "먹고 싶은 게 있으면 말하라."는 것이 아닌가. 아마 내가 누워서 밥도 못 먹고 있으니 불쌍해 보였던 것 같다. 나는 음식물을 사러 슈퍼마켓에 가는 줄 알고 "빵과 우유 5유로치만 사 달라."고 부탁했다. 그녀는 "슈퍼는 일요일이라 문 닫았고, 스파게티를 만들어서 부를 터이니 그때 먹으러 오라."고 했다. 이렇게 고마울 수가! 4시쯤 되어 부르기에 가보니, 한 테이블 가득 스파게티 파티를 하고 있었다. 염치 불구하고 그들과 합류하여 맛있는 스파게티를 배부르게 먹었다.

## Ponferrada~Cacabelos

- [24일차] 2009. 6. 1(월)
- 17.9km/7시간/알베르게 6유로

아침에 일어나 보니 어제보다는 좀 나은 것처럼 보였다. 일단 갈 수 있는 데까지 무리하지 말고 가기로 결심하고 7시에 출발하였다. 10분쯤 걸으니 다시 통증이 재발했다. 중간 중간에 약을 바르며 천천히 걸었다. 11시 40분경 쿠바 모자를 쓴 독일 할아버지(78세)와 오스트리아 할머니(72세)가 바르에서 커피를 마시고 있는 모습이 눈에 들어왔다. 내가 의자에 앉자마자 할머니가 다가와서 내 발을 당신의 무릎 위에 올려놓고는, 엄청 냄새나는 발을 마사지해 주셨다. 정말 고마웠다. 지나가던 네덜란드 아줌마는 자신도 나처럼 발등이 부어 병원에 갔더니 쉬라고 하여, 4일 정도 쉬었더니 이젠 끄떡없다며 나 보고도 병원에 가보라고 권유했다. 그렇지만 나는 어제 병원에서의 악몽이 생각나 병원에 간다는 생각은 전혀 할 수 없었다.

3일 전부터 구름 한 점 없는 날씨가 계속되었다. 시내 중심가의 시계탑의 온도가 36도를 가리키고 있다. 서울이라면 30도에도 더워서 혼이 날 터인데 여기는 그리 덥지 않았다. 습도가 없는 탓이다. 오후 2시 10분 알베르게에 도착했다. 며칠 전 만났던 한국인 학생 3명과 헝가리 부부, 5월 26일 저녁을 같이했던 캐나다 할머니 두 분을 다시 만났다. 캐나다 할머니들께서 반갑게 맞으며 저녁에 같이 식사를 하자고 제안하셨다. 2명이 쉴 수 있는 숙소(2베드, 수납공간도 있다)라 좋은 것 같았다. 성당의 시설로 샤워실, 세면장, 세탁장, 휴식공간 등 시설이 아주 좋았다. 힘들게 걸어왔는지라 쉬고 싶었으나 모처럼 만난 한국인 학생들과 즐겁게 얘기하며 시간을 보냈다.

8시경 식당에서 만난 프랑스 파쿠 가족, 오스트레일리아 에슬리 가족과 즐거운 만찬시간을 가졌다. 에슬리는 2005년 오스트레일리아~한국(2일)~네덜란드 여행을 하여 한국도 안다고 하면서, 2년 전에도 부인과 함께 카미노 길을 걸었다고 하였다. 그 두 가족은 카미노 일정

◀나의 아픈 발을 마사지해 주시는 72세의 오스트리아 할머니.
휴식을 취할 때면 어김없이 양말을 벗고 덥혀진 발을 식히곤 했다. 이날도 양말을 벗고 바르에서 밀크커피를 시켜 먹고 있으려니, "아까 보니까 발이 아픈 모양인데 내가 마사지를 해주마." 하시고는 이처럼 정성스럽게 마사지를 해주셨다. 몇 시간을 걸어온 뒤라 발 냄새도 지독할 터인데……. 이날 이후 여러 차례 만나다가 14일 후인 6월 14일 산티아고에서 다시 만났으나, 서울에서 준비해 간 선물이 다 떨어져 아무 선물도 드리지 못한 게 너무 한스럽다. "할머니, 건강하게 오래오래 사십시오. 고맙습니다!"

▲늦게 도착한 순례자들은 마당에서 잔다. 얼마나 추울까…….

중 사귄 사이인데, 카미노를 끝내고 나서 파쿠의 집으로 가서 며칠 있을 예정이라고. 무척이나 부러웠다. 룸메이트는 65세의 독일인인데 영어를 전혀 못하는 데다가 밤새 코를 골았다. 둘이만 자서 좋다고 했는데 그것도 아니었다.

##  La Faba~Triacastella

• [27일차] 2009. 6. 4(목) 안개와 비

• 26km/9시간/알베르게 7유로

어제 순례자 등록을 할 때 발을 절뚝거리며 들어가자 오스피탈레로가 젤을 바르라고 주었다. "나도 가지고 있다."(제주에서 갖고 간 멘소래담)고 하면서 거절했는데, 아침에 일어나서 보니 전혀 낫지가 않아서 부엌으로 가서 젤을 세 개 가지고 나와 발등에 발랐다. 어제 약국에서 산

약도 먹어서 오늘 아침에는 나을 것으로 생각했는데 차도가 없었다. 걱정이 태산이다. 오 세브레이로(O Cebreiro)에 도착해 다시 약을 바르며 젤의 설명서를 보았다. "바르고 나서 10분이면 통증이 즉시 소멸된다."라고 적혀 있었다. 그러고 보니 조금 나아진 것 같았다.

출발할 때부터 안개비가 내리더니 하루 종일 안개와 비가 겹쳐 내렸다. 가다 보니 왼쪽에 동산으로 올라가는 길과 직진하는 길로 두 갈래가 있는데, 화살 표시가 양쪽 다 되어 있었다. 처음엔 두 길 모두 가능한 길로 생각했으나 나보다 앞서가던 독일인 5명이 한참 망설이며 서로 의논하는가 싶더니 직진을 하였다. 나도 이리저리 살펴보았다. 오르막 바닥에 조그맣게 돌로 화살표 표시가 되어 있었고, 직진 방향으로도 뚜렷하게 화살표 표시가 되어 있었다. 경험상 좌회전 오르막길이라면 확실한 표시가 있지 않는 한 직진하는 게 맞기에, 그들을 따라 직진을 했다. 10분쯤 걸었더니 또다시 두 갈래 길이 나왔다. 이번엔 아예 아무 표시도 없었다. 그렇다면 또 직진하라는 사인인가? 미심쩍은 점이 있었지만 앞서 간 독일인들을 믿고 계속 걸었다. 10여 분 후 저 멀리 앞서간 독일인들이 스페인 현지인을 앞세우고 돌아오고 있었다. 길을 잘못 들었던 것이다. 오후가 되자 신기하게도 6일 동안 내내 나를 괴롭혔던 발의 통증이 씻은 듯이 나았다. 발걸음이 가벼워지자 나도 모르게 노래가 나온다. '나그네 설움' '김삿갓' '동숙의 노래' '낙조' 등 끝이 없다. 그러고 보니 아프기 시작하고 나서 6일간 노래를 안 부르다가, 발이 안 아프니까 7일 만에 다시 절로 노래가 나온 것이다.

아래 사진에서 왼쪽의 독일여자는 사진에선 잘 안 나타나지만, 정말 노숙자처럼 헐고 빨지 않은 물건들을 배낭에 매달고 있었다. 아마도 산티아고 카미노 길을 걷기 전에 오랫동안 배낭여행을 한 것으로 추측

▲젊음이 부러운 두 청년.

된다. 주렁주렁 매단 물건들을 보니 '장기 배낭여행을 하느라 얼마나 힘들었을까?' 하는 생각과, 한편으론 젊은 여자가 사서 고생을 하는 게 대단해 보였다.

오른쪽의 미국인은 만하린에서 개를 선물로 얻게 되자, 배낭을 산티아고로 보내고 개와 함께 카미노를 하는 중이라고 하였다. 이런 광경을 볼 때마다 '나도 저들처럼 누구도 의식하지 않고 자유분방하게 살아봤으면 좋겠다.' 하고 생각하는 것을 보면, 내 속에도 히피 근성이 잠재해 있는 것 같다.

## Barbadelos~Areixe

- [29일차] 2009. 6. 6(토) 비오다 말다 반복
- 35.5km/8시간 20분/알베르게 3유로

8시쯤 전에 어디서 만났는지 기억이 아리송한 할머니를 만났는데, 만나자마자 "너의 발 상태는 어떠냐?"고 물으셨다. "그저께부터 거의 다 나았다."고 대답하니, 당신도 오늘 너무 아파서 포르트마린(Portmarin)에 가서 병원에 갈 예정이라고 하셨다. 내가 "라 파바 알베르

게의 오스피탈레로가 준 약을 바르고 약국에서 산 약을 먹고 나았다.”며 먹는 약과 바르는 약은 약명을 적어 드렸다. 그랬더니 고맙다고 하시면서 “수첩이 바뀌었네요.” 하며 내 수첩이 바뀐 것까지 아는 척하며 반가워하셨다. 아마도 내가 숙소에 도착하자마자 일기를 쓰는 것을 보신 듯했다. 내가 3일 안에 산티아고에 도착할 예정이라고 말하니 “당신은 나이스 가이다. 당신을 만나 정말 좋았고 좋은 추억을 갖고 간다. 오늘이 당신을 보는 마지막 날이다.” 하시며 너무 아쉬워하셨다.

다시 길을 떠나 한참 가다 보니 길가에 여자 손수건이 떨어져 있었다. 1시간쯤 가니 휴식 장소에 남자 1명과 여자 2명이 앉아 있는 게 보였다. “이 수건 혹시 당신 것이냐?”고 물으면서 좌석에 합석했는데, 동양인이 신기한 듯 내가 그들에게 다가가는 순간을 카메라로 찍는 것이 아닌가. 그리스인들이었는데 부산과 인천에서 살았었고 자기 작은 아버지는 6 · 25에 참전했었다고 한다. 남편의 발을 부인이 마사지하고 있어서 “혹시 부은 것이냐?”고 물으니 “그렇다.”는 대답이었다. 쓰다 남은 스페인제 젤을 주며 남편과 딸에게 바르게 하고, 먹는 약도 두 알 주었다. 그러자 “혹시 일회용 밴드 있느냐?”고 물어왔다. 마침 제주에서 가져간 밴드가 있어 주었더니 “Thank you so much!”를 연발하였다. 딸은 내게 “천사를 만났다.”고 하면서 무척 좋아했다. 그들이 그토록 좋아하니 나도 덩달아 기분이 좋았다. 이래서 도움을 받은 사람보다 베푼 사람이 더 기분 좋은 것이라는 걸 실감할 수 있었다. 그들이 먼저 가고 나서 걸으며 생각해 보니, 먹는 약이 내게는 앞으로 3일분 이상은 필요 없고 2명이 아픈 그들이 더 필요할 것 같았다. 그들에게 약을 전해주기 위해 빠른 걸음으로 걷다 보니, 얼마 후 바르에서 쉬고 있는 그들을 만날 수 있었다. 약을 주었더니 부인이 커피와 콜라를 대접하겠다고 했다. 나는 마치 대가를 받는 것 같은 기분이 들어 사양했다.

한 시간 후쯤 앞서 가던 여자 2명이 엉뚱한 길로 가고 있는 것이 보였다. 내가 "여보세요, 그 길이 아니고 이 길로 가야 해요." 하고 큰소리로 외쳤다. 70세쯤 되어 보이는 미국인 여성 2명이 "말하며 걷다 보니 길을 잘못 들었다."며 고마워하였다. 한참 후 바르에서 차를 마시고 있으려니 그녀들이 도착하였다. 그 후 얼마 안 돼 그리스 가족도 도착했는데, 그들과 이미 안면이 있는 듯 반갑게 인사하고는, 남편이 나를 가리키며 오늘 있었던 일을 그들에게 자세히 설명하는 듯했다. 할머니들 역시 자기들에게도 길을 가리켜 줬다면서 천사 같은 사람이라며 한참 내 자랑을 하는 것이 아닌가. 난 당황하여 "You're welcome!"을 연발하고는 얼른 "뷰엔카미노, 씨 유 레이터." 하고 먼저 길을 나섰다. 그러고 나서 30분쯤 후 사진을 찍고 있는데 누가 옆에 와 있어서 쳐다보니 그리스인 딸이었다. 그 후 30여 분간 그 딸과 걸으며 한참 얘기를 나누었다. 자기 아버지는 대학교수이고 자기는 캐나다 토론토대학에서 유학을 했고, 인도에서 회사를 다녔으며 지금도 회사에 다니고 있

▼그리스인 모녀와.

다고 하였다. 그러고는 갖고 있던 비스킷까지 주며 오늘 너무 고마웠다고 수차례 인사를 했다.

걸은 지 8시간 20분 경과한 3시 30분경 깨끗한 알베르게가 보여 그곳에서 묵기로 하였다. 내가 마지막 손님이었다. 수속을 마치자마자 "Completo(빈방 없음)"라고 쓴 부착물이 문에 게시되었다. 그때 한국인 여자 1명이 도착하여, 내가 "한국인이냐?"며 반갑게 인사했다. 그녀가 "예."하고 대답하고는 접수처의 아가씨에게 가서 "빈방이 있느냐?"고 물었다. 방이 없다고 하자 내가 말을 붙일 새도 없이 그만 횡하니 나가 버린다. 한국인이라 반가워서 말이라도 붙여볼까 했는데……. 6시에 옆 침대의 덴마크 할머니와 함께 식당으로 갔다. 식당 안은 스페인 젊은이 6명 때문에 난리법석이었다. 그중 특히 두 명이 고래고래 소리를 지르다가 내가 들어가니 스페인어로 뭐라 그러면서 양주 한 잔을 건넸다. 싫다고 해도 막무가내였다. 하는 수 없이 한 잔 들이켰더니 모두 박수를 치며 "쿵후! 쿵후!" 하고 소리쳤다. 합석을 하고자 내가 오스트리아인 4명이 식사하고 있는 테이블로 가니, 또다시 술을 들고 와서 먹으라고 한다. 옆좌석 사람들도 이미 모두 술 한 잔씩을 받아놓고 있었다. '에라, 모르겠다. 그래, 마시자.' 하고는 원샷을 했더니 2명이 내 좌석으로 술을 들고 와서 또 마시라고 권한다. 권하는 친구에게 너도 마시라고 했더니 자기는 와인만 마시겠다고 한다. 그럼 "와인으로 러브샷 하자."고 제안하고는 원샷을 했다. 그러고 나서 내가 "쿵후는 중국 무술이고 한국의 무술은 태권도이다."라고 하며 태권도 시범을 보이고 나니, "코레아, 태권도! 태권도!" 하며 또다시 술을 권하였다. 아마 양주는 4잔, 와인은 가득 부어 2잔 정도 마신 것 같다. 그렇게 한바탕 소동을 피우고 나서 침대로 오니, 그때서야 은근히 걱정이 되었다.

너무 폭음한지라 혹시 구토기가 있으면 어쩌나 싶었다. 제발 구토만 하지 말기를 바랐는데 다행히 별 탈 없이 넘어갔다.

##  Arzua~Monte Do Gozo

- [31일차] 2009. 6. 8(월) 세찬 비
- 38km/7시간 50분/알베르게 3유로

출발하려고 문을 나서니 비가 세차게 내린다. 다시 안으로 들어가 우의를 입고 재출발한 것이 7시 20분경이다. 비를 흠뻑 맞으며 걷는데, 둘째 날 오리손 산장에서 피레네 산맥을 넘을 때와 마찬가지로 짜릿한 쾌감이 온몸을 엄습했다. 어떤 사람은 힘든 하루 여정을 끝내고 샤워할 때의 쾌감이 최고라고 하던데, 나는 비와 세찬 바람을 뚫고 노래를 부르며(흥에 겨워 저절로 나온다) 힘차게 걸을 때가 가장 기분이 좋다. 나는 이상하게도 고통 속에서 기쁨을 느끼는 특이체질인 듯하다. 걸으면서 갑자기 이런 구절이 떠올랐다. "아무나 해병이 될 수 있다면 나는 해병이 되지 않았을 것이다." 나 역시 이런 말을 하고 싶다. "아무나 산티아고 카미노 길을 간다면 나는 산티아고 길을 걷지 않았을 것이다."라고. 보통 사람이 좀 어렵다고 생각한 일을 할 때의 성취감이랄까, 뭐 그런 것이다. 그렇다고 누구에게 자랑하려고 하는 것은 결코 아니다. 아무튼 그런 고통을 나는 즐기는 것 같다. 평소에는 두 시간마다 반드시 신발과 양말을 벗고 5분 이상 쉬었으나, 오늘은 마땅히 쉴 만한 장소도 없고 바르가 있어도 들리지 않고 그냥 강행하였다. 비가 계속 왔기 때문에 발바닥이 뜨겁지가 않아서 걷기에는 최적이었다. 그렇다고 더운 것도 아니고, 비를 맞지만 계속 걸으니 춥지도 않고.

그렇지만 갈리시아 지방 사람들은 도대체 불편해서 어떻게 살까? 5일 동안 단 하루도 빠짐없이 매일 비가 내렸다. 고조 도착 한 시간 전쯤에 딱 5분간 햇빛 비친 게 전부였다. 12시경, 남녀가 내 앞쪽에서 걷고 있다. 여자는 발을 심하게 절뚝거렸는데, 가까이 가서 보니 일본인 같아서 "재팬?" 했더니 그렇다면서 "코리안?" 하고 되묻는다. 고개를 끄덕이니 우리말로 "안녕하세요!"하고 인사한다. 나도 일본말로 답례하려는데 갑자기 '곤니치와'라는 일본말이 생각 안 났다. 한참 버벅거리던 중 그가 먼저 "곤니치와!" 한다. "오케이. 곤니치와, 내가 그 말이 생각이 안 나서."라고 영어로 말하고 서로 웃었다. 60대 중반 정도의 일본인 부부였다. 반갑다고 악수를 청하며 "내 누이도 일본의 대판에서 살고 있으며 내 고향은 제주도이다."라고 말하니 무척 반가워하며 자신의 아내에게 통역을 해주었다. 그들의 걸어가는 모습을 찍어서 보여주니 잘 나왔다고 무척 좋아했다. 비도 많이 오고 부인이 발이 아파 너무 천천히 걸으므로, 아쉽지만 더 얘기를 진행하지 못하고 헤어졌다.

알베르게에 도착하니 며칠 전에 만나 같이 걸었던 폴란드 부부가 와 있었다. 8시 30분에 저녁 약속을 하고 셀프 서비스 식당에 갔더니 세 사람이 이미 기다리고 있다. 식당 안에서는 아줌마 둘이서 일을 하고 있었는데, 밖에서 네 사람이 추위에 떨고 있는데도 본 척도 안 하였다. 예정된 시간인 정각 8시 30분이 되어서야 문이 열렸다. 비록 오픈 시간 전이라도 손님이 오면 일단 문이라도 열어 안으로 들어오게 해야 하는 게 옳은 일이 아닐까? 반대로 오픈 시간이 정해졌으면 정확한 오

▲일본인 부부. 부인은 발이 아픈지 절뚝거리며 걸었는데 쳐다보는 내가 너무 안쓰러울 정도였다.

픈 시간에 문을 열어야지, 그 전후에 열면 그게 잘못된 게 아닐까? 혼란스럽다. 어쨌든 그 큰 식당에 10여 명만이 줄을 서서 사과, 오렌지, 요구르트, 산티아고 케이크 등을 골라 담았다. 물은 마음대로 가져갈 수 있고 나머지 1, 2식은 달라는 대로 주었다. 나는 1식은 푸짐한 믹스드 샐러드, 2식은 밥에 버섯과 소고기 볶음, 당근 등을 먹었는데 정말 오랜만에 배가 터지도록 먹었다. 이상하게도 외국인은 사과, 오렌지, 산티아고 케이크는 먹지 않고 오로지 딱딱한 토르티야만 먹었다.

우리 좌석엔 폴란드 부부와, 4개월째 인도를 거쳐 카미노 여행을 하고 있고 내년 2월까지 1년 동안 배낭여행 계획을 갖고 있는 오스트레일리아 20대 청년과 나, 4명이었다. 식사 도중에 부인이 식탁보(종이)를 내게 내밀면서, 여기에다 아무거나 한글로 써달라고 부탁하였다. 그래서 "당신을 만나서 반가웠고 특히 당신이 전에 한국을 방문한 교황 요한 바오로 2세의 고국과 같은 나라의 사람이라는 점과 외국의 침략으로 지배를 받은 것이 우리나라와 같은 점에서 당신을 좋아하며, 부디 다음 만날 때까지 건강히 잘 계시라."라고 쓰고는 마지막으로 내 한글과 한자 이름을 썼다. "글이 무척 예쁘고 특이하고 신기하다."며 아주 즐거워하였다. 옆의 호주 청년은 내게 "그 글을 한국말로 읽어줄 수 없느냐?"고 하여 내가 읽어 주었더니 "무슨 노래를 듣는 것 같다."며 좋아했다. 내가 글을 쓰는 장면을 남편이 연신 사진으로 찍었다. 호주 청년에게도 호주글로 써달라고 하여 받더니, 이 두 가지를 폴란드에 돌아가서 액자에 걸겠다며 연신 "땡큐!"를 연발하였다. 남편이 나보고 "와인 한잔 하겠느냐?"고 하면서 술을 사러 나가기에 내가 쫓아가서 먼저 계산을 해버렸다. 옛날 6 · 25 때는 당신들이 우리를 도왔던 만큼 이제 우리가 그 공을 갚아야 하지 않겠는가 하는 거창한 마음으로. 부인은 폴란드에서 수년 전에 스페인으로 왔는데 스페인에 와서 갑자기 실명 위기에 처해, 그때부터 매일 20kg 배낭을 메고 걸었더니 이제는 아무렇지도 않다고 하였다. 매일 9시쯤 취침했는데, 오늘은 산티아고 도착 전 마지막 날이라 흥분되어 술도 많이 마시고 잠도 11시에야 잤다.

## Monte Do Gozo~Santiago

- [32일차] 2009. 6. 9(화) 흐리고 비
- 4.6km/45분/알베르게 10유로

9시 정각에 순례자 사무실의 문이 열렸다. 2층으로 줄을 지어 올라갔다. 야고보 성인 동상 뒤쪽에 입을 맞추고 기부를 한 다음, 신부인

듯한 사람에게서 야고보 성인 사진을 받고 지하로 내려가서 야고보 성인 시신을 보는 것으로, 산티아고 대장정은 끝이 났다. 그런데 어제 저녁부터 갑자기 문제가 발생했다. 카미노를 마치면 스페인 마드리드와 프랑스 파리를 거쳐 한국으로 돌아가는 여정인데, 무슨 착각에선지 내가 마드리드~파리로 예약하지 않고 산티아고~파리로 예약한 관계로 마드리드에서 다시 산티아고로 갔다가 파리로 가야 하는 황당한 일이 벌어지고 만 것이다. 버스로 8시간이나 된다는데……. 여행 코스를 바꿔보려고 이 사람 저 사람에게 물어봐도 별 뾰족한 방법이 없다. 그렇다면 한인 민박집에 들러서 정보를 얻어볼까 하는 마음에서 전화 있는 데를 찾아가다가 생각해 보니, 그곳에서 묵는다면 내일 피니스테레로 갈 때 시간이 많이 걸릴 것 같았다.

길을 걸어가면서 두 곳의 정보센터에 들러 이 사람 저 사람에게 알

▼산티아고 완주 증명서를 받고.
왼쪽은 순례자 여권(산티아고 도착할 때까지 묵었던 알베르게의 도장이 찍혀 있다)이고, 오른쪽은 산티아고 순례자 사무실에서 발급한 산티아고 완주 증명서이다.

베르게 위치를 묻고 하다 보니 어느새 11시가 다 돼버렸다. 일단 알베르게로 가자고 마음먹고 알베르게에 도착했다. 아무튼 마드리드행은 재고해야 할 듯하다. 한 달 동안 스페인을 걸으며 구경해 본 결과 성당, 마을이 모두 같아만 보여서 더 볼 필요성을 느끼지 않았기 때문이다. '내일부터 피니스테레~묵시아를 거쳐 다시 산티아고로 거꾸로 걸어오든가, 아니면 피니스테레에서 포르투갈 쪽으로 걸어가든지 해야겠다고 마음을 먹었다. 아무튼 그건 그때 가서 결정해야겠다. 이제껏 인터넷 되는 곳(한글 자판이 깔린 곳)이 두 곳뿐이라 메일을 두 번밖에 못 보냈다. 한국은 이메일 천국임을 새삼 절감하게 된다. 핸드폰, 채소, 과일, 반찬, 편의점, 노래방, 찜질방, 극장, 무료 화장실 등 헤아릴 수 없을 정도로 편리한 게 많고 일기도 좋고……. 역시 외국에 가면 모두 애국자가 된다더니 나 역시 외국에 와보니 한국의 좋은 점을 실감할 수 있었다.

저녁식사 후 알베르게에 돌아와서 세수하러 갔다가 처음으로 흑인을 목격하였다. "어디서 왔느냐?"고 물으니 뭐라고 그러는데 도저히 한 번도 안 들어본 이름이었다. "아프리카 맞느냐?"고 물으니 "아프리카지만 프랑스."라고 대답했다. 그때서야 감이 왔다. 아하! 프랑스령이라고 말하는 것이구나. 왠지 무척 반가워서 "여기서 조금 기다려라. 침대에서 카메라를 갖고 와서 당신과 기념사진을 찍고 싶다."고 하니, 흔쾌히 오케이 한다. 카메라를 갖고 와 식당으로 가서는 그림을 그려가며 자기 나라를 서로 소개하며 30분간 즐거운 환담을 나누었다. 그 역시 한국이라는 나라는 금시초문이라고 하였다.

- [34일차] 2009. 6. 11(목) 오전 흐리고 오후 쾌청
- 32.3km/9시간 30분/알베르게 3유로

6시 30분 알베르게를 나와 무심코 어제 진행하던 방향으로 15분쯤 걸었으나 이정표가 보이지 않았다. 길을 잘못 들어선 것임을 알고 다시 알베르게로 돌아오니, 막 스페인 청년 한 명이 반대 방향으로 가고 있었다. 그의 뒤를 따라 조금 가다보니 성당이 보였다. 그때서야 모든 카미노 길은 그 마을의 성당을 통과하게 됨을 재인식하게 되었다. 동행 후 몇 차례 방향을 가늠하지 못해 우왕좌왕하던 중 4갈래 길에서 의견이 갈려 주춤거리다가, 결국 내 의견에 따라 울창한 숲길을 걸어갔다. 한참 후 그가 "가이드북에 의하면 돌 표식이 보여야 하는데 없는 걸로 봐서 길을 잘못 든 것 같다."며 되돌아가겠다고 하였다. 난 잠시 '어떡할까?' 망설이다 내가 생각하는 방향이 맞을 것 같다는 확신으로, 그와 헤어지고 혼자 직진을 했다. 어제 어렵게 말린 신발과 양말까지 젖기 시작했으나 각반을 착용할 만한 마땅한 장소도 없거니와, 있더라도 '이 길이 과연 맞는 길인가?' 하는 불안감에 계속 강행했다. 얼마나 지났을까, 가다 보니 길이 막혀 잘못 들어왔음을 직감했으나 그동안 수십 분간 걸어온 게 너무 억울하여 그냥 직진하였다. 다행히 40~50m 좌측에 아스팔트 길이 보여 가시에 찔리면서 남의 밭을 통과하여 겨우 아스팔트 도로에 진입하였다. 걸어가면서 몇 번이나 지나가는 차에 손을 들어 세워달라고 했으나 하나같이 못 본 척하고 그냥 갔다. 그러던 중 한 차가 멈춰서서 "이 길이 피니스테레로 가는 길이 맞느냐?"고 물

으니 그렇다고 하였다. 그제야 안심하고 걸어가다 보니 드디어 마을이 나왔다. 그런데 마을 이름을 가이드북과 대조해 보니 생소한 마을이었다. 결국 길을 잘못 들었다는 얘기였다.

또다시 몇 번의 시도 끝에 지프차 한 대를 세워 물어보니 "잘못 왔으니 자기 타에 타라."고 하였다. 반대 방향으로 5분쯤 가다가 다시 좌회전하여 3~4분을 가니 그때서야 카미노 화살 표시가 보였다. 내리기 전 정말 고마웠다면서 10유로의 돈을 건넸으나 완강히 사양하였다. 그래서 마침 서울에서 사가지고 온 선물이 생각나 주었다. 차가 떠나고 나서야 돈을 주려 한 내가 너무 한심하다는 생각과 더불어, 사진도 찍고 메일 주소라도 받아놓을 걸 하는 뒤늦은 후회가 들었다. 다시 한참을 걷다보니 밭 옆에 떨어져 있는 밀짚모자가 눈에 띄었다. 써보니 딱 맞았다. 고생한 대가인가?

오전에 길을 잘못 들어서 어제 저녁에 열심히 말린 신발과 양말이 흠뻑 젖는 바람에(각반을 안 찼기 때문), 오후가 되자 발바닥이 따끔거리기 시작했다. 물집이 생기려는 조짐인 것 같았다. 다행히도 오후부터는 7일 만에 처음으로 햇빛이 비춰, 쉴 때마다 신발과 양말을 양지에 놓고 말렸더니 알베르게 도착 즈음해서는 많이 말라 있었다. 이후 저녁을 먹으러 갔는데 바르의 티브이가 삼성제품이기에 웨이트리스에게 "이게 한국제인 것을 아느냐?"고 물으니 "모르겠다."고 하였다. "나는 한국인이고 이 티브이는 한국제이다. '코레아 넘버 원!' 하면서 엄지손가락을 치켜 올리며 자랑했다. 8시 반에 숙소에 오니 이제 막 들어오는 거인(190cm는 되어 보였다)이 있었는데, 산티아고에서 오는 길이라고 했다. 네그레이라에 12시쯤 들렀는데 방이 다 차서 근처 호스텔에 갔더니, 거기도 만원이라 56km를 걸어왔다는 게 아닌가. 정말 대단한 독일 청년이었다. 나는 억세게 재수 좋은 편이라는 것을 실감하였다. 그 친구는 등이 벗겨져서 옆 침대의 이탈리아 할머니가 약을 발라주었는데, 마치 6살짜리 꼬마가 엄살을 부리듯 아파서 죽겠다고 야단이었다. "당신 사진을 찍어서 '용감한 독일 청년 56km를 걸었다.'고 한국인에게 알려주겠다."며 사진 촬영을 했더니 아주 좋아했다.

▲강한 자여, 그대 이름은 독일인이다!
네그레이라의 알베르게가 만원이라고 하여 하는 수 없이 올베이로아까지 56km를 걸어온 독일 청년!

##  Olveiroa~Finisterre

- [35일차] 2009. 6. 12(금) 쾌청
- 31.1km/8시간/알베르게 3유로

11시경 코르비욘(Corcubion)에서 그저께부터 같이 걸었던 독일인 부부를 다시 만났다. 이들과는 같이 걸을 때마다 길을 잘못 들어 헤맸는데, 오늘도 마찬가지다. 그들을 따라 한참 가는데 길 가던 노인이 길을 잘못 들어섰다며, 뒤돌아가라고 알려주었다. 나도 다시 그들 뒤를 따라가다가 아무래도 미심쩍어 지나가는 행인에게 물으니, 아까 가던 길이 맞다고 한다. 정말 헷갈린다. 도대체 어느 말이 맞는 것인지? 한참 따라가다 보니 바르가 보이기에, 배도 고프고 해서 혼자 슬그머니 바르로 갔다. 바르에는 오스트리아인 할머니가 차를 마시고 있었다. 비가 너무 와서 산티아고에서 차를 타고 피니스테레에 왔다가, 날씨가 좋으니 다시 산티아고로 걸어가는 길이라고 한다. 그러면서 독일인 부부와 내가 처음 가던 길이 맞다는 것이다. 독일인 부부를 찾으려 했으나 이미 가시권을 벗어난 듯 보이지 않았다. (이후 알베르게에 도착해 독일인 부부를 만나 보니 그들은 나와 헤어진 후에, 반대로 가서 올바른 길로 왔다고 한다.) 가다 보니 오늘 출발 후 2시간 후부터 보이던 65세 프랑스인이, 언제 여기까지 왔는지 또 보였다. 배낭도 무겁게 보이고 걸음도 무척 느린데도 아마도 휴식을 하지 않고 계속 걸었는지, 나와 한 시간 이상 차이가 날 것 같은데도 어느새 27km 지점에서 다시 만나다니 놀랍기만 하다.

알베르게 앞에는 이미 4명의 순례자들이 문이 열리기를 기다리며 대기하고 있었다. 65세의 프랑스인은 배낭을 내려놓더니 맥주나 한 잔 하러 가자고 한다. 영어는 단 한 마디도 못하는 사람이라 조금 꺼림칙했지만 거절할 수 없어 따라갔다. 맥주 2잔씩을 마셨는데 나중에 계산하러 프런트에 가니 그가 이미 계산을 해버린 후였다. 숙소에 오자마자 한국에서 준비해 간 마지막 남은 선물을 그에게 주었다. 저녁을 마치고 알베르게에서 3km 정도 떨어진 등대까지 해안도로를 따라 걸어갔다. 도착하니 9시 30분이었다. 한때 로마인들이 이 세상의 끝

▼길가에서 주워 이틀간 썼던 모자를 기념으로 놔두고. 십자가 옆에는 카미노 길을 같이했던 자신의 물건을 태우는 장소가 있다.

이라고 믿었던 카미노 산티아고의 진정한 끝인 이곳, 피니스테레! 이곳에서 순례자들은 긴 순례를 마감하며, 신고 온 신발이나 모자 등을 태우는 전통이 있다. 나 역시 이틀 동안 썼던 밀짚모자를 태우려고 불을 붙였으나 습기가 많아 불이 잘 안 붙었다. 하는 수 없이 소각 장소에 올려놓고 기념촬영을 하는 것으로 대신하였다. 해가 수평선 너머로 지는 시간을 재어 보니 정확히 10시 15분이었다. 일몰이 이처럼 늦으니 이들의 저녁 시간이 8시 이후인 이유를 알 것 같았다. 일몰을 구경한 후 숙소를 향해 5분쯤 걸어가다가, 나도 모르게 갑자기 뛰기 시작했다. 30여 일을 10여 kg의 배낭을 메고 걷다가 배낭을 벗으니, 말 그대로 날 것같이 몸이 가벼웠다. 앞서가던 순례자들이 뛰는 소리에 놀라서 모두 쳐다보았다. 그렇게 해서 숙소에 도착한 시간은 10시 40분 경이었다.

## Finisterre~Muxia

• [36일차] 2009. 6. 13(토) 쾌청

• 28.3km/8시간20분/알베르게 3유로

비가 오든 바람이 불든 매일 수십 명의 순례자를 걷는 중에 만났는데, 오늘은 출발 2시간 후 독일공항에 근무하는 헬무트를 만난 것뿐 묵시아에 갈 때까지 단 한 명의 순례자도 만나지 못했다. 알베르게에는 버스를 타고 온 몇 사람뿐이었다. 185cm의 신장에 건장한 체격의 헬무트는 걸음걸이도 성큼성큼 걸어서, 내 딴에는 걷는 데는 다른 사람에게 별로 뒤지지 않는데도 그를 따라가기가 무척 힘이 들었다. 보폭을 짧게 하여 열심히 따라 걸으면서 많은 대화를 나누었다. 그는 나를 위해 한 마디 한 마디 또박또박 얘기를 해주어서 무척 고마웠다. 특히 내가 이해를 못하면 이해할 때까지 성의를 다해 설명하곤 했다. 바르에서 차나 한 잔 하자더니 자기가 부득부득 찻 값을 내겠다고 한다. 이제까지 만난 외국인들은 그러지 않았다. 커피 한 잔 얻어먹은 게 부담이 되어 어떡할까 고민하던 중, 배낭 속에 바나나 한 쪽과 빵 한 조각이 남아 있음을 기억해 내고 "바나나 먹겠느냐?"고 물었다. 그가 먹겠다고 대답했다. 아침도 못 먹고 근 5시간 이상을 걸었기에 서로 무척 배가 고픈 상태였다. 앉을 자리가 마땅치 않아서 선 채로 나는 빵을, 그는 빵과 바나나를 먹었다. 개울을 건너는 길과 좋은 길 두 가지가 있었는데, 개울길을 신발 벗고 걷는 것도 좋은 추억일 것 같다면서 서로 웃으며 걷기도 했다. 묵시아에 도착하여 식당에서 뿔뽀(Pulpo, 오징어라는 스페인어)와 오징어 튀김 살라다를 시켰는데, 맛은 좋았지만 가격이 무려 41유로였다. 헬무트는 자기가 낸다고 하고 나는 각자 내자고 우겨, 결국 내가 20유로를 내고 헬무트가 22유로를 냈다.

내일은 산티아고까지 버스를 타고 가서 다시 마드리드로 갈까하고 생각했지만, 내일 아침에 혹시 산티아고까지 걷는 사람이 있으면 같이 걸어가야겠다고 마음먹었다. 원래 계획이었던 마드리드를 관광하는 게 별로 신이 안 날 것 같아서였다. 한 달 이

이런 개울을 건너기도……. ▶

상 스페인 곳곳을 직접 걸으면서 봤는데, 크고 적을 따름이지 그게 그것일 것 같겠다는 생각이 들었기 때문이다.

아무튼 대장정이 종료되었다. 심장병과 오른쪽 발목의 고질병이 있었음에도, 물집과 기타 조그만 사고도 없이 무사히 끝마칠 수 있었다는 게 내겐 무한한 행운이고 축복이다. 그간 내가 목격한 것만 해도 헬무트의 팔목 부상(전화 걸면서 걷다가 넘어져서), 베드로 님의 발목 부상으로 중간에 버스로 이동한 일, 안젤라 님의 배낭 도난사건, 한국인 여학생의 500불 도난사건, 콜럼비아인 마리아가 자다가 2층 침대에서 떨어진 일, 인대파열과 발목과 발바닥 부상으로 도중하차한 수많은 사람들, 의사의 권고로 며칠씩 숙소에 묵은 사람, 양쪽 발목에 붕대를 감고 슬리퍼를 신고 걷는 사람, 행방불명된 독일청년 등등 각종 사고가 있었다.

## Muxia~Santiago~Madrid

- [37일차] 2009. 6. 14(일)
- 교통비 42유로

카미노 중에는 제일 늦게 일어난 게 6시쯤이었는데, 오늘은 7시가 돼서야 순례자들이 일어나기 시작했다. 7시 30분에 버스에 오르니 그때서야 카미노 전 여정이 완료된 것이 실감남과 동시에 피로가 몰려왔다. 어젯밤에 충분한 수면을 취했는데도 긴장이 풀린 탓인지 자꾸 하품이 나왔다. 정신력의 문제인 것 같다.

산티아고에 도착하여 9시 40분부터 한 시간 동안 미니열차를 타고 시내관광을 하고 12시 미사에 참여하였다. 미사 시작 30분 전에 들어갔지만 성당 안은 이미 만원이라, 나와 헬무트는 복도에 서서 미사를 봤다. 미사를 집전하는 신부님이 각 나라별로 순례자 수를 소개할 때는 영어, 불어, 독어, 이탈리아어, 스페인어, 한국어로 얘기하고는 특히 한국인 순례자들에겐 "한국교회 성소를 위해 기도합시다."라는 내용의 이야기도 하였다. 한국의 높아진 위상을 보는 것 같아 뿌듯했다.

헬무트와 함께 점심을 하고 시내 구경을 하다가 오후 3시경이 되자 그의 시간을 너무 뺏는 것 같은 기분이 들어 이제 헤어지자고 했더니, 그가 "오늘 하루는 당신과 같이 보내고 싶다. 부담 갖지 말라."고 하였다. 그래서 내가 "그럼 마드리드 가는 버스표를 사고 올 테니 이곳에서 한 시간 후에 만나자."고 했더니, "배낭을 놔두고 갔다 오라."는 것이 아닌가. 막상 배낭을 맡겨놓고 가려니 걱정이 이만저만 아니었다. 헬무트를 못 믿는 건 아니지만 만일 약속이 어긋나기라도 하면, 여권과 돈이 모두 가방 안에 있기에 보통 낭패가 아닐 터였다. 그렇다고 여권과 돈을 갖고 가자니 헬무트의 눈치가 보이고. 결국 나는 모험을 감행했다. 버스역을 찾는 데 시간이 너무 걸리는 바람에 오후 3시 40분에야 정류장에 도착하여, 오후 9시 30분발 마드리드행 버스표를 예매하였다. 다시 택시를 타고 약속장소에 도착하니 가까스로 3분 전 4시였다. 헬무트를 보는 순간 너무 미안하고 고마웠다.

버스표를 구입했으니 이제 남은 건 마드리드의 민박집을 예약하는 일인데, 제주에서 준비한 마드리드와 파리의 민박집 주소와 전화번호를 기록한 메모지가 아무리 찾아봐도 없었다. 그렇다면 인터넷에서 전화번호 확인 및 예약을 해야 하는데, 지난번 처음 산티아고 도착 시에

도 그랬지만, 오늘도 피시방 찾기가 너무 어려웠다. 어렵게 피시방을 찾았으나 한글 지원이 안 된다고 했다. 이럴 수가! 당황해서 그런지 어떻게 하면 민박집 전화번호를 알 수 있을지 전혀 생각이 안 났다. 헬무트가 아이스크림을 사 주며 "당황하지 말고 천천히 생각해 보라."고 하여 눈을 감고 한참 생각해 보니, 영어로 'Camino Cafe'라고 치면 될 것 같았다. 결국 어렵사리 마드리드 민박집 전화번호를 알아내는 데 성공하였다. 이젠 모든 준비 끝! 출발시간인 저녁 9시 30분까지 느긋이 쉬는 일만 남았다. 민박집을 예약하기 전까지는 어떻게 해야 할지 깜깜하여 조금 불안하기도 했고, 특히 나 때문에 헬무트가 몇 시간째 허송세월하는 것 같아 너무 미안했다. "이제 내 일은 다 끝났으니 너는 숙소로 가서 쉬어라."라고 했더니, 헬무트는 "너무 걱정 마라. 네가 갈 때까지 같이 있고 싶으니 먹고 싶거나 사고 싶은 게 있다든가, 아니면 보고 싶은 게 있으면 얘기하라."고 하였다. 난 미안한 마음에 마음에도 없는 말을 계속했다. "아무것도 할 게 없고 오직 역에 미리 가서 푹 쉬고 싶다."고. "그럼 시내나 다시 구경하자."고 해서 둘이 함께 돌아다니다가, 기념품점에서 조그만 선물을 사서 교환하고 바르에서 맥주를 한 잔 하며 담소를 즐겼다.

▼산티아고행 버스를 기다리고 있는 헬무트와 순례자들.

오후 8시경 역으로 가서 레스토랑에서 빵과 음료수를 먹으며 환담 중, 내가 말끝에 "너 모자 어디서 샀니? 참 멋있어 보인다."고 했더니, "독일에서 산 카스트로 모자"라면서 얼른 모자를 벗고는 카미노 핀 두 개와 함께 내게 건넸다. 괜찮다고 해도 막무가내였다. "정 그렇다면 내 모자와 교환하자?"고 하면서 내 모자를 주었더니 자기는 "독일 가서 다시 사면 된다."면서 받지를 않았다. 나는 계속 그에게 뭘 줄까 고민하다가 올레 스카프를 건네주었다.

##  산티아고 완주 증명서를 받다

순례자 완주 증명서에는 다음과 같이 적혀 있다.

> "사도 성인 야고보의 제단의 열쇠를 지키고 있으며, 콤포스텔라의 권위 있고 사도의무를 지닌 대주교와 성당의 참사원단은 신앙심 또는 약속의 실행을 위해 성인이시며 스페인의 수호성자이신 우리의 야고보 성인이 묻히신 곳으로 찾아온, 전 세계의 신앙인과 순례자들에게 그들의 방문을 증명해주는 공증된 증서를 발급합니다. 그러므로 이 증명서로 모든 사람들은 고계수가 믿음과 소명으로 가장 신성한 성당을 방문하였음을 확인하고 전파할 수 있을 것입니다. 그의 믿음을 근거로 하여 저는 이 신성한 성당의 직인이 찍힌 이 증명서를 드리는 바입니다.
>
> -2009년 6월 9일 콤포스텔라 성당"

증명서에는 성모님을 맞이하는 야고보 성인이 단순한 디자인으로 묘사되어 있고, 텍스트 상에서 신앙의 힘으로 이곳에 도달한 순례자에게 죄의 사함이 이루어진다는 표현이 있다.

순례자 여권이 있어야 순례자 숙소(알베르게)에서 묵을 수 있고, 순례자 숙소에 가면 확인도장을 받는데 알베르게 도장을 확인한 후 산티아고까지 100km 이상 걸은 도보 순례자와 200km 이상 달린 자전거 순례자에게만 산티아고에서 증명서를 발급해 준다. 증명서는 출발지점에서 800km 지점인 산티아고와 890km 지점인 피니스테레, 그리고 920km 지점인 묵시아에서 각각 다른 증명서를 발급해 주는데, 순례자의 99%가 산티아고에서 종결하고 나머지 1%가 피니스테레까지 걷는다. 내가 걸은 묵시아까지는 버스로 가는 사람은 있어도 걸어가는 사람은 거의 없다. 알베르게는 3유로(5,000원)에서 8유로(13,000원) 그리고 기부제가 있다. 물론 공립 알베르게가 사설 알베르게보다 저렴하다.

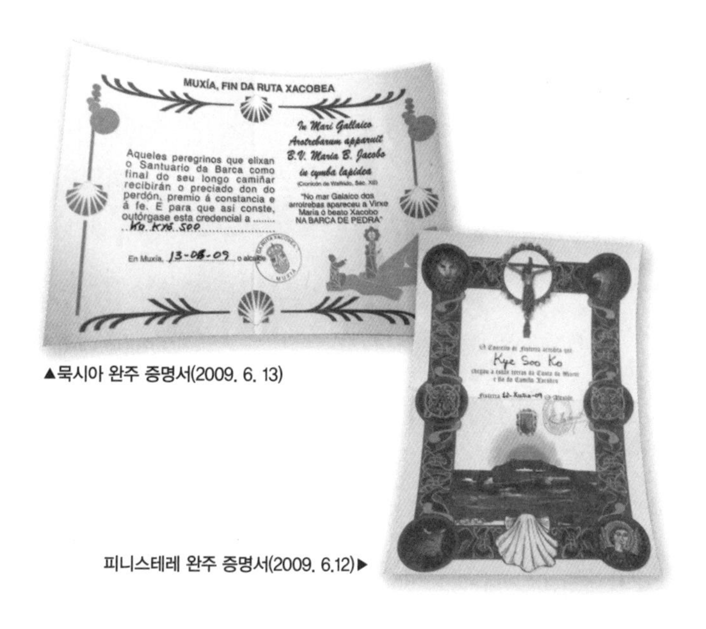
MUXÍA, FIN DA RUTA XACOBEA

Aqueles peregrinos que elixan o Santuario da Barca como final do seu longo camiñar recibirán o preciado don do perdón, premio á constancia e á fe. E para que así conste, outórgase esta credencial a ........
..Ko. KYE. SOO..........................

En Muxia, 13-06-09 o alcalde

In Mari Gallaico
Arotrebarum apparuit
B.V. Maria B. Jacobo
in cymba lapidea
(Cronicón de Walfrido, Séc. XII)

"No mar Galaico dos arrotrebas apareceu a Virxe Maria ó beato Xacobo NA BARCA DE PEDRA"

▲묵시아 완주 증명서(2009. 6. 13)

Kye Soo Ko

피니스테레 완주 증명서(2009. 6.12)▶

• 첨부) 일정표

1) 5. 9 : St. Jean Pied De Port~Orrison ················ (7.5km)

2) 5. 10 : Orrison~Roncesvalles ································ (24.8km)

3) 5. 11 : Roncesvalles~Larrasona ···························· (26.5km)

4) 5. 12 : Larrasona~Cizurmenor ······························ (20.3km)

5) 5. 13 : Cizurmenor~Cirauqui ································· (27.4km)

6) 5. 14 : Cirauqui~Villamayor ·································· (24.5km)

7) 5. 15 : Villamayor~Viana ········································ (31.2km)

8) 5. 16 : Viana~Ventosa ··············································· (30km)

9) 5. 17 : Ventosa~Santo Domingo ···························· (30.8km)

10) 5. 18 : Santo Domingo~Belorado ························ (23.5km)

11) 5. 19 : Belorado~Ages ············································ (28km)

12) 5. 20 : Ages~Burgos ················································ (25.9km)

13) 5. 21 : Burgos~Castrojeriz ···································· (40.7km)

14) 5. 22 : Castrojeriz~Fromista ·································· (25.9km)

15) 5. 23 : Fromista~Calzadilla ···································· (37.3km)

16) 5. 24 : Calzadilla~Bercianos ·································· (33.3km)

17) 5. 25 : Bercianos~Mansilla ···································· (26.5km)

18) 5. 26 : Mansilla~Leon ·············································· (17.3km)

19) 5. 27 : Leon~Orbigo ················································ (37.6km)

20) 5. 28 : Orbigo~Astroga ············································ (17.8km)

21) 5. 29 : Astroga~Acebo ············································ (39.9km)

22) 5. 30 : Acebo~Ponferrada ·································· (16km)

23) 5. 31 : 발등 부어 휴식

24) 6. 1 : Ponferrada~Cacabelos ······························ (17.9km)

25) 6. 2 : Cacabelos~Pereje ···································· (13.9km)

26) 6. 3 : Pereje~La Faba ········································ (17.5km)

27) 6. 4 : La Faba~Triacastella ································ (26km)

28) 6. 5 : Triacastella~Barbadelo ······························ (22.7km)

29) 6. 6 : Barbadelo~Areixe ····································· (35.5km)

30) 6. 7 : Areixe~Arzua ··········································· (37.6km)

31) 6. 8 : Arzua~Monte Do Gozo ································ (38km)

32) 6. 9 : Monte Do Gozo~Santiago ···························· (4.6km)

33) 6. 10 : Santiago~Negreira ···································· (23.8km)

34) 6. 11 : Negreira~Olveiroa ···································· (32.3km)

35) 6. 12 : Olveiroa~Finisterre ··································· (31.1km)

36) 6. 13 : Finisterre~Muxia ······································ (28.3km)

총계 : 920.9km

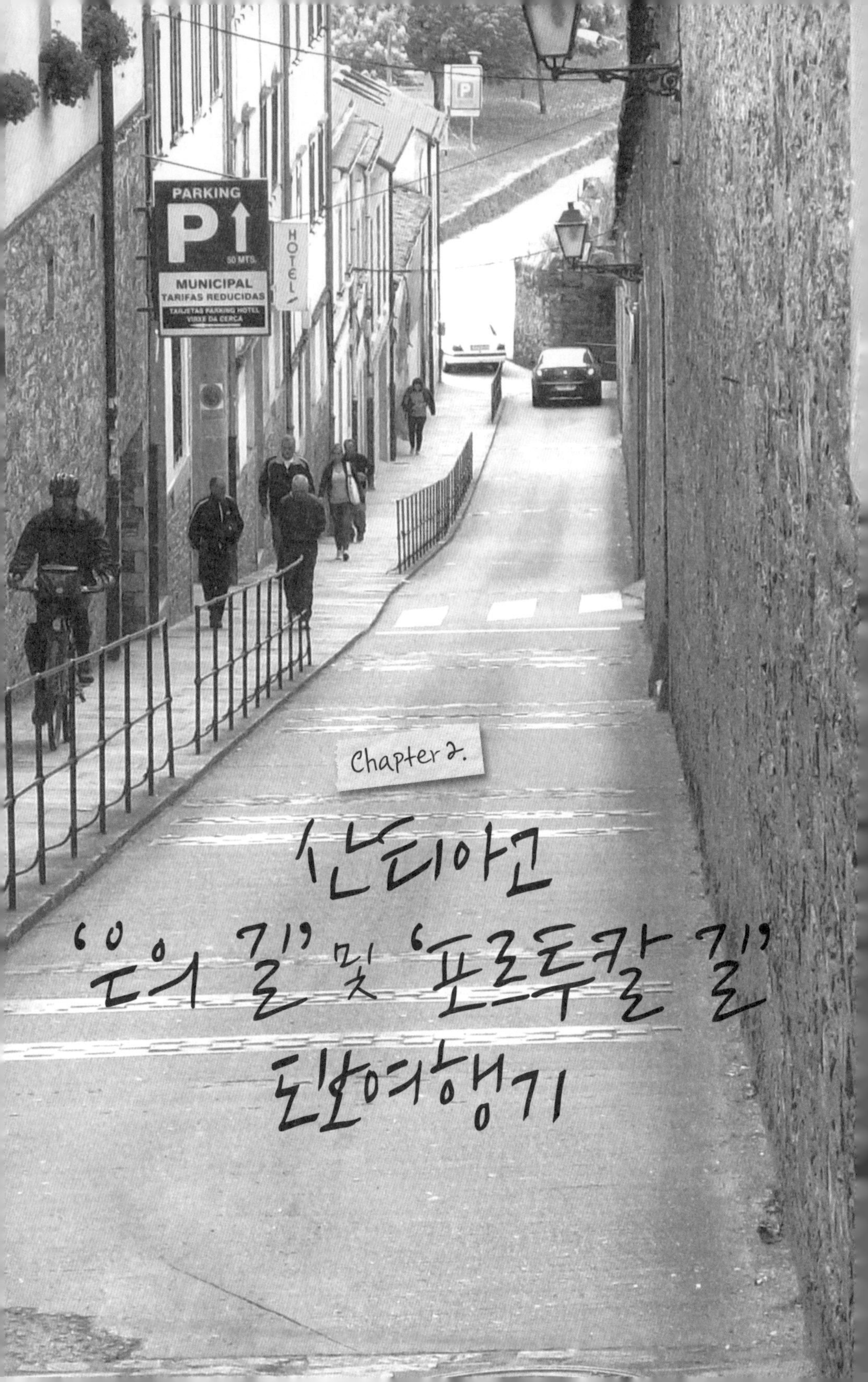


Chapter 2.

# 산티아고 '은의 길' 및 '포르투갈 길' 도보여행기

2009년 5월, 내 생애 첫 번째 배낭여행이자 유럽여행인, 스페인의 산티아고 프랑스 길 920km(프랑스 생장피드포르~산티아고~피니스테레~묵시아)를 걷고 난 후, 나머지 카미노 길 세 곳(은의 길, 포르투갈 길, 북쪽 길)은 매년 걷겠다고 결심했다.

그러나 2010년엔 부득이한 사정으로 카미노행을 포기할 수밖에 없었다. 도보여행은 절대 혼자 가야 한다는 게 나의 평소 지론이었지만, 이번 여행의 경우 내 일정상의 문제로 혼자서는 도저히 가지 못할 형편이었기에 남 3명, 여 1명(1명은 카미노 3번째, 2명은 2번째, 1명은 초행)이 2011년 4월 12일 인천공항을 출발했다.

그들과 함께 영국에서 4일간의 배낭여행, 스페인의 '은의 길' 카미노 걷기, 포르투갈의 '포르투갈 길' 카미노 걷기, 포르투갈에서 4일간의 배낭여행과 홍콩에서 10시간 배낭여행 등, 총 59일간의 여정을 마치고 동년 6월 9일 귀국하였다.

• 산티아고 '은의 길' 걷기

• [1일차] 2011. 4. 19(화) 이따금 비

• 24km/알베르게 5유로

어제 사온 음식으로 아침을 먹고 8시 15분경 숙소를 출발했다. 2년 전 프랑스 길을 걸을 땐 매일 6시에서 6시 30분 사이에 출발하여 7시쯤 전날 준비한 빵과 음료수로 길가에서 아침을 먹곤 했는데, 이번엔 동행이 있어서 아침을 먹고 가려니 자연히 늦게 출발할 수밖에 없었다. 늦게 출발하므로 도착시간도 자연히 늦어졌다. 오후 4시 15분경 도착하여 샤워와 빨래를 하고 슈퍼에 들러 내일 아침과 점심 먹을거리를 준비하고 시내를 구경하다 보니 어느새 저녁시간이다.

저녁을 먹고 들어오니 프랑스인 세 모자가 말을 타고 와서 뒤치다꺼리를 하고 있었다. 어른스럽게 자신의 짐을 챙기는 10살 남짓의 두 꼬마의 모습이 무척이나 예뻐 보인다. 말을 거니 환한 얼굴로 형이 또박또박 대답하고 질문하는데, 사교성이 보통내기가 아닌 듯하다. 영국 태생의 프랑스인인데 아버지가 말 조련사라고 했다. 어린애들이 말을 타고 800km의 산티아고 길을 걷는다는 게 결코 쉬운 일이 아닐 터인데, 그런 결심을 한 그의 아버지와 어머니의 용기가 부러웠다.

▼점심을 먹고 말발굽을 수리하러 가는 모자의 멋진 모습.
말을 타고 여행을 한다는 게 겉보기엔 쉬워 보이나 숙박지에 도착하면 안장을 풀고 장구들을 씻고 정돈한 다음 말에게 먹이를 주고 말발굽을 수리하는 등, 하는 일이 무척 많아 보였다. 어머니와 아들, 그들을 바라보는 사람까지 모두 얼굴이 화사하다.

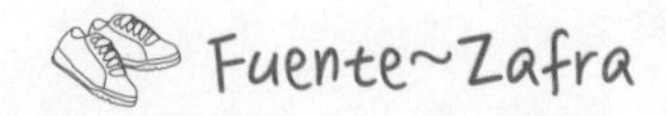

Fuente~Zafra

• [2일차] 2011. 4. 25(월) 맑음

• 26km/알베르게 12유로-아침 포함

발바닥에 물집이 생긴 지 오늘로 6일째. 처음에 생긴 오른쪽 발바닥의 통증은 많이 없어졌는데, 나중에 생긴 왼쪽 발바닥의 상태가 심각하다. 물과 피가 섞여 있다. 눈꽃송이 님이 주신 진통제, 소염제와 항생제를 먹기 시작했다. 매일 저녁마다 내일이면 낫겠지 하고 적당히 생각했는데, 더 이상 안이하게 생각하면 안 될 것 같았다. 단순한 물집이 아니라 합병증이 생긴 것 같았기 때문이다. 편하기 위해 나선 길이 아니고 어쩌면 일부러 고생하러 온 길이니, 모든 것을 즐겁고 기쁜 마음으로 받아들이자고 새삼 결심해 본다. 저녁 먹으러 가자는데 도저히 걸어갈 자신이 없어 안 가겠다고 하니, 중국집에서 식사하고 오면서 음식을 싸가지고 왔다. 아이고, 고맙기도 해라! 모처럼 볶음밥에 수프, 녹차, 살라다 등으로 포식을 했다.

▼네덜란드 남편이 조심스레 걸어오고 있다.

▼뻥 뚫린 길을 보니 내 가슴속까지 시원해진다.

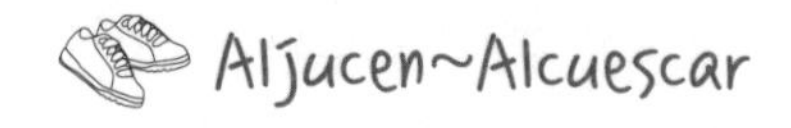


- **[5일차] 2011. 4. 28(목) 맑음**
- **21km/개인당 15유로씩 기부**

천년 역사의 수도원에 딸린 알베르게는 정말 좋았다. 기부제로서 저녁과 아침이 제공되고 식사도 좋아서, 기쁜 마음으로 개인당 15유로씩 기부했다. 알베르게 옆 건물은 수도원에서 운영하는 환자들의 병동인데, 병동 끝에서 미사를 봉헌하였다. 미사 후 8시부터 식사를 했는데 수프와 빵에 고기요리와 와인 등 일반 식당과 똑같은 메뉴였다. 식사 도중 전기가 갑자기 나가 캄캄했으나 어느 누구도 당황하지 않았다. 물론 그곳엔 음식을 준비하고 나눠주던 오스피탈레로도 있었다. 우리나라라면 어땠을까 하고 생각해 본다. 아마도 난리가 났을 것이다. 두꺼비 집을 열어보고, 전기 기술자를 부르고, 양초를 찾는 등등. 조그만 동요도 없이 환담을 계속하며 음식을 먹는 그 모습들이 처음엔 이상하게도 느껴졌지만, 나중엔 우리도 자연스럽게 동화되어 가는 것 같았다. 많이 어두웠으나 밥을 먹는 데는 지장이 없었다. 식사 후 나가다 보니 외국인들이 부엌 쪽으로 들어가는 게 보였다. 따라가 봤더니 설거지를 하는 장소였다. 10여 명이 나란히 서서 그릇을 씻고 뒷사람에게 주면, 마른 걸레로 닦은 후 닦은 식기를 건조대 위에 올려놓는 식의 공동 설거지였다. 대부분의 알베르게에서는 식당 바로 옆이 부엌이라 자연스럽게 자신이 먹은 식기를 각자 씻어 건조대 위에 올려놓는데, 이곳은 특이하게도 식당과 설거지를 하는 장소가 멀리 떨어져 있어서 하마터면 모르고 그냥 지나칠 뻔했다.

숙소에 들어가다 보니 독일인 할머니가 발을 절뚝거리셨다. 어디 아프시느냐고 물어보니 발등과 무릎이 오래 전부터 아팠다고 하신다. 내가 "저희 동료 중에 침을 잘 놓는 분이 있는데 한 번 맞아보시겠느냐?"니까 "제발 그렇게 해 달라."고 부탁하셨다. 만성병이라 즉효가 있을는지 조금 걱정스러운 상태에서 침을 놓았는데, 맞고 나서 무척 좋아졌다고 기뻐하시는 모습을 뵈니 나까지 기분이 좋았다.

## Alcuescar~Valdesalor

• [11일차] 2011. 4. 29(금) 맑음

• 28km/알베르게 무료

독일인 부부가 길가에서 아침을 먹고 있다. 우리도 배낭을 내려놓고 코펠에 커피를 끓이며 아침을 먹고 있노라니, 그저께 한방에서 잤던 네덜란드인도 지나가다가 합석을 했다. 그가 "오늘 아침 뉴스를 들으니 이제 곧 폭우가 쏟아질 것"이라고 말했다. 하늘을 보니 아닌 게 아니라 새카만 먹구름이 몰려오고 있었다. 나는 겁이 덜컥 났다. 물집으로 8일째

◀고등학교와 초등학교 교사 출신의 독일인 부부. 70세와 68세의 부부가 길가에서 음식을 펴놓고 어린애용 코펠로 커피를 끓이고 있었다. 내가 "어린이용 아니냐?"고 물으니, 그렇다고 하면서 파안대소한다.

나 고생하고 있는데, 거기다가 비까지 맞게 되면 상처가 더욱 악화될 게 뻔하기 때문이다. 일행에게 먼저 간다 하고는 아픈 몸을 이끌고 빠른 걸음으로 걸었다. 중간에 한 마을을 외곽으로 돌아가다가 지나가는 행인에게 이곳이 오늘의 목적지인지 물어보려 했으나, 20여 분간 기다려도 아무도 나타나지 않았다. 빠른 걸음으로 온 생각은 못한 채, 시간상 벌써 목적지에 도착한 것은 아닌 것만 같았다. 그래서 계속 걷다보니 결국은 예상 목적지보다 무려 10km나 더 걷게 되었다.

도착한 곳은 Valdesalor였다. 알베르게까지 가는 400~500m 구간에 화살표시가 전혀 없었다. 여러 주민들에게 물어봐도 확실히 아는 사람이 없었다. 그렇게 한 시간 이상을 헤매다가 알베르게 위치를 아는 주민의 안내로 찾아가 보니, 문은 잠겨 있고 어느 곳에도 언제 문을 연다는 푯말과 오스피탈레로 전화번호도 붙어 있지 않았다. 마을을 한 바퀴 돌아다니다 보니 어느 바르에서 이탈리아인과 오스트리아인이 술을 마시고 있었다. 그들과 함께 숙소로 갔는데 맨바닥에서 자야 한다는 사실을 알고는, 오스트리아인은 택시편으로 다음 목적지인 Caceres까지 가겠다고 한다. 온돌방에 익숙한 한국인에겐 별 문제가 아니지만, 침대에서 자는 서양인에겐 맨바닥에서 자는 게 무척 곤란한 모양이었다. 결국 이탈리아인 다니엘과 독일 바이커인 스테판과 셋이서 잠을 잤다. 숙박비는 무료이고 키는 다음날 숙소에서 500미터쯤 떨어진 곳에 놔두고 가면 된다고 하였다.

알베르게 앞마당에서 쉬고 있으려니 개구쟁이 동네 꼬마들이 말을 붙여왔다. 나중에 침실에 들어와서는 무려 2시간이나 이것저것 물어보며 놀다 갔다. 한국, 독일, 이탈리아 말로 자신들의 이름을 적어달라고 하여 적어 줬더니 무척이나 좋아했다. 특히 한국어를 보고는 글자가 재미있다고 다들 난리다. 피곤해서 좀 쉬고 싶었지만 가라고 할 수 도 없어 참으로 난감했는데, 어쨌든 잠시나마 동심으로 돌아간 즐거운 시간이었다.

##  Valdesalor~Caceres

- [12일차] 2011. 4.30(토) 한때 비
- 12km/알베르게 16유로

알베르게 키를 300여 미터쯤 떨어진 곳의 길가 키 박스에 반납하고, 어제 갔던 식당에서 빵과 밀크커피로 아침을 먹고는 스테판과 헤어졌다. 이탈리아인 다니엘과는 서로 영어가 미숙한 관계로 더욱 친밀하게 또박또박 얘기하며 걸었다. 금년 44세의 전기 기술자인 그는 싱글로서 10년 전에 프랑스 길을 걸었으며, 이번엔 한 달밖에 여유가 없다고 아쉬워하였다. 내가 60세에 은퇴했다니 이탈리아에선 65세에 은퇴

◀오른쪽 발등이 아프다고 하여 길가에서 30분간 침을 놓아주었다.
침을 꽂고 뺄 때까지 20여 분간 휴식하며 환담했다.

한다면서 왜 60세에 은퇴했는지, 은퇴 후 수입원은 무엇인지 꼬치꼬치 캐물었다. 요즘은 60세 훨씬 이전에도 본의 아니게 은퇴해야 하는 한국의 현실을 자세히 설명해 줬지만, 내 영어실력이 미천한 탓에 잘 이해하지 못하는 것 같았다.

##  Caceres~Alcantara

• [13일차] 2011. 5. 1(일) 아침저녁 맑음

• 34km/알베르게 15유로

6시에 식당이 오픈한다고 적혀 있기에 5시에 준비하여 6시에 식당에 가니, 8시에 오픈한다고 한다. 커피와 빵 한 조각을 먹고 6시 30분에 출발하였다. 발은 거의 다 나은 듯 오랜만에 상쾌하게 걸었다. Casar에서 만난 스페인인 요리사와 약 두 시간 동안 같이 걸었다. 어찌나 빨리 걷는지 도저히 따라갈 수가 없었다.

철교가 끝나는 지점에서 갑자기 표식이 사라졌다. 두리번거리며 살펴보니, 철교 오른쪽에 오르막으로 가는 표시가 있었다. 20여 분쯤 올라가니 두 갈래 길이 나왔다. 왼쪽으로 가니 X자 표시가 되어 있어서 오른쪽으로 한참 올라가도 아무런 표식이 없을 뿐더러, 중간에 얻은 독일 가이드북의 알베르게 위치(강 쪽 끝에 위치)와는 반대로 가는 것 같았다. 한 시간 이상을 헤매다가 결국 철교 밑에서부터 아스팔트 길을 따라 진행하니 그때서야 알베르게 표시가 보였다. 내가 멍청한 탓인지, 아니면 표식이 엉망인지 헷갈린다. 아마도 둘다이리라.

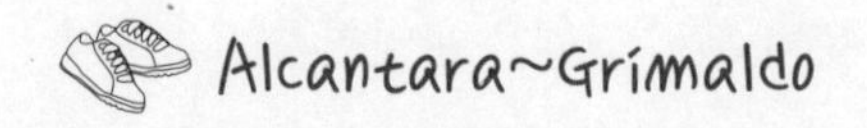

Alcantara~Grimaldo

• [14일차] 2011. 5. 2(월) 맑음

• 30km/민박 20유로

3일 전부터 보아미 님의 제부이신 세바스찬 님이 합류했다. 나와 보아미 님, 세바스찬님 세 명이서 같이 걸었다. 앞서 걷던 중에 우측에 표지판이 보이기에 표지판을 따라 50m쯤 가서 20여 분간을 기다려도 오지를 않았다. 혹시나 해서 되돌아와 불러 봐도 대답이 없고 보이지도 않는다. 그 후 계속 이름을 부르며 허겁지겁 가다보니, 40여 분 만에야 겨우 만날 수 있었다. 이때의 기분이란, 30년간 헤어졌던 이산가족을 극적으로 만난 기분이랄까! 정작 자신들은 잘못 가고 있다는 사실을 전혀 모른 채 천하태평이었다. 중간부터는 산티아고 가는 화살표시가 계속 이어져 있기 때문이다. 어째서 잘못된 길에 화살표시가 있었는지 도무지 이해가 되지 않았다. 보아미 님과 세바스찬 님을 찾느라 한 시간 반을 허비하고 오니, 이미 방이 다 찼다는 것이 아닌가. 내가 "그냥 바닥에서 자면 안 되느냐?"고 물으니 "방은 물론 바닥도 이미 만실이니 다른 민박집을 소개해 주겠다."고 한다.

할 수 없이 주인 남편의 차를 타고 갔는데, 민박집 주인의 고약한 인심에 혀를 내두르는 일이 발생했다. 가서 보니 두 방엔 침대가 하나씩 있었는데, 한 방은 주인 아들이 자는 방으로 잡다한 물건들이 어지러이 놓여 있었다. 알베르게가 10유로 안팎인 데 비해 한 사람당 20유로씩이나 내라고 해서, "독방은 20유로씩 하고 나머지 방은 가족과 같이 자는 방이므로 10유로에 달라."고 했더니 안 된다는 것이다. 또 식당에 쟁반 가득 놓여 있는 과일들을 보고 "사 먹을 수 있느냐?"니까 그것도 "노!"라고 한다. 이후 음식을 해먹으려고 이것저것 만지니, 가스통을 가리키며 뭐라 뭐라 하더니 강제로 내쫓아 버렸다. 조금 있으니 아까 알베르게 주인이 와서 설명을 하였다. 아마 전화로 급히 오라고 한 모양이다. 금액 흥정은 물론 방, 샤워, 화장실 사용 외는 모든 게 안 된다는 것이다. 부엌 사용도 숙박료에 가스값이 포함 안 됐기 때문에 불가능하다는 것이다.

결국 보아미 님은 독방에, 나와 세바스찬 님은 한 방의 싱글침대에 같이 눕기로 결정하고, 40유로를 지불하였다. 조그만 침대 하나에 남자 둘이서 각각 침낭을 깔고 눕는 것도 그다지 불편하지 않음을 경험할 수 있었다. 그 후 우리가 혹시 부엌의 음식을 몰래 먹는지, 혹시 무엇을 가져가지는 않는지, 살금살금 우리 뒤를 밟기도 했다. 알베르게 침대수가 모자란 탓에 늦게 도착하면 울며 겨자 먹기로 민박집 주인이 달라는 대로 주고 잘 수밖에 없는 실정이었다. 어느새 카미노 길에도 이렇게 빠르게 상업화되어 가는가 하는 서글픈 생각과 더불어 야박한 인심에 기분이 영 씁쓰레하였다.

◀세바스찬이 발바닥 물집을 치료하는 것을 본 오스트리아의 두 젊은이가, 지나가다 멈춰서는 배낭에서 실과 바늘을 꺼내 바늘에 실을 꿰고 있다. 이후 그들과는 며칠 동안 함께 걸으며 즐거운 시간을 가질 수 있었다.

## Grimaldo~Carcaboso

• [15일차] 2011. 5. 3(화) 맑음

• 30km/알베르게 11유로

가장 힘들고, 가장 오래 걷고(14시간), 가장 에피소드가 많으며, 가장 즐거웠던 하루였다. 세바스찬 님, 보아미 님과 나, 이렇게 셋이서 앞서거니 뒤서거니 걸었다. 어느 샌가 세바스찬 님을 놓치고 둘이서만 침 공부를 하며 걷다 보니 길을 잘못 들은 것 같았다. 20여 분간을 되돌아와서 운하에 도착할 즈음, 첫 번째 화살표시를 지나고 나서 거의 2km 이상 걸었는데도 화살표시가 보이지 않았다. 이상하다고 생각하며 계속 가다 보니 앞서가던 네덜란드 남자와 오스트리아 여자가 가이드북을 꺼내 들고 한창 의논 중이었다. 우리를 보고는 가이드북에는 운하 입구에서 800m 지점에서 좌회전하라고 되어 있는데, 지금 위치가 800m보다 훨씬 더 되어 보인다고 설명해 주었다. 우리 역시 되돌아오며 아무리 살펴봐도 화살표시가 보이지 않았다. 조금 있으니 우리처럼 길을 찾느라고 헤매는 사람들이 많았는데 프랑스 남자 한 명, 오스트리아 젊은 남녀 두 명, 이탈리아인 다니엘 등 10여 명이나 되었다. 입구에서 1km와 600~700m 지점에 길이 있어서 가 보았으나, 중간에 길이 없어 다시 되돌아와야 했다.

그렇게 30여 분간을 왔다 갔다 하면서 길을 찾다가, 결국 보아미 님과 나, 오스트리아 젊은이 두 명은 운하 입구에서 직진하기로 결심했다. 나중에 보니 우리 넷만 길을 잘못 든 결과가 되고 말았지만, 그때는 비록 화살표시가 안 보여도 길을 제대로 찾았다고 생각했다. 그런데 20여 분간 가다 보니 어느 목장 앞에서 길이 막혀 있었다. 그러자 오스트리아 젊은이 둘이 서로 싸우는 것 같았다. 여자 말을 안 듣는 바람에 길을 잘못 들었다고 하는 것 같았다. 목장 주인을 찾아 "Carcaboso로 가려는데 이 목장에서 갈수 있느냐?"니까 "온 길을 다시 되돌아가라."고 한다. 막상 온 길을 되돌아간다고 생각하니 너무 아찔하였다. 다시 돌아간다 해도 올바른 길을 찾으리라는 자신도 없었기 때문이다. 목장 주인에게 길이 없어도 되돌아가고 싶지 않다고 사정했더니, 어쩔 수 없다는 듯 한쪽을 손으로 가리키며 가보라고 하였다.

이때부터 고난의 행군이 시작되었다. 풀이 왕성한 숲길을 한참 가니 개울이 있었다. 두 팀으로 나누어 개울 건널 곳을 근 한 시간 동안 찾아봤으나, 도저히 찾을 길이 없었다. 결국 신발을 벗고 어렵사리 개울을 건너려는데 가시덤불 때문에 진전이 안 되었다. 배낭을 가시덤불 위에 올려놓고 그 위로 한 사람씩 올라가서, 가시에 찢기면서 겨우 그곳에서 탈출하였다. 그러고 나자 이번에는 목장의 가시 철조망과의 길고 긴 투쟁이 기다리고 있었다. 처음 철조망 통과 시 샤린의 발목이 찢어졌다. 내가 얼른 밴드를 꺼내 붙여주었다. 그 후부터 정상 코스에 진입하기까지 거의 20여 차례나 철조망을 넘어야 했는데, 하나하나 통과할 때마다 힘도 들었지만 한편으론 정말 재미있었다. 배낭을 철조망 밖으로 던져놓고 넘어가는 사람을 부축하여 철조망 위로 올리면, 미리 넘어간 사람이 넘어오는 사람을 부축하고.

그렇게 거의 고생이 다 끝나갈 즈음, 마뉴엘이 갑자기 나보고 배낭을 덮고 있는 빨간 배낭덮개를 파란 내 우의로 바꾸라고 하였다. 왜 그러냐니까 손으로 방향을 가리키며 뭐라 뭐라고 한다. 처음에는 투우에 대해 설명하는 것으로 생각했다. 가리키는 곳을 바라보니 새까만 소들

수십 마리가 일제히 우리를 향해 다가오고 있었다. 그때서야 마뉴엘이 애기한 내용이 무엇인지 확실히 인지하고, 얼른 우의를 꺼내 배낭을 덮었다. 소가 빨간 천을 보면 흥분하여 투우사를 공격한다는 사실을 기억하는 순간 소름이 확 끼쳤다.

천신만고 끝에 Gausteo에 도착하여 알베르게에 짐을 풀고 식당으로 가 마뉴엘, 샤닌과 점심을 같이했다. 점심은 보아미 님이 사셨다. 이 자리에서 마뉴엘이 보아미 님을 카미노 엄마로 모시겠다고 해서 코리아, 오스트리아 모자 조인식을 거창하게 하였다. 그 후 우리는 술을 마실 때마다 '코리스트리아(코리아 · 오스트리아)' 하면서 즐거워했다. 점심을 먹고 원래 도착 예정지인 Carcaboso까지 택시로 갈 예정이었으나, 그들과 의논 끝에 힘들지만 걷기로 하였다. 성격이 활달하고 단 한 시도 가만있지 못하는 성격의 마뉴엘 덕분에, 걷는 내내 웃음이 그칠 줄

▼이런 철조망을 20여 군데 이상 넘어야 했다. ㅠㅠ

몰랐다. 샤린은 좀 내성적인 성격이라 처음에는 잘 어울리지 못하였으나 나중에는 적응을 잘하는 것 같았다. 거의 다 나아가던 내 발바닥은 무리한 탓인지 통증이 재발했다.

아침 6시에 출발하여 14시간 만인 오후 8시에 알베르게에 도착했는데, 또 다른 이벤트가 우리를 기다리고 있었다. 일행 중 1명이 미리 도착해서 우리들 2명의 방값까지 모두 5명의 방값을 지불했다고 하였다. 그런데 알베르게 주인 할머니가 아까 받은 5명의 방값 외에 2명분을 더 내라는 것이 아닌가. 한국인이 5명이 아니고 7명이라고 말하는 것 같았다. 내가 한국인 5명을 세워놓고 각자의 방을 가리키며 "우노(1), 도스(2), 트레스(3), 콰트로(4), 싱코(5)" 하며 스페인어로 아무리 설명해도 화를 내며 막무가내였다. 순례자 중 스페인어에 좀 능통한 오스트리아 간호사 가브리엘라에게 상황을 설명했다. 그녀가 스페인어로 내 말이 맞다고 자세하게 설명해도, 알베르게 주인 할머니는 자신의 주장을 조금도 굽히지 않았다. 급기야는 숨어 있는 두 명을 찾아내겠다고 스틱으로 침대 밑을 휘젓는 해프닝까지 있었다. 결국 아래층의 바에 있는 아들이, 돈을 받은 장부를 확인하고 나서야 일단락되었다.

오랜만에 내 사랑 나의 발, ▶
예쁜 하늘을 배경으로 찰칵!

## Aldeanueva~Calzada

• [18일차] 2011. 5. 6(금) 맑음

• 22km/알베르게 5유로

일주일간의 카미노를 마치고 영국으로 귀환하는 세바스찬 님을 배웅하고 9시에 출발하였다. Montemayor에 도착하여 인포메이션 센터 앞 광장에서 점심을 먹고 있다가 지나가던 마뉴엘과 샤닌을 만났다. 마뉴엘이 "이곳은 온천으로 유명한 곳인데 하루 쉬고 가는 게 어떠냐?"며 강력히 쉬고 갈 것을 권유했다. 그러나 우리 일행은 그들과 헤어지고 높은 산길로 이어진 칼사다까지 계속 갔다. 하루를 쉬면서 온천을 하고 오지 않은 게 두고두고 아쉬운 미련으로 남는다. 특히 그날 이후 마뉴엘과 샤닌을 만날 수 없었고, 주소도 미리 주고받지 못하였기에 더욱 후회가 막심하다.

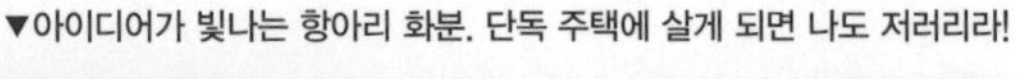

▼아이디어가 빛나는 항아리 화분. 단독 주택에 살게 되면 나도 저러리라!

## Calzada~Fuenterroble

- [19일차] 2011. 5. 7(토) 맑다가 가끔 비
- 21km/알베르게 기부 10유로

알베르게에 도착 즈음 갑자기 비가 쏟아졌다. 비를 맞으며 알베르게에 도착하니 입구부터 일본어를 포함한 각국의 언어로 쓰여 있는 현판이 걸려 있는 등, 예사롭지 않은 느낌이었다. 알고 보니 이 동네 출신 신부님이 운영하는 알베르게였다. 자신의 집을 알베르게로 변형시켜 기부제로 운영하고 있었다. 집 두 채에 베드수만 무려 70석이나 되는, 정말 무척 좋은 알베르게였다. 빵과 음료수, 과일 등 기초적인 음식은 무료로 제공되었고 벽난로까지 설치되어 있어서 매우 좋았다. 저녁시간에는 각자 소개를 하는 시간이 있었다. 그중에는 오늘 60km를 걷고 온 43세의 스페인 여성이 단연 인기 집중이었다. 의사인 그녀는 철인 3종 경기 선수로, 매일 평균 50km 이상씩을 걷는다고 하였다. 자신은 걷는 것을 즐기기보다는 기록 향상을 위해 최선을 다할 뿐이라고 말했다. 참석자 모두 그녀를 위해 뜨거운 격려의 박수를 쳤다.

◀알베르게 뒤켠에는 개를 데리고 다니는 순례자를 위한 개집도 있었다. 개 두 마리를 데리고 걷는 스위스 여성은 며칠 전부터 허리가 불편하여, 이곳에서 병이 나은 후 다음 오스피탈레로를 자원하는 순례자가 있을 때까지 오스피탈레로(알베르게 운영)를 한다고 했다. 이혼녀인 그녀는 스위스에서 카페를 운영하는 아들과 함께 살고 있다는데, 모쪼록 그녀의 빠른 쾌유를 빈다.

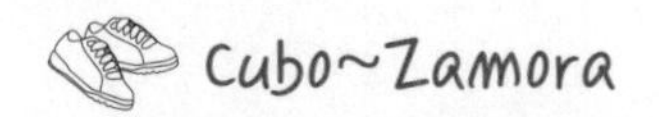

## Cubo~Zamora

• [24일차] 2011. 5.12(목) 맑음

• 31km/알베르게 기부 5유로

8시에 출발하여 오후 4시경 알베르게에 도착했다. 도착 한 시간 전쯤 갑자기 신발끈이 끊어져 버렸다. 실로 된 끈이 아니라 철사줄로 된 끈이라서 걷는 내내 노심초사했다. 신발끈이 끊어졌을 때를 대비하여 준비해 간, 일반 등산화 끈으로 매어보았으나 소용없었다. 하는 수 없이 한 시간 동안 신발끈이 끊어진 상태로 엉금엉금 알베르게에 도착하고는, 바로 신발을 사러 시내로 나갔다. 다행히도 대도시라 신발가게가 있었고, 내 발에 맞는(290mm) 신발도 있어서 76유로(114,000원)에 구입했다. 저녁에는 오랜만에 싸고 식성에 맞는 중국음식을 먹을 요량으로 한 시간 만에 겨우 중국 음식점을 찾아갔다. 그런데 가격이 저렴한 '순례자 메뉴'나 '오늘의 메뉴'는 없다는 것이 아닌가. 하는 수 없이 볶음밥과 수프를 시켰는데 이제껏 먹어 본 중국음식 중 최악이었다.

아, 참으로 운이 없는 날이다. 그렇지만 이게 바로 카미노이고 이게 바로 인생이다. 오늘은 서울을 출발한 지 꼭 한 달째 되는 날이다. 내일부터는 새로운 각오로 새 출발을 하자고 다짐해 본다. 발도 더 이상 아프지 말았으면 좋겠다. 아자, 아자, 파이팅!

• [26일차] 2011. 5. 14(토) 맑음

• 23km/알베르게 5유로

보아미 님이 카메라 커넥터를 사모라 알베르게에 놔두고 왔다고 한다. 하루에도 몇 십 장씩의 사진을 찍는 그녀에게 카메라 커넥터가 없다는 것은 심각한 문제였다. 누구에게 부탁할까 고민하다가 영어에 능통한 이탈리아 여성(이번이 세 번째 카미노 길이라는 그녀는 내일부터 걷는다고 했다) 아드리아나가 적임자일 것이라고 판단하고 부탁을 했다. 그녀가 바의 종업원과 주인에게 사정 설명을 하고는 그들에게 알베르게로 전화를 걸어달라고 했다. 그러나 알베르게에 전화를 했는데도 오스피탈레로가 사무실에 없는지 전화를 받지 않았다. 궁리 끝에 시내에 있는 공중전화 박스로 가서 직접 전화해 보기로 했다. 셋이 함께 가서 전화를 걸어 봤으나 이번에도 불통이었다. 지나가는 행인에게 부탁해 그가 대신 전화를 걸었지만 이번 역시 또 불통이었다. 하는 수 없이 알베르게로 돌아온 후 다시 민박집 주인에게 전화를 부탁했다. 다행히 이번에는 오스피탈레로와 통화가 되는 모양이었다. 통화 중에 주인이 아드리아나를 쳐다보며 "거기에도 커넥터가 없다고 한다."고 했다. 듣고 있던 아드리아나가 주인에게 수화기를 달라고 하여 불어로 뭐라 뭐라 말하더니만, 갑자기 보아미 님을 껴안고 "커넥터가 알베르게에 있대요." 하며 춤을 방실방실 추었다. 알고 보니 사모라 오스피탈레로는 프랑스 사람으로 스페인어를 모르고, 민박집 주인은 스페인 사람이라 불어를 몰라, 일시적으로 소통에 장애가 온 것이었다.

◀보아미 님의 커넥터를 찾은 것에 대한 신나는 기념파티 중에. 왼쪽부터 보아미 님, 독일인, 나, 프랑스인 브릴류에트, 스페인인 3명, 이탈리아인 아드리아나, 곰탱이 님, 독일인.

이보다 더 좋은 일이 어디 있을까? 흥분을 가라앉힌 우리는 아드리아나와 주인과 종업원에게 다가가서 몇 번씩이나 고맙다고 하였다. 어떻게든 고마움을 표시하고 싶은데 줄 선물이 없었다. 생각 끝에 보아미 님이 술을 한 잔씩 대접하는 게 어떠냐고 제안했다. 굿 아이디어! 결국 한국인 3명, 프랑스인 브릴류에트, 이탈리아인 아드리아나, 스페인인 3명, 그리고 독일 커플 2명까지, 총 9명에게 맥주 한 잔씩을 쏘았다. 그 자리에서 난 브릴류에트의 다리를 들고 문신에 대해 설명을 했고, 그들 모두 자기 일처럼 기뻐하였다. "내일은 우리가 택시나 버스를 타고 사모라로 가서 커넥터를 가져오려고 하는데, 혹시 버스 시간표를 아는 사람이 있느냐?"고 묻자, 스페인 순례자 한 사람이 아이디어를 냈다. "갈 필요 없이 오스피탈레로에게 전화를 걸어, 내일 떠나는 바이커(자전거 순례자)에게 보내달라고 하면 될 것 같다."는 것이다. 조금 전까지 큰 고민에 빠졌던 우리는 각국 순례자의 협조로 순식간에 모든 걸 해결할 수 있었다. 그걸 계기로 모두가 즐거운 시간을 갖게 되어 그야말로 일거양득이었다. 스페인 친구가 독주 한 잔씩을 돌리겠다고 하여 다시 술 한 잔씩을 마시다 보니 어느덧 11시가 되어 있었다.

## Granja~Tabara

• [27일차] 2011. 5. 15(일) 맑음

• 26km/알베르게 기부 5유로

저녁을 먹고 있으려니 처음 보는 스페인 순례자가 "침을 좀 놔줄 수 있느냐?"고 물었다. 내가 침 요법사인 줄 어떻게 알았을까? 식당의자에 앉힌 다음 침을 놓고 있으니 그분 외 세 사람도 합세하였다. 그중에는 이탈리아인 아드리아나도 포함되어 있었다. 이날 이후에는 아드리아나를 못 만났는데, 보아미 님은 산티아고에서 만났다고 했다. 그 덕분에 귀국 후 보아미 님을 통해 자신이 침 맞는 사진과 메일을 보내오기도 하였다.

• 아드리아나의 메일

Dear Keso,

how are you, was it good the return to your house ?

I' m happy I met you on the Camino, and I wish to thank you for your Kindness and for the acupuncture.

I feel you are a very good person.

I had a look to your blog and realized that you did the Camino Frances in 2009: in the same year and in the same month I was there too.

The Camino gives addiction: such an important and intense experience.

I always come back home with a lot of richness inside.

I had a look also to Jeju Olle: what a fantastic place!!!

I can imagine you while you are guiding people in the tours.

I'm sending you some photos.

I wish you all the best in your life.

A strong hug, Adriana

## Tabara~Santacroja

• [28일차] 2011. 5. 16(월) 맑음

• 28km/사립 알베르게 10유로

오늘은 나의 카미노 역사에 길이 남을, 처음부터 끝까지 엉뚱한 길을 걸은 날이다. 사연은 이렇다. 어젯밤 꿈자리가 이상하다는 보아미 님과 함께 제일 늦게 출발하였다. 알베르게를 나서자마자 보아미 님이 큰 길로 가지 말고 알베르게 앞마당을 가로질러 샛길로 가자고 했다. 어제 곰탱이 님이 사전답사를 했는데 그쪽으로 길이 있다고 했다는 것이다. 바로 이 첫 단추를 잘못 끼는 바람에 하루 종일 아스팔트 길로만 걷고, 원래 코스인 22km보다 6km 정도를 더 걷게 되었다.

마을을 나서기 전까지 화살표시가 안 보였다. 두 갈래 길에서 한참 있다가 트럭이 지나가기에 "산티아고 가는 길이 어디냐?"고 물었더니 오른쪽 방향을 가리켰다. 그 길로 가다보니 대로가 나타났는데, 오른쪽으로 흙길도 나 있었다. 그러나 주위를 아무리 살펴봐도 카미노 표식을 찾을 수 없었다. 얼마나 지났을까, 마을주민 한 명이 나타났다. 그에게 물으니 대로의 오른쪽으로 난 길로 가라고 하였다. 아무 의심 없이 그 길로 걸어가며 다시 살펴보았는데, 역시 어디에도 표식이 보이지 않았다. 그렇게 한 시간 이상을 걷다 보니 도로공사를 하는 곳까지 이르게 되었다. 다시 두 갈래 길이었다. 여기에서는 길을 찾기가 더욱 애매했다.

가이드북을 보면 큰 도로 오른쪽을 끼고 가다가 다시 큰 도로 왼쪽을 끼고 가라고 되어 있었다. 지나가는 사람도 차도 없으니 어디 물어볼 데도 없었다. 결국 둘이 의논한 끝에, 일단 가는 방향은 북쪽이 맞으니 아스팔트 길로 가다가 사람들에게 물어보기로 했다. 아스팔트 길은 거의 고속도로 수준으로, 차들이 고속으로 달려서 걷는 데 위험하

▼결정적 시기에 나타난 구세주 독일인 바이커와 바른 코스를 찾고 있다.

기도 하고, 지나가는 차를 세울 수도 없었다. 그렇게 몇 시간을 걷다보니 다시 두 갈래 길이 나타났다. 직진할 것이냐, 우회전할 것이냐를 놓고 가이드북을 보며 의논하고 있는데, 참으로 운 좋게도 그 순간 독일인 자전거 순례자가 지나갔다.

우리는 앞을 지나가는 순례자를 큰 소리로 "헬로!" 하고 불렀다. 급정거한 그는 길가에 자전거를 세우고 자신의 독일 가이드북을 한참 보며 영어로 해석해 주었다. 우리가 길을 잘못 들은 게 맞고 오른쪽 길로 가야 된다는 것이다. 이번에도 감사 표시를 아무것도 못하고 그저 고맙다는 말만 할 수밖에 없었다. 지나고 나서 생각해 보니, 만일 그때 그를 만나지 못했더라면 우리는 우회전을 하지 않고 그냥 직진했을 것이다. 그렇게 되면……. 아이고, 상상하기도 싫다. 엄청 고생했을 것이란 사실만이 명확할 뿐.

## Rionegro~Cernadilla

- [30일차] 2011. 5.18(수) 맑음
- 17km/매트 4개 있는 레퓨지오 3유로

곰탱이 님, 보아미 님과 나는 아스트리아노스에서 만나기로 하고 곰탱이 님이 먼저 출발했다. 나와 보아미 님은 침과 뜸 공부를 해야 하므로 같이 걷기로 하였다. 그런데 점심때쯤 되니 허벅지가 아파서 도저히 걸을 수 없었다. 아무 곳이든 자고 갈 만한 곳이 있으면 나만 남기로 하고 겨우겨우 걸음을 옮겼다. Cernadilla에서 주민에게 물어보니 다행히도 레퓨지오(알베르게와 동일)가 하나 있었다. 매트 4개에 식탁, 주방, 화장실, 샤워기가 있는 단출한 단독주택이었다. 다만 흠이라면 키를 갖고 와야 하는데 키가 있는 집을 찾기가 힘들다는 것이었다. 숙소에서 걸어온 길을 반대로 가서 사람들을 찾아보았으나 길가엔 아무도 보이지 않고, 문이 열려있는 집도 없었다. 한참 동안 길 가운데에서 있다가 포기하고 되돌아가려는 순간, 운 좋게도 한 사람이 걸어가고 있었다. 그에게 물었더니 키를 갖고 와서 문을 열어주었다. 보아미 님은 곰탱이 님과의 약속 때문에 계속 아스트리아노로 향했다.

샤워를 하고 있는데 누가 노크하는 소리가 들렸다. 얼른 나가 보니 독일 바이커 4명이었는데, 들어와서 보더니 매트가 3개밖에 안 남았다며 되돌아갔다. 몸이 아프니 샤워와 빨래를 하고 바로 누웠는데, 아무도 없으니 오히려 잠이 안 왔다. 저녁 6시쯤 천둥 번개와 함께 폭우가 쏟아졌다. 갑자기 보아미 님이 제대로 도착했는지 걱정이 되어 문자를 몇 번 보냈는데도 소식이 없다. 몸도 아프고 찾아 나서려 해도 어디에 있는 줄 모르니 답답하기만 했다. 도착했다는 소식이 없으니 더욱 불안하고 자꾸 불길한 예감이 든다. 이런저런 생각으로 잠을 설치고 거의 뜬눈으로 밤을 새웠다.

▼침구류는 매트 4개에 담요 4개뿐, 베개도 없다.

▼이 집 한 채를 4,500원 주고 하루 빌렸다. 빨랫줄에 걸려 있는 내 세탁물들.

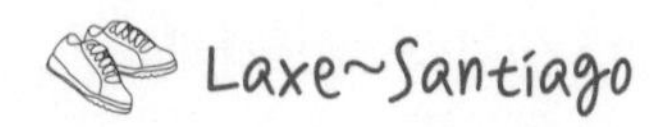

## Laxe~Santiago

• [37일차] 2011. 5. 25(수) 맑음

• 50km/알베르게 10유로

어제 저녁 자기 전에 '내일은 산티아고까지 50km를 걷자.'고 마음먹고 나니, 이런저런 생각을 하느라고 밤새 잠을 설쳤다. 걷기 시작한 지 오늘로 37일째. 그동안 혼자 걸을 때는 없었던 전혀 예상치 못했던 여러 가지 일들이 주마등처럼 뇌리를 스쳐갔다. 남은 14일을 어떻게 보내면 좋을까를 놓고 여러 정황을 대입해 본다. 일단 오늘은 산티아고까지 가서 그동안 누적된 피로를 내일까지 풀고, 모레부터 1) 산티아고~묵시아를 왕복한 후 귀국 날짜 이틀 전까지 프랑스 길을 역으로 걷는다. 2) 묵시아까지 간 다음 한 번은 꼭 가고 싶었던 바르셀로나로 간다. 3) 북의 길을 걷는다. 4) 포르투갈 길을 걷는다. 이 중에서 한 가지를 택하자!

▲순례 증명서를 받으려고 줄을 서 있는 순례자들.

눈을 뜨고 핸드폰을 보니 새벽 4시다. 5시경에 벌써 옆 침대에서 배낭을 들고 밖으로 나가기에 나도 조용히 일어났다. 5시 10분경 스페인 순례자 2명이 출발했다. 난 이번 카미노 중 가장 빠른 시간인 5시 30분에 헤드랜턴을 켜고 출발하였다. 산티아고 도착 두 시간 전인 오후 4시 30분부터는 또다시 발바닥이 아프기 시작했다. 오늘까지 무려 세 번째 발바닥 물집이 발생한 것이다. 아무튼 마지막 두 시간을 힘들게 걸어서 오후 6시 30분, 13시간 만에 산티아고에 도착하였다. 비록 발은 아프지만 피곤한 줄은 모르겠다. 이제야 발동이 걸린 모양이다.

오늘은 걷는 내내 순례자를 한 명도 만나지 못했다. 아마도 내가 너무 일찍 출발하고 빨리 걸었기 때문인 것 같다. 저녁은 슈퍼에서 산 음식으로 알베르게 앞의 잔디밭에서 대충 때우고, 저녁 10시경 피곤한 몸을 뉘었다.

• 산티아고 '포르투갈 길' 걷기

## Santiago~Sao Pedro Rates

• [D-1] 2011. 5. 26~27(목, 금) 맑음

• 25km/알베르게 10유로

엎치락뒤치락하며 잠을 재촉하고 있는데 새벽 2시경, 갑자기 내 침낭 속에서 전화벨 소리가 들렸다. 깜짝 놀라 전화기를 꺼내 끄려 해도 당황하니 쉽지가 않았다. 겨우 끄고 전화기를 침낭 속에 넣고 확인해 보니 동생한테서 온 것이었다. 아마도 이곳 시간을 잘 몰라 지금 전화

▲금년 88세의 스페인 할머니가 프랑스 길 800km를 완주하고 기념품 가게로 들어가고 있다.

▲5월 27일 새벽 5시 25분, 포르투갈 카미노를 걷기 위해 포르투갈로 가는 고풍스러운 산티아고 역에 도착했다.

를 한 것 같은데, 그래도 혹시 집에 큰일이 발생한 건 아닌지 걱정되었다. 자고 일어나서 문자로 무슨 일인지 알아봐야겠다고 생각하고 눈을 감고 있으려니, 또다시 따르릉 하고 벨소리가 울렸다. 조금 후에 "미안합니다. 제가 착각을 해서 서울에 계신 줄 알고 전화했습니다."라는 문자가 왔다. 새벽 3시에서 4시 사이까지 수차례 잠을 설치다가, 4시부턴 아예 잠을 자지 않고 5시가 되기만을 기다리다 5분 전 5시에 일어났다. 도둑고양이처럼 살금살금 짐을 들고 밖으로 나와 3층에서 1층 현관에 도착하니 어느덧 5시 15분이었다.

"앗, 저 할머니는 88세 스페인 할머니다! 저희들하고 같이 걸었어요." 하는 말을 듣자마자 셔터를 눌렀다. 지난 2009년 프랑스 길에서 85세 독일 할아버지하고 같이 걸어 보기도 했는데, 이후 이처럼 나이 많으신 분을 뵙기는 처음이었다. 등이 굽고 연세가 많은 데도 완주하신 것을 보며 나는 희망을 본다. 그래, 나도 하는 거야! 80세가 되든 90세가 되든 살아 있기만 하면, 죽는 날까지 걷다가 죽자!!

오후 2시 40분 옐로우 라인 열차를 타고 1시간 이상 가서 Povoa Varizim에 도착했다. 열차를 타자마자 잠이 쏟아졌다. 어젯밤에 잠을 설친데다 새벽 5시 45분부터 오후 3시까지 긴장을 한 채 눈 한번 못 붙인 상태라 더 졸리고 피곤했다. 그러다 보니 레드라인을 타야 하는데 옐로우 라인을 타는 바람에, 오랜 시간이 지난 다음에야 목적지인 Povoa Varizm에 도착할 수 있었다. 원래는 Povoa Varizm에서 Sao Pedro Rates까지 걸어갈 예정이었으나, 피곤해서 도저히 걸어갈 힘이 없었다. 그래서 12km를 12유로를 주고 택시를 타고 갔다.

▼포르투갈의 포르토 역에 도착하니 맨 먼저 열차 역 벽면에 붙어 있는 타일 벽화가 눈길을 끈다. 타일 벽화는 아줄레주(Ajulejo)라고 하는데, '작고 아름다운 돌'이라는 뜻으로 아라비아에서 유래되었다. 포르투갈의 왕 마뉴엘 1세가 그라나다 알람브라 궁전에 갔다가 이슬람 문화에서 전해진 타일 장식에 매료돼 자신의 왕궁을 아줄레주로 장식했는데, 그 이후 포르투갈 전역으로 퍼져나갔다고 한다.

• [2일차] 2011. 5. 29(일) 맑음

• 44km/알베르게 5유로

어제와 마찬가지로 6시 15분에 출발하였다. 오늘 걸을 거리는 44km인데 높은 산을 넘어야 한다. Lima에서부터 발등이 아프기 시작해 걸으면서도 무척 고민했는데, 신기하게도 시간이 지날수록 괜찮아졌다. 오후 3시경 카페에서 맥주 한 잔을 마시며 각오를 단단히 하고 산을 오르기 시작했다. 땀을 비 오듯 흘리며 산을 넘어 알베르게에 도착하니, 오후 5시 20분. 높은 산을 넘는 44km의 난코스를 11시간 만에 무사히 주파했다. 내가 생각해도 믿기 어려울 정도로 너무도 힘든 코스를 잘도 걸어온 셈이다. 시간이 지날수록 힘이 솟았다. 산을 오를 때쯤부터 비가 곧 쏟아질 듯 천둥 번개소리가 요란하게 나면서, 하늘이 새까매지고 주위가 캄캄해졌다. 마음속으로 제발 알베르게에 도착할 때까지만 비가 오지 않게 해달라고 기도했다. 다행히 도착 전까지는 비가 안 오다가 도착 후 빨래를 끝내고 나오니, 비가 억수같이 쏟아져 내렸다. 내 기도가 통한 것 같아 기분이 좋았다.

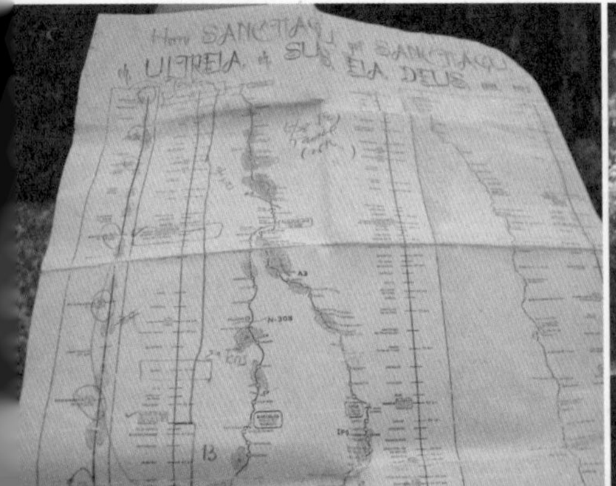

▼포르토 인포메이션 센터와 알베르게에서 얻은 자료들. 아무런 정보도 없이 포르투갈에 왔으나, 한 장짜리 이 정보지만 가지면 만사 오케이이다!

▼하루에 10km 미만씩 걸어 24일 만에 포르토에서 산티아고까지 간다는 독일 아가씨와. 검고 희고, 대조적인 얼굴색이 퍽 인상적이다.

• [3일차] 2011. 5. 30(월) 맑음

• 37km/알베르게 5유로

바르에서 밀크커피 한 잔 마시면서 가지고 있던 빵으로 아침을 대신하려고 들어갔더니 현지 주민 3~4명과 순례자 3~4명이 있었다. 조금 후 비가 조금씩 뿌리기 시작하자 현지 주민 4~5명이 더 들어온다. 나는 창구에 서서 나보다 먼저 온 사람들이 주문한 것을 다 가지고 갈 때까지 가만히 기다리고 있었다. 그런데 나한테는 주문을 받지 않고 나보다 늦게 온 현지 주민들에게만 주문을 받는 게 아닌가? 그것도 내 눈은 일부러 피하면서. 한참 그대로 서 있자니 은근히 화가 났다. 아무리 보아도 순서를 몰라서 그러는 게 아니고, 일부러 현지인들에게 먼저 주는 것 같았다. 자존심이 상한 나는 슬그머니 그냥 나와서 배낭을 둘러매고 출발하였다. 30분쯤 걸으니 스낵바가 보여 들어갔다.

스낵바에서 커피를 마시고 일어서려는 순간, 60대의 네덜란드 여자 순례자가 내 옆으로 와 앉았다. 합석한 그녀가 내게 커피 한 잔 더 하겠느냐고 물었다. 더 할 마음이 없었지만 그녀의 호의를 거절하기가 곤란해서 그러겠다고 했다. 나는 그녀가 커피를 주문하러 간 사이에 배낭에서 어제 산 체리를 꺼냈다. 커피를 마신 다음에 체리를 먹으라고 권했더니 "이거 혹시 씻은 것이에요?" 하고 묻는다. 사실은 씻지 않았으면서도 나도 몰래 엉겁결에 "예." 하고 거짓말을 하고 말았다. 나는 거짓말을 한 게 부끄럽기도 하고 창피하기도 해서, 얼른 먼저 간다고 하고 일어섰다. 그 후 과일을 사면 씻는 것을 잊어버리지 않으려고 노력했다. 그전까지는 어떤 과일이든 수건으로 쓱쓱 문지르고 그냥 먹었었다. 지금도 그때 일을 생각하면 그분에게 미안한 마음을 금할 수가 없다.

##  O Porrino~Pontevedra

- [4일차] 2011. 5. 31(화) 맑음
- 35km/알베르게 5유로

준비 부족인가? 절약정신이 투철한 것인가? 모르긴 몰라도 절약의 대명사인 독일 사람의 신발이 아닐는지! ▶

##  Pontevedra~Padron

- [5일차] 2011. 6. 1(수) 맑음
- 40km/알베르게 5유로

어제 저녁까지만 해도 오늘은 24km 지점인 Caldas De Reis까지만 갈 예정이었다. 헌데 새벽 5시 반쯤 되니 실내가 무척 소란스러웠다. 보통은 노인들이 일찍 일어나곤 했는데 밖에 나가 보니, 웬걸 젊은이들이 부산스럽게 출발 준비를 하고 있었다. 나도 얼른 세수하고 배낭을 꾸리고 나오니 5시 55분이었다. 이렇게 일찍 출발하게 되니 자연스럽게 40km 지점인 Padron까지 가는 것으로 계획이 변경되었다.

한 시간쯤 걸으니 짧은 치마를 입은 아가씨가 다가왔다. 5년 전부터 뉴질랜드에서 환경관련 회사에 근무하는 아일랜드 여성이었다. 키가 그리 크지 않고 배낭도 12kg(내 것은 8kg)이나 되는데도, 뉴질랜드에서 많은 트래킹을 한 탓인지 걸음이 나보다 훨씬 빨랐다. 그녀는 남자들이 심하게 코를 고는 바람에 2~3일간 잠을 설쳤다고 한다. 그러면서 오늘은 24km만 걷고 낮잠을 푹 자야겠다는 것이다. 내 배낭이 가벼워 보인다고 하기에 "배낭여행 시 적정 배낭 무게는 자신의 몸무게의 10분의 1이다."라고 말해 주었다. 그랬더니 그러면 자신의 몸무게가 52kg이니 5.2kg이면 되겠다면서 깔깔 웃는다. 그녀는 육류를 못 먹으며, 아일랜드에선 일주일에 두세 번 씩 밥을 먹다가 이곳에 와선 밥을 못 먹으니 무척 힘들다고 하였다.

길을 가다가 보니 개에게 물을 먹이며 쉬고 있는 청년이 있었다. 선 채로 몇 분간 담소하였다. 2월부터 프랑스에서 2,000km를 걸어왔다고 한다. 카미노 끝나면 바르셀로나, 로마, 뉴질랜드로 갈 예정이란다. "여행은 언제 끝나느냐?"고 물었더니, 자신도 모른다고 하고 "그렇다면 금년 안에는 끝이 나느냐?"니까 그것도 모른다고 하였다. "이렇게 고생하면서 걷는 이유가 뭐냐?"고 물으니, "그냥 걸으면 좋아서."라고 대답한다. 하긴 나에게도 누가 그렇게 물으면 대답은 마찬가지일 것이지만. 그래도 난 매일 알베르게에서 편히 쉬지만, 개와 다니는 저 친구는 매일 열악한 텐트에서 생활해야 하므로 나보다 몇 배는 더 고생할 터. 매우 가엾어 보인다. 부디 뷰엔 카미노 하시길!

바르 앞에 도착하니 문 앞에 두 개의 신발과 양말이 있었다. 들어가 보니 양말을 벗은 채 두 분이서 식사 중이었다. 나는 쉴 때마다 어느

3개월째 배낭여행 중인 벨기에 청년.

곳에서든지 양말을 벗지만, 외국인이 양말을 벗은 것을 목격한 것은 처음이었다. 나이가 몇이냐고 물으니 "나이가 많다. 맞춰보라."고 하더니만 내 테이블로 보험카드를 갖고 오셔서 보여주었다. 37년생이이었다. 75세, 나보다 10살이나 많은데도 그렇게 나이 들어 보이지 않았다. 프랑스 길은 오래 전에, 은의 길은 2009년에 걸었다고 하였다. "동생보다 더 젊어 보인다."고 하니 깔깔 웃는다.

 Padron~Santiago

• [6일차] 2011. 6. 2(목)

• 25km/알베르게 10유로

드디어 오늘로 두 번째 카미노 여정이 모두 끝이 났다. 우연한 기회에 결정한 2차 산티아고 도보여행, 참으로 사연도 많고 탈도 많았다. 카미노 산티아고 '은의 길' 1,040km 중 870km를 34일간 걸었고, 카미노 산티아고 '포르투갈 길'의 206km를 6일간 걸어, 총 40일간 1,076km를 걸었다. 그간 생각조차 하기 싫은 끔찍하고 황당한 경험도 하였고, 재미있고 유익한 추억도 많았으며, 배운 것도 많았을 뿐 아니라 많은 것을 생각하게 만든 여행이기도 했다.

첫째, 이번 여행은 내게는 여러 가지 면에서 무리한 여행이었다. 정신적 육체적으로 몹시 피곤한 상태인데다 일행 중에 카미노 산티아고 은의 길을 다녀온 사람이 있다는 말만 듣고, 아무런 준비도 안 하고 온 게 결정적인 실수였다. 1차 산티아고 도보여행 시엔 근 1년 동안을 영어, 스페인어 공부와 걷기 연습 및 카미노 길과 카미노 후에 갈 배낭여행지에 대한 정보 숙지 등 제반 공부를 착실히 했었다. 그러나 이번엔 틈틈이 한 걷기 연습 외에는 아무런 준비도 안 했다. 경험이 있는 동행자가 있다기에 너무도 안이하게 생각했던 것이다. 걷기 시작한 3일째 되는 날 생긴 물집이 마지막 40일째 되는 날까지 낫지 않았고, 그 외에 크고 작은 여러 가지 일들이 계속적으로 터지는 바람에 육체적 정신적으로도 고생이 많았다. 중반 이후부터 각자 개인적으로 걷기 시작하면서 카미노의 진수를 다시 느낄 수 있었던 것은 불행 중 다행이었다. 역시 장거리 도보는 단독으로 걸어야 한다는 사실을 새삼 일깨워 준 계기가 되었다.

2차 산티아고 도보여행을 마치며. ▶

Chapter 3.

# 산티아고 '북의 길' 도보여행기

## 서울 인천~중국 푸동공항~프랑스 드골공항~프랑스 몽파르나스~스페인 이룬

• [D-1] 2013. 6. 21(목)

3차 카미노 길(북의 길 920km)을 걷기위해 중국동방항공편으로 2012년 6월 20일 오후 4시20분에 인천공항을 출발하였다. 현지시각 오후 5시 20분에 상해푸동공항에 도착하고 보니 파리로 가는 비행기는 오후 11시 58분에 출발한다고 하였다. 무려 6시간 30분의 여유가 있는 셈이었다. 그런데 푸동시내 관광을 하려고 나갈려고 하니 비자가 없어서 안 된다고 하였다. 작년 홍콩에 갔을 때는 무비자 입국이 가능했기에 상해도 당연히 비자가 없어도 나갈 수 있을 것이라고 지레짐작하였는데… 공항에는 구경할 곳도 없고 국제공항인데도 와이파이도 안 터졌다. 딱히 할 일도 없고 해서 6시간 반 동안 꼬박 청사의자에 앉아서 무료하게 시간을 보낼 수 밖에 없었다. 사전에 좀 더 철저한 준비를 하였더라면 6시간 30분 동안 상해 시내를 관광할 수 있었을 것을…….

## Irun~San Sebastian

• [1일차] 2012. 6. 22(금)

• 35km/8시간 50분/호스텔 17.6유로-아침 제공

잠에서 깨어 보니 새벽 1시다. 이틀 동안 근 40여 시간을 한숨 못 잤는데도(원만한 시차적응을 위해 출발지인 이룬에 도착할 때까지 일부러 잠을 안 잤

다), 긴장해서인지 자꾸 잠에서 깨어났다. 3시에 또다시 소변이 마려워 잠에서 깼다. 조금 있으니 옆 침대의 프랑스 부부 알란과 마리세가 불을 켰다. 어제 생각엔 오늘 하루 이룬에서 푹 쉬면서 피로를 풀고, 내일부터 걸을까 생각했었는데, 아침에 일어나니 신기하게도 몸이 가뿐했다. 하룻밤 사이에 완전히 회복된 게 신기할 정도였다. 그러나 오늘 하루 내 앞에 최악의 시나리오가 전개될 줄은 꿈에도 생각 못하고 있었다. 아침을 간단히 먹고 7시 10분에 숙소를 출발했다.

산 중턱에서 4km를 내려가니 "왼쪽 150m 지점에 알베르게가 있다."라는 간판이 보였다. 이곳에서 잠시 '이 알베르게에서 자고 갈까?' 하는 생각도 해 보았지만, 시간도 오후 1시가 채 안 됐을 뿐만 아니라, 가능하면 산 세바스찬 마을 안에 있는 알베르게에 묵고 싶어서 그냥 지나갔다. 그런데 막상 큰 도로변으로 나오니 화살표가 뚝 끊겨 버렸다. 좌우로 수십 미터씩 걸어가며 찾아봐도 화살표는 없고, 주민들에게 물어보니 하나같이 오던 길 반대쪽의 큰 도로 방향으로 가라고 한다. 그러나 해안도로를 따라 직진하면 분명코 알베르게가 있을 것만 같았다. 내가 물어본 7~8명의 주민 중 유일하게 주유소 직원만이 직진하여 인포메이션 센터에 물어보라고 할 뿐, 모두가 알베르게는 뒤에 있다는 것이다.(나중에 알고 보니 그들 말이 모두 맞는 말이었다. 왜냐하면 이 근처에는 산 중턱의 알베르게밖에 없었고, 4km 이상 직진한 곳에 있는 알베르게는 이 마을의 사람들이 알 턱이 없었기 때문이다.)

사람들이 얘기하는 방향으로 알베르게를 향해 걸어가며 화살표를 조심스레 찾아보았으나, 아무 곳에도 없었다. 걸어가면서 마을주민인 듯한 사람만 보이면 무조건 물어보았다. 그러다 보니 근 한 시간 만에야 겨우 알베르게 안내판이 있는 곳까지 갈 수 있었다. 안내판에는 다시 오르막길로 4km를 더 가야 맨 처음 보았던 알베르게 간판이 있는 데까지 갈 수 있다고 쓰여 있었다. 그때서야 마을 사람들이 얘기한 알베르게가 내가 처음 산을 내려올 때 보았던 산 중턱의 알베르게라는 사실을 알게 되었다. 처음 큰 도로변에 나왔을 때 바로 온 길을 되돌아 갔다면, 30분이면 도착할 수 있었을 터인데. 아무튼 피곤한 몸을 이끌고 길을 헤매며 이곳 처음에 본 알베르게로 가는 간판까지 와서는, 또다시 알베르게 쪽으로 가지 않고 처음 내려갔던 길로 다시 내려가는 실수를 범했다. 마치 귀신에 홀린 듯이, 엉뚱한 방향으로 왜 갔는지는 지금도 도저히 이해가 되지 않는다. 어쨌든 다시 큰 길로 내려와 주유소 직원이 얘기한 해수욕장 중앙에 있는 인포메이션 센터에 들렀다. 알베르게 위치를 확인하고 한 시간쯤 더 걸어, 천신만고 끝에 겨우 알베르게에 도착하였다.

▲베드로 마을의 아름다운 풍경.
이런 풍경들이 북의 길(노르테 길)에서 프리미티보 길로 갈라지는 세브라요까지 계속 이어진다.

## Zernika~Bilbao

• [6일차] 2012. 6. 27(수)

• 30km/7시간 30분/호스텔 17.5유로-아침 포함

독일인 마틴은 스페인과 포르투갈의 4강전 축구를 구경하겠다고 하며 그냥 식당에 남고, 나와 독일여성인 굿룬은 알베르게로 가기 위해 일어섰다. 굿룬이 발가락에 생긴 물집 때문에 힘들게 걷고 있기에, 그녀가 들고 있는 백을 "내가 갖고 가마." 하고 들고 가다가, 그만 전철 안에 놔두고 내려버린 황당한 사건이 발생했다. 그 백 안에는 스마트폰과 카메라가 들어 있었다. 그녀가 역 밖으로 나오자마자 "내 백 어쨌느냐?"고 묻는 순간 정신이 아찔하였다. 도무지 어디에서 잃어버렸는지 기억이 안 났다. 그녀는 조금도 동요된 기색이 없었으나 나는 별의별 생각이 순식간에 온몸을 휘감았다. '스마트폰이야 새로 사주면 되지만 카메라는 새로 산다 하더라도 그 속에 있는 사진은 어떻게 하나?' 등등. 바로 지하로 내려가 역무원에게 사정 설명을 하니 전화로 잠시 확인하더니만, 다행히도 우리가 출발한 역에 누가 주워서 갖다 놓았다고 하였다. 정말이지, 그때의 기분이란!

얼른 내 백을 열어 역무원에게 선물을 건네고 전철을 타고 출발지에 갔더니, 쇼핑백을 주운 사람이 기다리고 있었다. 그에게도 선물을 주며 여러 차례 고맙다고 인사를 했다. 물건을 주워 주인에게 찾아주는 스페인 사람들의 인심이 무척 고맙기도 하지만, 이번에도 역시 '이런게 바로 카미노이다.'라는 생각이 들었다.

굿룬과 헤어지고 혼자 걷다가 이후 11일 간을 함께 걸었던 스페인인 나초를 만나 함께 걷기 시작했다. 반대편에서 오던 마을 사람에게 나초가 알베르게에 대해서 물어보자, 그가 오던 방향을 바꾸더니 한 시간 이상을 우리와 같이 걸으면서 끊임없이 설명해 주었다. 나초도 수시로 고개를 끄덕이며 질문을 한다. 그렇게 한 시간 이상 반대로 걷다가 알베르게 문 앞에 가서야, 다시 되돌아서서 자기 길을 가는 스페인 사람.

사실 이때는 이런 현상을 도저히 이해할 수가 없었다. 나초와 11일을 함께 걸으며 숱하게 이런 상황을 접하고 나니 조금씩 스페인 사람들을 이해하게 되었다. 그들은 누구에게나 친절하고 또한 얘기하기를 무척 좋아한다는 사실을….

##  Pobena~Castro Urudiales

- [8일차] 2012. 6. 29(금)
- 22km/6시간 30분/알베르게 5유로

나초와 7시 30분에 출발하였다. 해안으로 가면 거리는 짧지만 아스팔트 길이라 안 좋으니, 산길로 가자고 나초가 제안했다. 난 아무런 정보도 없는 상태라 무조건 오케이! 두 시간쯤 같이 걷다가 자연스럽게 떨어져서 나 혼자 걸었다. 카스트로 해안에 다다라 알베르게 쪽으로 걸어가고 있을 즈음, 길가 벤치에서 배낭을 옆에 놓고 맨발인 채로 술에 취해 잠을 자는 사람이 있었다. 배낭을 보니 순례자인 것 같은데 복장은 완전히 히피족 같았다. 너덜너덜 떨어지고 해어진 옷에다 귀걸이와 목걸이에다 머리모양까지. 점심을 간단히 바르에서 먹고 알베르게에 도착하니 그가 이미 와 있었다. 알고 보니 독일에서부터 무려 6개월을 걸어온 30대 초반의 화가였다. 맨발로 다니는 그가 안타까워 굿룬이 신발을 사주겠다고 하자, 괜찮다며 거절했다고 한다. 계속해서 맥주를 들이키는데 식사는 제대로 하는지 걱정이 된다. 이후 한 번도 다시 만나지는 못했다.

▼왼쪽부터 2개월째 걷고 있는 프랑스인 존과 만 6개월을 걸어온 독일인 스미스.

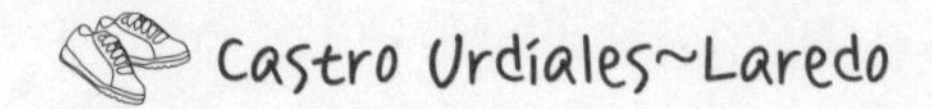

## Castro Urdiales~Laredo

• [9일차] 2012. 6. 30(토)

• 35km/7시간/알베르게 10유로

처음 3시간 동안은 계속 아스팔트길이었는데 갑자기 비가 쏟아졌다. 아스팔트 길에서 숲속으로 들어가면서 화살표도 빨간색으로 바뀌었다. 점심으로 빵과 치즈 등 음식을 사왔는데, 비가 계속 오고 비를 가릴 만한 곳이 딱히 없어 먹을 수가 없었다. 2시에 라레도에 도착하여 인포메이션 센터에 가니 토요일이라고 문이 닫혀 있었다. 옛 수도원인 알베르게로 갔다. 영어를 전혀 알아듣지 못하는 젊은 수녀님이 방 배정을 하시는데, 한국인과 같이 자겠느냐면서 안내한 곳은 침대가 하나뿐인 곳이었다. 딴 데서 자겠다고 하니 독방을 내주었다. 키가 4개나 달려 있는 키 꾸러미를 받아, 아무 생각 없이 주머니에 집어넣었다. 그냥 방 키라고만 단순히 생각하였다. 그런데 저녁을 먹고 알베르게에 밤 10시 10분경 도착해 보니, 주위에는 아무도 없고 육중한 철문은 굳게 닫혀 있었다. 그때서야 이 알베르게 규칙상 10시까지 들어와야 하는 게 아닌가 하는 생각이 퍼뜩 들었다.

큰일이다. 정문 앞을 이리저리 배회하면서 고심하고 있는데, 정문 앞의 2층 베란다에 있는 할머니가 손으로 옆을 가리키며 뭐라 뭐라 말씀하셨다. 그쪽으로 가보니 조그만 철문이 열려 있었다. 그리로 들어가서 초인종을 누르니 한참 후에 젊은 사람들 목소리가 들려왔다. (나중에 생각해 보니 수녀님들이셨다.) "10분 늦게 왔더니 문이 닫혀 있다. 도와달라."고 여러 차례 얘기했으나 서로 통하지가 않았다. 그들은 스페인어로만 말하고 난 영어로만 얘기하니 평행선만 그릴 뿐이었다. 내 의사가 전달되지 않는 것 같아 말하는 것을 포기하고 다시 정문 쪽으로 가서 어떻게 하면 들어갈 수 있을까 궁리하고 있으려니, 수녀님 두 분이 나오셨다. "고맙습니다!"를 연발하며 안으로 들어갔다. 그런데 수녀님이 내 키를 달라고 하더니 그 키로 열면 된다고 하는 게 아닌가? (말은 안 통했지만 보디랭귀지로.) 열쇠 4개가 각기 다른 목적으로 쓰이는 하는 사실을 그때서야 알게 되었다. 그런데 실수는 여기서 끝나지 않고 다음날 아침까지 이어졌다.

##  Laredo~Guemes

- **[10일차] 2012. 7. 1(일)**
- **35km/8시간/알베르게 기부 20유로**

7시에 나초가 머무는 호텔 앞에서 만나기로 약속한 터라 6시 30분경 방을 나섰다. 현관에 나와 접수처(철문을 열고 들어가서 다시 조그만 문을 열면 접수처가 있었다)에 키를 놔두고, 대문인 철문 앞으로 가니 문이 닫혀 있었다. 이 시간엔 당연히 열려 있어야 하는데 이상했다. 모든 알베르게의 대문은 키 없이도 안에서 열 수 있도록 되어 있는데, 이 거대한 옛 수도원 건물은 키가 있어야만 문을 열수 있는 구조였던 것이다. 그동안 이처럼 큰 수도원에서도 여러 차례 잤었지만, 아침에 나갈 때는 항시 문이 열려 있어서 전혀 신경을 안 썼었다. 아마도 내가 가장 먼저 출발하는 관계로, 아직 문이 안 열린 것이라고 생각했다. 나중에 보니 이런 상황을 예견해서 키를 4개씩이나 준 것인데, 내가 그 키들의 용도를 미리 파악하지 못한 결과였다. 대문을 열고 난 뒤에 키를 접수처에 갖다 놓고 나가야 하는 것을. 다시 안으로 들어갈 수도 밖으로 나갈 수도 없는, 그야말로 독 안에 든 쥐 신세가 되고 말았다. 나초와의 약속시간은 점점 다가오고……. 그런데 그때 문 옆에 초인종이 있는 게 보였다. 초인종을 누르니 수녀님 목소리가 들렸다. 어제처럼 수녀님은 스페인어로, 난 영어로 각자 한참동안 말하고 끊었다. 몇 분이 지나도 소식이 없기에 또다시 초인종을 누르고 도와 달라고 외쳤다. 약속시간인 7시는 이미 지나 있었고, 아차하면 나 때문에 나초도 배를 놓칠 상황이었다. 조금 후 수녀님 두 분이 헐레벌떡 나오셔서 문을 열어주었다. 나는 "정말 고맙습니다."를 연발하며 냅다 뛰기 시작했다.

200여 m쯤 뛰고 있으니 멀리서 나초가 기다리다 지쳐서 나를 향해 걸어오는 게 보였다. 비가 부슬부슬 내리는데도 배 시간에 부두에 닿기가 촉박할 것 같아, 처음엔 우의를 꺼내 입지도 못하였다. 배 시간과 선착장까지의 거리를 정확히 알고 있는 나초가, 시간이 충분하니 걱정하지 말라고 하고서야 안심하고 우의를 입었다. 오후 3시, 드디어 순례자 천국이라고 알려진 구에메스 알베르게에 도착했다. 점심, 저녁, 다음날 아침까지 준다는 소문처럼 도착하여 배낭을 내려놓기도 전에 시원한 물을 대접하고는 바로 점심을 주었다. 휴게실의 탁자 위에는 음식과 과일, 포도주가 항상 놓여 있었고 모두 무료로 무제한 제공되었다. 저녁 후에는 이 집주인인 에르네스토 할아버지(75세)와 순례자와의 미팅 시간이 있었다. 전직 사진작가였던 주인께서 이 알베르게 역사에 대해서 설명하셨다. 75년 전에 이곳에서 태어나셨고 20년 전에 알베르게를 만들었다고 한다. 부모님 사진과 자신의 어릴 적 사진을 소개하였다. 지금까지 60개국 5,700여 명이 다녀갔다고 했다. 이 알베르게는 Brenzo라는 NGO의 지원을 받고 있는데, 순례자들의 편의를 위해 기부제로 운영한다는 것. 이윽고 내일 갈 코스에 대한 설명이 이어졌다.

##  Guemes~Santander

• [11일차] 2012. 7. 2(월)

• 23km/7시간 15분/알베르게 8유로

어제 저녁에 나초와 카차에게 얼마를 기부해야 좋은가 물어봤다. 대부분의 기부제 알베르게에서는 5유로를 기부했으나, 이곳에서는 무척 감동을 받아서 많이 해야 할 것 같은 기분이 들었기 때문이다. 둘이서 의논하더니 자신들도 좀 많이 하고 싶다면서 20유로를 내겠다고 한다. 나도 아침을 먹고 나오면서 감사하는 마음으로 20유로를 기부하였다.

오후 1시에 알베르게에 도착하니 옆방에 있던 오스피탈레로가 나와 "문은 3시에 여니 그때까지 배낭을 통로에 놔두고 나갔다 오라."고 하였다. 옆의 바르에서 점심을 먹고 10유로를 카운터에 내려고 하니, 나초가 얼른 그 돈을 집어 내게 건네주며 자신이 20유로를 지불했다. 자기가 사겠다는 것이다. 옥신각신 싸우다가 그에게 10유로를 강제로 건네주고 밖으로 나왔다. 나는 내일 아침과 점심을 준비하기 위해 슈퍼에 가자고 하고, 나초는 나중에 가자고 했다. 4시부터 침대에 누웠다가 6시 30분에 일어나 보니 나초가 안 보였다. 6시 40분경 나초도 찾을 겸 슈퍼에 들르려고 나가서 찾아봤으나, 나초도 슈퍼도 찾을 수 없었다. 혹시 알베르게에 돌아온 것이 아닌가 하고 알베르게 쪽으로 가다보니 안경점이 보였다. 마침 안경 케이스가 필요한 터라 들러서 가격을 물어보니 6유로(9,000원)라고 한다. 너무 비싸 보여 그냥 나왔다. (다음날 점심 때 선글라스가 안 보여 생각해 보니, 이날 안경점에 갔다가 선글라스가 있는 쇼핑백을 놔두고 왔다는 사실을 알게 되었다.) 알베르게에 가까이 가니 나초가 나를 찾느라고 두리번거리고 있었다. 내가 자는 동안 내일 아침과 점심용 음식을 슈퍼에서 사온 것이다. 저녁때도 식사 후 서로 음식값을 내겠다고 싸우다가 결국 내가 20유로 냈다. 음식값을 서로 내겠다고 하는 일은 한국에서는 흔한 일이지만, 서양에서는 좀처럼 보기 힘든 사례다. 갈수록 서로가 닮아가면서 진한 우정이 싹트는 것 같았다.

소모 선착장으로 가다보니, 앞에서 "케소" 하고 부르는 소리가 들렸다. 독일인 카차였다. 핀란드인 엘리나와 걷다가 독일인 여행객을 만나 쉬고 있었다. 독일인과 통성명을 하자마자, 부인이 "나더러 무얼 먹겠느냐?"고 물었다. 조금 전 간식을 먹은 터라 안 먹겠다고 했더니, "그럼 시원한 물이라도 마시겠느냐?"고 재차 묻는다. 알겠다고 하고 한 잔 받아 마셨다. 그랬더니 한 잔 더 준다. 물이 시원하여 다시 받아

▼무척이나 예쁘고 환상적인
아름다운 풍경들이 줄을 잇는다.

마셨다. 그러고는 또 "토스트나 비스킷은 어떠냐?" 고 묻는다. 괜찮다고 하니 이번엔 차에 가서 초콜릿을 갖고 와서는 "에너지 보충에 아주 좋다."면서 주는 것이 아닌가. 하나를 받아먹었더니 또 하나를 갖고 와서는 "가다가 먹으라."며 준다. 무엇 하나라도 더 먹이고 싶어 하는 그녀의 마음 씀씀이에 뭉클해진다. 나는 얼른 선물을 꺼내 주며 고맙다고 인사를 하였다. 마음씨 고운 사람은 얼굴도 예쁘다.

## Santander~Santillana

- [12일차] 2012. 7. 3(화)
- 32km/8시간 15분/알베르게 6유로

어젯밤엔 옆자리 철 침대의 삐꺽거리는 소리에 잠을 설쳤다. 대부분의 알베르게 침대는 나무 침대라 삐꺽거리는 소리가 크지 않은데, 철 침대는 너무도 요란하다. 조금만 움직여도 크게 들린다. 여기저기서 삐꺽삐꺽 하는 소리에 잠은 안 오고 신경이 예민해진다. 5시 50분 나초와 함께 일어나 부엌에서 어제 나초가 사온 음식으로 아침을 먹고, 6시 45분에 알베르게를 나섰다.오후 12시 30분경 이탈리아인 루시아노와 스페인인 마뉴엘과 동행했다. 30분을 걷다가 철길을 건넌 후 철로 옆의 벤치에 모두 앉았다. 왜 그러느냐고 물으니 이곳부터 4.6km 구간은 철로를 따라 걷는 위험한 길이므로 열차를 타고 가는 게 좋다고 한다. 아무런 정보가 없는 나로서는 걸으러 와서 열차를 타고 간다는 게 꺼림칙하였지만, 그들의 의견에 따르기로 했다.

점심 후 알베르게 앞 잔디밭에 앉아 일기를 쓰며 쉬고 있노라니, 견학 온 듯한 학생들이 내 앞에서 재미있게 놀고 있다. 그들에게 먼저 "나는 한국인인데 카미노 길을 걸으려고 왔다. 너희들은 한국에 대해 아는 게 있느냐?"고 물으니, 동양 사람이 신기한 듯 이것저것 질문을 해왔다. 남북한 관계, 태권도 등에 대해서 얘기하고 사진을 찍자고 했는데, 너도나도 같이 찍겠다며 야단들이었다. 동심으로 돌아간 기분이었고, 또 하나의 즐거운 추억거리가 탄생하는 순간이었다.

## Santillana~Comillas

• [13일차] 2012. 7. 4(수)

• 22km/5시간 30분/알베르게 5유로

평소에는 5시 이전에 눈을 뜨곤 했는데 오늘은 5시 50분 자명종(스마트폰 진동)이 울려서야 겨우 눈을 떴다. 주위가 조용하기에 다시 잠을 자다가 시끄러운 소리에 깨어 보니 6시 30분이다. 그새 잠이 든 모양이다. 나초는 이미 나갈 준비를 마치고 있었다. 손짓을 하여 밖으로 불러내어 "나는 오늘 좀 천천히 걸으려고 한다. 그러니 당신 먼저 가라. 나중에 알베르게에서 만나자."고 했더니, 한사코 손을 저으며 "괜찮으니 천천히 볼일 보고 나오라. 밖의 벤치에서 기다리고 있겠다."라고 하였다. 사실은 오늘부터는 혼자 걸으려고 했던 것인데, 그동안 소홀했던 침 공부도 하고 나만의 사유시간을 가지려 했건만, 그것도 내 뜻대로 되는 게 아니었다.

12시 반에 알베르게에 도착하니 4시에 문을 연다고 적혀 있다. 낮에 배낭에 싸온 음식으로 간식 겸 점심을 충분히 먹었는데도 나초가 점심을 먹자고 한다. 시내 구경을 하다가 1시 반에 점심을 하였다. 난 솔직히 배가 불러 전혀 점심 생각이 없었는데도, 그놈의 정이 뭔지 "너 혼자만 먹어라. 난 배가 불러 안 먹으련다." 하고 말을 하지 못하였다. 서양인이라면 자신의 주장을 거리낌 없이 하련만.

## Columbres~Llanes

- [15일차] 2012. 7. 6(금)
- 32km/8시간 15분/알베르게 20유로-아침 포함

어제부터 의도적으로 가능하면 나 혼자 걸으려고 노력하였다. 혼자 걸으니 여유가 많아서 좋았다. 공부도 하고, 노래도 부르고, 생각도 하고, 사진도 찍고, 수시로 쉬기도 하고. 나초보고는 "당신하고 걸으면 내가 따라가기 힘이 든다. 그러니 나를 의식하지 말고 먼저 걷고 있다가 자연스럽게 중간에서 만나, 식사를 같이하거나 알베르게에서 만나자."고 섭섭해하거나 오해하지 않도록 잘 이야기하였더니 수긍하였다. 중간에 비가 오기 시작했다. 울창한 숲길에서 두 갈래 길이 나타났다. 아무리 봐도 너무 헷갈렸다. 직진하는 방향의 큼직한 나무 표지판엔 '산티아고 길'이라고 크게 쓰여 있는데, 그 옆에는 화살 표시로 왼쪽으로 가라고 되어 있다. 서서 한참을 생각해 보았는데, 아무래도 왼쪽으로 가라는 표시가 잘못된 것 같았다. 그래서 직진하여 가다보니 아

스팔트 길의 대도로가 나왔다. 그곳엔 좌회전하라고 표시되어 있었다. 가이드북을 꺼내보니 내가 가는 방향으로 계속 직진하도록 되어 있는데…….

길옆에 서서 지나가는 차량 운전자에게 물어보려고 수차례 손을 들었지만, 고속도로인지라 그냥들 지나쳤다. 하는 수 없이 화살표가 가리키는 방향으로 갔는데, 아무래도 이 길은 내가 온 길로 되돌아가는 것만 같았다. 다시 되돌아와 이리저리 둘러보았다. 그러나 그쪽도 아무런 표식이 보이지 않았다. 마음속으로는 잘못된 길로 가는가 싶었지만, 다시 화살표 방향으로 계속 직진했더니 10여 분만에 드디어 정식 카미노 화살 표시가 보였다. 그 길을 따라 30여 분을 걷노라니 나초가 두 갈래 길에서 비를 맞으며 나를 기다리고 있었다. 얼마나 고마운지 눈물이 날 정도였다. 나중에 알베르게에서 물어보니 길을 잘못 든 건 나 혼자뿐이었다. 착하고 고마운 나초와 같이 걷지 않는다고 하느님이 벌을 주신 걸까?

얼마쯤 가다 보니 카차가 길가에서 쉬고 있었다. 몸이 불편하여 아침 5시에 엘리나와 함께 출발했다고 한다. 10년 넘게 신은 신발을 신어서인지 무릎이 아프다고 해서, 어제 저녁에 피내침을 몇 개 꽂아 주었었다. 카차는 무릎이 많이 나아졌다면서 고마워했다. 이후 근 두 시간 동안 같이 걸으며 많은 대화를 나누었다. 자신은 사이클을 무척 좋아하며, 카미노 길을 걷는 이유는 작년에 사귀던 친구와 헤어져서 그 슬픔을 잊기 위해서라는 것이다. 자기 혼자 외롭게 걷다가 엘리나와 같이 걸으니 무척 좋다고도 한다. 게다가 오늘 가는 야네스는 큰 도시라, 신발 파는 곳이 있을 것 같다며 좋아했다. 카차의 배낭은 거의 내 배낭의 두 배는 됨직해 보였다. "너무 무거운 배낭을 짊어지니까 무릎이 아픈 것 아니냐?"면서 그녀의 배낭을 들어보았더니, 정말 내 배낭의 두 배 가까이 되는 듯했다.

야네스에 도착하자마자 길 왼쪽에 있는 알베르게로 가는 표지판이 보였다. 카미노 방향은 직진이었다. 혹시 이곳에 나초가 있을지도 몰라 10여 분간 걸어가니 호텔이 나온다. 들어가 보니 호텔과 알베르게를 겸용하는 곳이었다. 가격은 12유로로 무척 쌌다. "혹시 나초라는 스페인 순례자가 왔느냐?"고 물으니 없다고 한다. 그 후 30여 분 걸어서 허름한 역 알베르게에 도착해 다시 물어보니, 나초가 미리 와서 내 침대까지 잡아놓고 있었다. 또 한 번 나초에게 감동을 받았다. 한국인 3명, 스페인인 2명과 이탈리아인 1명이 각각 5유로씩 내기로 하고, 음식재료를 사오는 것은 스페인인 2명이, 요리는 이탈리아인 루시아노가 책임지기로 했다. 이탈리아 정통요리인 파스타를 만들어 먹었는데, 분위기가 좋으니 음식 맛도 더 있는 듯했다. 돈이 많이 남았는지 마뉴엘이 고급 와인을 두 병 더 사왔다. 오랜만에 술을 많이 마셨는데도 취하지 않았다. 사실 나는 아직까지도 고급 와인과 저급 와인의 맛을 구분하지 못한다. 내게는 고급이나 저급이나 그저 다 비슷비슷하기만 하다.

비가 온 뒤라 시정이 매우 좋다.
소 몇몇은 산을 보고 앉아 있고,
몇몇은 지나가는 나를 쳐다보며 앉아 있다.

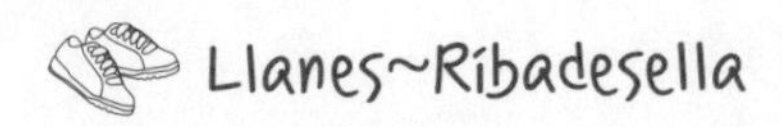

## Llanes~Ribadesella

- [16일차] 2012. 7. 7(토)
- 31km/7시간 30분/호텔 25유로

리바디세야에 도착한 시간이 오후 2시 30분. 알베르게까지는 20여 분을 더 걸어가야 한다고 했다. 그때 마침 비가 내리기 시작했다. 비도 피할 겸 점심시간도 됐고 해서 식당에서 점심을 먹고, 3시 30분경에 알베르게에 도착했는데 방이 없다는 것이 아닌가. 알베르게는 이곳 하나뿐인데. 중간에 나초의 지인을 만나 맥주를 마시며 시간을 지체했고, 점심까지 먹고 가다 보니 너무 늦게 도착한 것이다. 마을 주민들에게 싼 호텔이 없느냐고 묻고 물어, 겨우 별 두 개짜리 호텔을 찾아 거금 25유로씩을 내고 묵었다. 비가 계속 오므로 빨래는 생략하고, 모처럼 와이파이가 터지는 곳이어서 지인들에게 그간의 소식을 전했다. 그리고 어제 밀린 일기와 오늘 일기를 쓰고, 걷기 시작한 이후 처음으로 손발톱을 깎고 나서, 어제부터 통증이 있던 무릎 위 근육에 침을 놓았다. 비싸기는 하지만 나만의 시간을 가질 수 있어서 역시 호텔이 좋기는 좋다. 나초는 피곤한지 씻지도 않고 그냥 쿨쿨 잠이 들었다.

마치 동화 속에나 나옴직한 아름다운 풍광들이 즐비하게 나타난다.

• [17일차] 2012. 7. 8(일)

• 32km/7시간 45분/알베르게 4유로

모처럼 호텔에서 둘이서만 기분 좋게 자고 6시에 출발하였다. 길이 매우 좋았다. 모처럼 흙길과 숲길을 원없이 걸은 날이다. 그런데 무릎 통증이 더 심해져 약국에서 약을 사와 쉴 때마다 발랐다. 네덜란드인 부자 순례자를 만나 30여 분간 함께 걷기도 했다. 좋은 인상의 아버지인 레슬리(50세)는 성격이 아주 활달하고 붙임성이 좋은 사람이었다. 내게도 아주 살갑게 대하였다. 자신의 6대조가 아프리카 수단에서 네덜란드로 이민을 왔으며, 원 조상은 인디언이라고 하였다. 내가 "당신은 동양인 같아 보이고, 당신의 아들 자이메는 한국인 같아 보인다."고 하자 아주 좋아했다. 카미노는 첫 번째냐고 묻기에 세 번째라고 하니 무척 놀라는 눈치였다. 자신은 "겨우 40일 전에야 산티아고 길이 있다는 것을 알고 이번에 15일 휴가를 얻어 걷고 있는데, 걸어 보니 예상했던 것보다 훨씬 재미있다."고 한다. 또 "한국은 아주 아름다운 나라라고 알고 있다. 언젠가는 한국에도 꼭 방문하고 싶다."고 한다. 중간에 보니 아들 자이메가 너무 힘들게, 한참 떨어져서 걷고 있었다. 왜 저러느냐고 물으니 무릎에 이상이 있다는 것이다. 이날 그들과 헤어지고 나서 7월 24일 산티아고에서 다시 만나, 기쁨을 나누기도 하였다.

나초와 서로 설거지를 하겠다고 다투다가 결국 내가 졌다. 막상 내일 나초와 헤어진다고 생각하니 근 10여 일 동안 그와 정들었던 시간들이 새삼스럽게 다가온다. 시골 출신에다 13남매의 막내인 그가 어떤 부분에선 이해 안 되는 부분도 있었지만, 나에 대한 여러 가지 배려만큼은 결코 잊을 수 없을 것 같다. 빠른 걸음이 습관이 된 그가 나를 위해 걷다 쉬고를 반복하고, 알베르게에 맨 먼저 도착해서는 내 침대도 미리 준비해 놓고, 음식 먹고 난 후 쓰레기를 부득불 자신이 버리겠다고 하고, 음식값도 자기가 낸다고 우기고, 무거운 것을 내 대신 들고 가고, 만나는 사람마다 내 자랑을 늘어놓고, 걷다가 내가 너무 뒤처지면 일부러 주민들에게 길을 물어보는 척하면서 내가 올 때까지 기다려주고 등등. 정말이지 이루 헤아릴 수 없을 만큼 많다. 언젠가 스페인에 오게 되면 그를 꼭 다시 만나리라. 물론 그에게도 정중히 내 고향 제주를 방문토록 요청해 놓은 터였다. 나는 프랑스 길에서 산 모자와 제주올레 스카프, 핸드폰 고리, 한국 동전과 지폐 등을 나초에게 주었다. 모자와 스카프에는 내 이름을 써서 주었더니, 나초가 쪽지에 "계수를 만나 무척 행복했었다."는 글을 써서 내게 건네주었다.

8시 20분경 독일 대학생이 배낭을 메고 인사를 하였다. 2시 반경 도착하여 샤워를 하고 글을 쓰고 다른 사람들과 대화하며 휴식을 취하던 그가, 돌연 배낭을 메고 인사를 하니 당황하지 않을 수가 없었다. "어디 가려고 그러느냐?"고 물으니 "비가 안 오는 날씨니 가다가 적당한 곳에서 야영하겠다."고 대답했다. 그런데 텐트가 안 보여서 "텐트는 어디 있느냐?"고 다시 물었다. 그가 "돗자리만 있으면 된다."며 웃으며 떠나는 모습을 보니, 갑자기 뭉클해진다. 그때서야 며칠 전 내가 묵었던 산티에나 알베르게에서도 서너 시간 머물다가 다시 출발한 게 생각났다. 아, 그때도 야영한 것이로구나. 그렇다면 이 친구는 비올 때만 알베르게에서 자는 모양이다. 그러고 나서 쳐다보니 텐트를 갖고 다니는데도 내 배낭보다 가벼워 보인다. 뒤에 메고 있는 고무로 된 조그만 돗자리가 그의 침대인 셈이고, 배낭 크기로 보아 배낭 안에는 초미니 텐트, 양말, 세면도구와 내복 정도만 있을 듯싶다. 짐을 잔뜩 갖고 다니는 내 자신이 갑자기 부끄럽게 느껴졌다.

##  Sebrayo~Vega de Sariego

- [18일차] 2012. 7. 9(월)
- 24km/6시간/알베르게 5유로

서울에서 출발할 때는 북의 길을 가는 것으로 해서 인터넷에서 자료를 다운받아, 이틀에 한 장씩 버리며 오늘까지 왔다. 어제 저녁에 루시아노가 "내일 프리미티보 길을 걸을 거냐?"고 묻기에 즉각 "그렇다."고 대답했다. 북의 길 중 오늘 하루만 일부 프리미티보 길을 걷는 것으로 착각한 것이다. 프리미티보 길이 어떤 길인 줄도 모르고, 다만 루시아노가 자료를 보면서 그 길을 걷는다고 해 별 생각 없이 대답한 것이다. 그런데 나중에 알고 보니 북의 길은 시종 바다 쪽 길을 걷는 것이고, 프리미티보 길은 세브라요까지 바다 쪽 길을 걷다가 베가, 오비에도를 거치면서 내륙 쪽을 걷는 길이었다. 알베르게에는 달랑 나와 루시아노, 나중에 도착한 한국인 여학생 2명뿐이었다. 왜 이렇게 사람이 없는 것일까? 모두들 어디로 갔을까? 혹시 이 코스가 좋지 않아 전부 북의 길로 간 게 아닐까? 등등 이상한 생각들이 계속 꼬리를 물고 뇌리를 파고든다. 다음날, 오비에도에 모인 많은 순례자들을 보고 이런 기우는 말끔히 없어졌지만, 지금도 왜 그날 순례자들이 Vega에 많이 안 왔는지는 계속 궁금하다.

길은 어제처럼 숲길로 계속 이어졌다. 해발 500m의 고지를 걸어야 하는 조금 힘든 코스지만, 일정한 속도로 뚜벅뚜벅 걷는 루시아노와 함께 걸으니 전혀 피곤하지 않았다. 루시아노는 이탈리아 시실리 섬에서 8살까지 살았다고 한다. 8살 이후 미국 보스턴에서 살다가 최근에 이탈리아 본토로 이사를 왔다고. 금융인으로 생활해 오다가 수년 전 은퇴하였고, 산티아고 길을 세 번째 걷는 중이며, 부인과는 이혼하고 새로운 여자와 사귀고 있다는 것이다. 내일 오비에도에서 버스로 이동해 여자 친구를 만나, 산티아고까지 같이 걸을 거라고 했다. 그러고는 "오비에도는 프리미티보 길을 걷는 사람과 북의 길을 걷는 사람이 다 모여들어서 알베르게가 매우 혼잡하니, 자기와 같이 버스로 이동하는 게 어떻겠느냐?"고 물었다. 난 혼잡한 오비에도의 알베르게 분위기를 한번 접해보고 싶다면서 완곡하게 거절하였다. 그 후 자신은 앞으로 외국에서 살고 싶은데 한국에 대해서도 자세히 얘기해 달라고 해 많은 이야기를 해주었더니, 무척 관심이 간다며 좋아했다. 루시아노와 내일 계획을 세우며 내일 이후의 일정표를 다시 검토해 보았다. 그런데 내가 프린트해 간 일정표가 프리미티보 길이 아니고 북의 길이었다. 결

◀나초와의 아쉬운 작별. 헤어지기 직전 서로 사진을 찍어주었다. 그는 이틀 뒤 카미노를 마치고 나머지 길은 내년에 걷는다고 한다.

국 처음 계획했던 북의 길에서 프리미티보 길로 잘못 들어선 것이다. 다행히 며칠 전 알베르게에서 가져온 가이드북이 있어서 다시 일정표를 작성했다.

##  Vega de Sariego~Oviedo

• [19일차] 2012. 7. 10(화)

• 27km/6시간 30분/알베르게 5유로

오후 1시에 알베르게에 도착 하였다. 5시에 오픈한다고 적혀 있어서 시내를 구경하다가 4시쯤 알베르게에 가 보니 이미 많은 사람들이 집결해 있었다. 마당엔 배낭들이 수두룩하고, 침대가 36개밖에 안 되니 늦으면 방이 없을까봐 미리 와 있는 것이었다. 이곳은 여러 군데서 순례자들이 집결하는 곳인데다, 특히 이곳에서부터 출발하는 사람들이 많은 곳이니만큼 좀 더 일찍 문을 열어 주면 좋으련만. 30여 명이 알베르게 앞에서 한 시간 이상을 서서 기다리는데 5시 정각이 돼서야 문이 열렸다. 이해할 수 없는 대목이다. 문을 열어 놓고 오는 순서대로 침대를 배정해도 될 터인데 말이다. 다른 알베르게에서도 그렇게 하는 곳이 많았다. 아무튼 침대 배정을 받았으니 좋기는 한데, 4시간을 피곤한 몸으로 허비한 생각을 하니 조금 괘씸한 생각이 든다.

만일 한국이라면 난리가 났을 것이다. 비능률의 극치를 보는 것 같아 씁쓸하였다. 화장실 겸 샤워실이 한 곳뿐이라 샤워는커녕 용변 보는 데도 한참 줄을 서야 했다. 여권의 도장을 받는 데만 1시간 20분이 걸렸다. 내가 시장이라면 당장 파면감이다. 아니, 시장도 마찬가지다. 이렇게 대도시라면 좋은 시설의 알베르게를 많이 지을 수 있을 터인데. 결국 모든 것은 누가 하느냐가 문제인 것 같다. 이에 비해서 구에메스, 산 후안, 보데나야 알베르게는 얼마나 감동적인가! 그런데 더욱 희한한 일은 어느 누구도 불평하지 않는다는 점이었다.

##  Oviedo~San Juan

• [20일차] 2012. 7. 11(수)

• 27km/7시간/알베르게 5유로-저녁, 아침 제공

5시 반이 되니 주위가 소란스럽다. 방 안에선 프랑스 노부부가 배낭을 싸기 시작했다. 방에는 문이 없었는데, 통로에서도 누가 벌써 짐을 싸고 있는 것 같았다. 통로로 나가보니 어제 알베르게에서 제일 앞에 배낭을 놓아둔 독일 여자였다. 낮에 내 앞을 지나갈 때 시속 7km 정도의 속도로 걸어가는 듯했다. 이후 한 번도 못 봤는데 아마도 하루에 50km 이상씩 걷지 않았을까 하는 생각이 든다. 작년에도 매일 50km 이상씩을 걷는다는 스페인 여성을 만났었는데 얼핏 그녀 생각이 났다. 문밖을 나서니 비가 오기에 우의를 꺼내 입고 출발했다. 스페인 두 가족 4명이 앞서갔다. 중간에 쉴 때 몇 번 그들과 만났는데, 다행히도 토리가 조금 영어를 할 줄 알아 약간의 의사소통이 가능했다. 오후 한 시 반경에 숙소에 맨 먼저 도착해 쉬고 있으려니 스페인 가족이 도착했다. 중간에 지나가는 것을 못 봤었는데, 언제 왔느냐면서 반겨 주었다.

아마도 그라다 시장을 지날 때 서로 엇갈린 모양이다.

2시 반에 알베르게의 문이 열렸다. 오스피탈레로 도밍고는 무척 상냥하고 활달한 친구였다. 방명록을 갖다 주면서 글을 쓰라고 하고는 한국인과 일본인의 글을 보여주기도 했다. 세탁기를 사용하는 것도 공짜였다. 딴 알베르게에서는 세탁기는 무조건 돈을 내야 했다. 도밍고가 내게 "스페인 가족과 점심을 먹겠느냐?"고 물었다. 물론 오케이! 3시 반에 스페인 가족과 점심을 함께했다. 살라다, 쌀죽, 빵, 와인을 곁들인 훌륭한 점심이었다. 와인을 무려 두 병이나 마셨다. 모든 음식 재료는 공짜지만 와인과 맥주는 2유로를 저금통에 놓고 마시게 되어 있는데, 나도 돈을 내려니 스페인 친구들이 한사코 말렸다. 그래서 얼른 한국에서 사온 선물을 토니와 로사에게 주었더니, 나를 와락 껴안으며 무척 좋아했다.

## San Juan~Bodenaya

- [21일차] 2012. 7. 12(목)
- 25km/7시간/알베르게 기부 10유로

아이들 포함 6명이 걷고 있었다. 폴란드인들인 그들은 60세인 친정어머니와 50세의 남편, 아들과 딸들이 오비에도에서 산티아고까지 간다고 하였다. 막내딸은 이제 겨우 10살이었다. 처음 만났을 때 가족이 7명이라고 했는데 알베르게에서 보니 6명밖에 안 되었다. "한 명은 어디 있느냐?"고 물으니 "임신 5개월 짜리를 배에 넣고 가고 있다."며 자신의 불룩한 배를 가리켰다. 대가족이 걷다보니 속도가 너무 느렸다. 25일까지 산티아고로 간다는데 가능할지 걱정된다. 오늘은 보데나야 알베르게가 좋다고 해서 그곳까지 간다고 했다. 나중에 보니 나보다 4 시간 늦은 오후 5시 30분에 도착하였다. 8시에 출발했다고 하니 9시간 반이 걸린 셈이다. 임신한 몸으로 친정어머니와 10살짜리 꼬마까지 데리고 대가족이 15일간의 긴 도보여행을 계획하고 실행하는 유럽인들의 자세에, 감탄을 금치 못하겠고 숙연해지기까지 한다. 식구가 많다 보니 한방에 다 있지 못하고 뿔뿔이 흩어져 잤다. 10살 난 막내는 내 위 침대에서 잤는데 무척 의젓하고 공손했다.

알베르게 도착 직전 길가 벤치에 웃통을 벗은 청년들이 앉아 있었다. 사진을 찍어도 되느냐니까, 엄지손가락을 들며 오케이 하였다. 나에 대한 얘기는 며칠 전부터 여러 사람들에게 들어 잘 알고 있다고 한다. 3년 전 내가 프랑스 길을 걸을 때 6일 동안 이스라엘인과 함께 걸은 적이 있는데, 그 이후 이스라엘인을 만난 것은 처음이라 더욱 반갑다고 하면서 수건에 싸인을 받고 한참을 대화했다. 로베르토와는 이날 이후 여러 번 만날 기회가 있어 즐거운 시간을 가졌다. 내가 만난 서양인들의 스마트폰은 기분 좋게도 모두 삼성 제품이었다. 내가 삼성 스마트폰으로 셀카를 찍으니 웃통 벗은 로베르토가 자신의 스마트폰을 보여주며 “내 것도 삼성제품!”이라고 했다. 이후 많은 서양인들의 스마트폰을 볼 때마다 일부러 제품을 확인했는데, 역시 대부분 삼성이었다. 코리아 파이팅이다!

배낭을 내려놓고 슬리퍼를 신으려고 하니 보이지가 않았다. 아뿔싸, 아침에 배낭을 싸면서 빠뜨리고 산 후안 알베르게에 놔두고 온 것이다. 슬리퍼는 알베르게에 도착해서 다음날 출발 시까지 꼭 있어야 하는 필수품이다. 대도시가 아니면 파는 곳도 없는데 큰일이다. 조금 있으니 스페인 팀이 도착했다. 사정을 얘기하니 토리 남편이 걱정 말라면서 자신의 여분 슬리퍼를 선물이라며 주었다. 이렇게 고마울 데가! 하필이면 이럴 때 여분의 슬리퍼를 갖고 있는 사람을 만나다니! 참으로 구세주를 만난 기분이었다. 핸드폰 고리는 이미 준 상태이고, 뭐 더 선물로 줄 게 없을까 궁리해 보니 제주 오름 스카프가 생각났다. 얼른 꺼내 주었더니 고맙다면서 스카프에 내 이름을 써달라고 했다. 한글, 한자, 영어로 정성스럽게 써 주었다.

## Bodenaya~Campilleo

- [22일차] 2012. 7. 13(금)
- 29km/6시간 30분/알베르게 10유로

아침을 먹고 양말을 신다 보니 양말 한쪽이 없었다. 어제 빨래를 널어놨던 곳에도 가보고 배낭을 놔두었던 곳도 찾아봤으나 아무 데도 없었다. 토리가 무얼 찾느냐고 물어, 양말 한 짝은 있는데 다른 한 짝을 못 찾겠다고 대답했다. 의아한 눈초리로 내 위아래를 쳐다보더니 토리가 "손에 든 건 뭐냐?"고 묻는다. 세상에, 양말 한 짝은 신은 채이고 다른 한 짝은 왼손에 들고 있는 것이 아닌가. 너무 창피하여 고개도 못 들 정도였다. 얼마 후 출발하려고 10유로를 기부함에 넣고 오스피탈레로에게 작별인사를 한 후 배낭을 메려고 하니, 이번에는 스틱이 보이지 않았다. 어제 분명 배낭 바깥쪽에 꽂아둔 것 같은데 없어진 것이다.

스틱을 꽂아놓는 바구니를 찾아봐도 안 보인다. 그때 저쪽에 있던 오스피탈레로가 와서 "혹시 스틱을 찾느냐?"고 묻고는, 바구니 안을 뒤져서 내 스틱을 꺼내 주었다. 놀라웠다. 어떻게 해서 내 스틱이 바구니 속 깊이 들어갔고, 또 어떻게 해서 그런 사실을 오스피탈레로가 알았는지? 나중에 찬찬히 생각해 보니 어제 알베르게에 도착하여 배낭을 내려놓았을 때, 오스피탈레로가 스틱을 바구니 속에 깊숙이 놓아두라고 한 것이 기억났다.

슬리퍼를 알베르게에 놔두고 온 일이라든지, 선글라스를 잊어버린 일 등, 계속되는 해프닝으로 불안감이 증폭되었다. 과연 이런 상태로 카미노를 무사히 마칠 수는 있을까? 매일 아침마다 '오늘은 제발 정신을 바짝 차려서 엉뚱한 실수를 하지 말자.'고 각오를 단단히 다지건만, 수시로 이런 일들이 계속되고 있다. 치매 초기 증상인가?

스페인 팀이 티네오에 도착하자마자 바르에 가서 맥주 한 잔 하자고 한다. 돈을 낼 좋은 기회이므로 무조건 오케이! 그러나 주위에는 바르가 없고 레스토랑만 있었다. 그들은 각기 커다란 보카디요와 맥주를 시키고, 난 배가 부른 터라 카페콘레체(밀크커피)만 시켰다. 식사가 다 끝나기도 전에 내가 얼른 20유로를 꺼내 계산하려 했더니, 득달같이 쫓아와서는 돈을 못 내게 한다. 이번에도 또다시 그들이 내 몫까지 내 버린 것이다. 이렇게 또 한 번 신세를 지고 말았다. 언제면 이 신세를 다 갚을 수 있을는지.

낮에 정식을 먹었으므로 저녁은 슈퍼에서 산 음식으로 때우기로 했다. 내일 코스는 아주 험난한 데다 중간에 바르도 없다 하여 슈퍼에 들렀다. 토리 일행도 와 있었다. 기회는 이때다 싶어 계산 시 10유로를 내며 보태라고 했다. 또다시 실랑이가 벌어졌다. 나중엔 정 그렇다면 와인 한 병만 사라고 해서 겨우 2유로만 냈다. 저녁에는 알베르게 앞 길가에서 와인 세 병으로 즐거운 파티를 열었다. 아래 사진을 찍어 준 오스트리아 여성 안드레아까지 합류했다. 내일은 힘든 코스를 걸어야 하므로 아침 6시에 기상하자고 모두 약속했다. 9시쯤 침대에 누웠는데 안쪽에 있는 10여 명의 스페인 친구들의 이야기 소리에 잠을 설치다가 시간을 보니 밤 12시였다. 귀마개를 가져올 걸 하는 후회가 들었다. 프랑스 길에선 모두가 밤 10시에 취침하기에 준비해 간 귀마개를 사용할 기회가 없었든 터라, 이번 여정엔 가져오지 않았다. 하여간 스페인 사람들은 한번 말하기 시작하면 멈출 줄을 모르는 것 같다. 시간만 있으면 주위 사람들과 쉴 새 없이 얘기하는데 그것도 아주 큰 소리였다. 그렇게 주위가 소란스러운데도 서로 얘기하는 말을 알아듣는 게 신통하기만 하다. 그러다 보니 자연스럽게 말소리가 커지는 것은 아닌지. 말소리만 들으면 서로 크게 싸우는 것 같은데도 말이다.

▼우리는 카미노 가족! 스페인, 코리아 파이팅!

## Campiello~A Mesa

- [23일차] 2012. 7. 14(토)
- 38km/10시간 30분/알베르게 5유로

9시간 반을 걸어 오후 4시에 간신히 Berducedo 알베르게에 도착하니 만실이다. 다음 알베르게가 있는 A Mesa까지는 4.3km. 그곳에는 바르도 슈퍼도 없다 하여 슈퍼에 들러 음식을 준비하고 다시 길을 가고 있으니, 주민이 불러 세웠다. 15유로 하는 개인 민박집과 30유로 하는 오스탈이 있다는 것이다. 처음 들었을 때는 솔깃했으나 한 시간만 더 가면 알베르게가 있는데 굳이 많은 돈을 내며 이곳에 있고 싶지 않았다. 고맙다고 인사하고 출발하였다. 그때 멀리서 "케소" 하고 부르는 소리가 들렸다. 스페인 가족들이었다. 어쩐 일이냐고 하니 자기네는 알베르게와 민박집이 만실이라 오스탈에 묵기로 하고, 샤워한 후 슈퍼에 가는 중이라고 했다. 이제까지 경험상 나보다 적어도 한두 시간은 늦게

▼또다시 1,200m 고지를 향해 고고!

도착해야 할 그들이 오히려 훨씬 먼저 도착한 것이다. 나는 "힘이 남아 A Mesa까지 간다."며 그들과 헤어지고 가는 길을 재촉했다. 이후 다시는 이들을 만나지 못했다. 그들에게 신세도 많이 지고 정도 들었는데, 답례도 제대로 못한 채 이처럼 허무하게 헤어진 게 못내 아쉽다.

A Mesa가 다가오니 또 다른 걱정이 앞선다. 만일 A Mesa의 알베르게가 또 만실이라면? 작은 마을이니 당연히 민박집이나 오스탈은 없을 터이고. 그때는 다시 17km를 더 가야 한다. '일단 가보자. 닥치지도 않았는데 미리 걱정할 필요는 없다. 잘 되겠지.' 하는 느긋한 마음으로 다시 힘을 추스르고 걷기 시작했다. 드디어 10시간 반 만에 A Mesa에 도착했다. 다행히 침대는 비어 있었다, 휴!

## A Mesa~Castro

- [24일차] 2012.7.15.(일)
- 22km/6시간/알베르게 13유로

어제는 1,000m 고지를 두 번씩이나 올랐고, 오늘은 1,000m 고지에서 평지까지 내려갔다가 다시 올라가는 코스로 제법 난코스이다. 중간에 마치 미국의 후버댐을 연상시키는 거대한 댐을 지나가는데, 부근의 경치가 무척이나 아름다웠다. 그동안 오른쪽 무릎 위 근육과 왼쪽 종아리, 왼쪽 발목과 오른쪽 새끼발가락에 약간의 이상이 있었으나, 그때마다 대처를 잘한 탓에 별 고생 없이 지내 왔다. 발에 약간이라도 이상이 있는 것 같으면, 걷다가도 바로 걷기를 중단한 채 양말을 고쳐 신고 신발끈을 다시 동여맸다. 수시로 근육 진통약을 바르고, 평균 2시간 정도 걸으면 반드시 양말을 벗고 발을 식혀주곤 했던 게 주효했던 것 같다. 물집으로 고생하는 사람들을 만날 때마다 "쉴 때마다 양말을 벗어 뜨거워진 발을 식혀 주면 절대 물집이 안 생긴다."고 얘기해 주곤 했다. 출발할 때 보니 크리스티안은 발을 절며 걷는데, 참피온 부부는 이름에 걸맞게 매우 잘 걸었다. 국방성에 재직 중인 참피온은 금년 말에 은퇴하는데, 2007년에는 프랑스 자기 집에서부터 산티아고까지 1,500km를 걸었다고 한다. 오후 1시경 참피온 부부와 거의 동시에 알베르게에 도착하였다. 샤워와 빨래를 하고 알베르게 앞 잔디밭에서 준비해 간 음식으로 점심을 먹었다.

마을을 돌아보니 구경할 만한 곳이 별로 없어서, 알베르게 앞마당에 있는 벤치에서 일기를 쓰며 시간을 보냈다. 조금 있으니 프랑스 두 부부도 밖으로 나왔다. 부부가 서로의 몸에 약을 바르며 마사지를 하고 환담하며 휴식을 즐기는 모습이 무척 보기 좋았다. 그들과 대화를 시도해 봤으나 남자들만 약간의 영어를 할 뿐, 부인들은 전혀 못하여 대화가 오래 계속되지 않았다. 5시쯤 몸집이 비대한 독일인이 큰 배낭을 메고 땀을 뻘뻘 흘리며 방으로 들어섰다. 오늘 처음 걷는다는 50세의 그는 정신이상자를 치료하는 직업을 가졌다는데, 인상이 참 좋았다. 영어가 되기에 그와 대화를 하며 시간을 보낼까 생각했는데, 그는 샤워를 하자마자 스마트폰으로 밀린 업무를 처리하느라 바빴다. 저녁이 시작되는 8시 30분까지 시간을 보내기가 너무 무료했다. 그렇다고 피곤하지도 않은데 혼자 침대에서 쉬는 것도 이상하고. 알베르게에 일찍 도착하면 모든 게 좋을 것만 같았는데, 구경할 곳이 없거나 대화할 상대가 없을 때는 오히려 늦게 도착하는 것보다 더 못한 것 같다.

## Castro~O Cadavo

- [25일차] 2012. 7. 16(월)
- 47km/12시간 15분/호텔 25유로

어제 오후에 참피온과 오늘 일정을 의논했다. 그가 오늘 코스는 거리는 비록 23km밖에 안 되지만 아주 힘든 코스니, O Padron까지만 가는 게 좋다고 했다. 특히 이곳은 알베르게도 좋다고 하면서. 스테판도 같은 의견이었다. 독일어판 가이드북이 가장 최신 정보이니, 나도 그들의 의견에 따르기로 결심했다. 스테판은 10시경에 출발한다고 해서 나는 프랑스 부부팀과 함께 6시 반경에 출발했다. 시속 5km 정도의 속도로 걷다가 오 아세보 바르에서 밀크커피를 마시고 있노라니, 프랑스인 참피온 부부가 지나간다. 나도 마침 차를 다 마시고 출발하려는 순간이었기에 그들을 따라나섰다. 그들은 빠르게 걷는 편이었다. 그들 뒤에 가려니 일부러 천천히 가는 것도 어렵고 해서 내가 앞서 나갔다. 그들이 영어를 못해 동행하기도 어렵기 때문이다. 그러다 보니 나도 모르게 과속을 하게 되었다. 그 후 그들과 몇 번 조우했는데 그때마다 내가 앞서가곤 했다.

마을에 들어서자마자 길가에 있는 식당이 보였다. "오늘의 메뉴 8유로"라고 문밖에 적혀 있었다. 시계를 보니 12시밖에 안 되었다. 알베르게도 근처에 없는데 8유로짜리 오늘의 메뉴가 있다니 이게 웬 떡이냐 싶었다. 와인과 더불어 맛있는 점심을 오랜만에 식당에서 먹었다. 그런데 이상하게도 순례자들이 아무도 들어오지 않았다. 내가 제일 앞섰으니 분명히 지나가는 순례자들 모습을 볼 수 있을 텐데 말이다. 곧 그의문이 풀렸다. 식당에서 10여 분도 채 안된 곳에 알베르게가 있었던 것이다. 그곳이 바로 오늘 묵기로 한 O Padron의 알베르게였다. 식당은 O Padron 가기 1km 전에 있는 Fonsagrada의 식당이었다. 그러니 식당으로 아무도 들어오지 않았던 것이다. 스페인어로 쓰인 가이드북을 보니 오스피탈 데 몬토토우까진 7.6km가 남아 있었다. 그때 시간이 12시 30분, 잠시 생각하다 그곳까지 가기로 계획을 수정했다.

그런데 3시쯤에 나타나야 할 오스피탈 데 몬토토우가 이상하게도 나타나지 않았다. 3시 30분경이 되어서야 비로소 마을이 나타났다. 마을 초입에 있는 바르에 들어가서 알베르게가 어디 있냐고 물으니, 이곳엔 없다고 했다. 알베르게는 이곳에서부터 12km 떨어진 O Cadavo까지 가야 있다는 것이다. 즉 이곳은 오스피탈 데 몬토토우가 아니었다. 몬토토우를 지나쳐 온 것이었다. 더 황당한 사실은 그곳에는 알베르게가 없다는 것이다. 가이드북에 1step으로 나와 있으니 분명 알베르게가 있을 터인데, 인근의 바르 주인이 극구 없다고 하므로 나도 자신이 없어졌다. 주인은 내가 카스트로에서부터 걸어왔다고 하니, O Cadavo까지는 택시를 타고 가라고 종용했다. 걷기 위해 온 내가 아무리 힘들더라도 택시를 타고 갈수는 없는 일이다. 그래서 계속 전진했다. 왼쪽 발바닥과 오른쪽 새끼발가락이 약간 아팠으나 그런대로 참을 만했다. 자주 쉬면서 발을 잘 보살폈다. 가끔 마음이 급하다 보니 빨리 걷게 되는 나를 발견하고는, 흠칫 놀라 자세를 바로잡으며 절대로 무리하지 말자고 다짐했다. 원주 100km 걷기대회도 이상 없이 걸었고, 작년 카미노 길에서도 51km를 무리 없이 걷지 않았는가? 걷는 것은 자신이 있는데, 문제는 그곳의 알베르게가 그저께처럼 만원이라면? '절대로 그런 일은 없을 거야.'라고 막연한 추측을 해보지만, 불안한 마음을 금

▲마치 비행기 안에서 밖을 바라보는 기분이다.

할 수는 없었다. 만일 만원이라면 다시 8.5km를 걸어야 하는데, 그곳에도 알베르게가 비어 있다는 보장은 없다.

이런저런 생각을 하며 걷다보니 12시간 15분 만인 오후 6시 45분에야 겨우 O Cadavo 알베르게에 도착하였다. 문밖에는 캐나다인 기베르트와 이탈리아인 루시아노 등 여러 명이 환담을 나누고 있었다. 그런데 우려했던 대로 알베르게는 만원이었다. 혹시 펜션이나 호텔에 방이 있을지 모르니 옆의 식당에 가서 물어보라고 했다. 식당에 가서 물어보니 펜션은 만원이고 다행히 호텔엔 방이 있다고 한다. 가격은 25유로. 시설은 정말 좋은데 방값이 너무 아깝다. 더블 침대라 두 사람이면 한 사람당 12.5유로면 되는 것을. 그렇지만 그동안 고생 많았다고 하느님께서 내게 주신 선물이라 생각하기로 했다. 샤워하고 빨래하니 어느새 8시였다.

## O Cadavo~Lugo

• [26일차] 2012. 07. 17(화)

• 31km/7시간 30분/알베르게 5유로

카미노 길을 걸은 이래 가장 늦은 시간인 오전 7시 반에 출발하였다. 계획보다 너무 빨리 왔기 때문에 시간적 여유가 많이 생겼다. 그리고 처음으로 혼자 묵은 호텔에서 일찍 일어나 걷는다는 게 좀 억울하다는 생각도 들었다. 그래서 자명종도 꺼놓고 일부러 늦잠을 잤던 것이다. 갈리시아 지방에 오니 집 모양이 확연히 다르다. 거기에다 루고는 프랑스 길 등 각지에서 오는 사람들이 모이는 곳이어서, 걷는 도중에 20여 명의 순례자들을 만날 수 있었다. 오후 3시 알베르게에 도착 직전, 시내로 나가는 루시아노를 만났다. 이 얘기 저 얘기 하다가 "내일 산 로마오 알베르게에 예약을 했느냐?"고 그가 물었다. 안 했다고 했더니, 침대가 몇 개 안 되므로 오스피탈레로에게 전화로 예약해 달라고 부탁하라고 했다. 그 말을 듣고 알베르게에 도착하자마자 예약부터 하였다.

로마 성을 중심으로 시내를 한 바퀴 돌고 나서, 광장에서 빵과 비스킷으로 점심을 때운 후 와이파이가 되는 곳을 찾아봤으나 보이지 않았다. 다시 알베르게로 돌아와서 물어보니, 와이파이 되는 레스토랑을 찾아보라고 한다. 점심을 가볍게 했으니 저녁은 식당에서 먹고 싶은데, 어디가 좋을까 궁리하다가 중국 음식점에 가기로 했다. 대도시이므로 중국 음식점이 혹시 있을지도 모른다는 생각이 들었기 때문이다. 지난번 중국식당에선 맛이 없어 몹시 실망했지만 이번엔 어떨지 궁금

했다. 기대를 하며 물어물어 찾아갔는데, 이번에는 다행히도 '오늘의 메뉴'가 있었다. 가격도 6.35유로로 착한 가격이었다. 살라다, 볶음밥, 소고기 요리에다 후식은 아이스크림으로 해서 저녁을 해결했다. 아침, 점심은 부실했는데 저녁에 충분한 영양공급을 했으니 이젠 힘이 넘친다. 운이 좋게도 와이파이도 가능하여 식사를 하면서 계속 와이파이를 사용할 수 있었다.

알베르게에 돌아오니 밤 10시인데도, 침대엔 프랑스 여성 세 사람만 누워 있다. 그중 한 사람은 삼각팬티에 브라자만 착용한 상태였다. 조금 있으니 많은 사람들이 들어오기 시작했는데, 그들 역시 옷을 갈아입기 위해 거리낌 없이 웃통을 벗어젖힌다. 하긴 얇은 팬티 차림으로 배낭을 메고 걷고 있는 여성 순례자들도 몇 번 본 적 있다. 동양인의 시각에선 신기하기도 하고 놀랍기도 하지만, 서양인들에겐 무척 자연스러운 행동이었다. 이게 바로 문화의 차이리라.

▼개구쟁이 프랑스 학생 저스틴의 원맨쇼!
내가 뒤처져서 걷고 있었는데 저스틴이 '짠!' 하며 날 향해 고개를 돌렸다. 코에는 풍선이 달려 있고, 거의 두 달간 걷고 있는 그녀의 얼굴과 목, 팔뚝은 온통 빨갛게 익어 있었다.

## Lugo~San Romao

• [27일차] 2012. 7. 18(수)

• 19km/5시간/알베르게 10유로

오후 1시경 식당에 들르니 모두들 음식을 주문하고 있었다. 점심 주문이려니 생각하고 나도 줄을 선 후 주문을 했다. 늘 먹던 대로 믹스드 살라다, 소고기, 오렌지를 시켰다. 그런데 아무리 봐도 점심을 만드는 기세가 아니었다. 영어는 한마디도 못하는 오스피탈레로와 아줌마 한 분이 계셨는데, 순례자들은 단 한 사람도 보이지 않았다. 밖에 나갔다가 몇 번이나 다시 식당으로 들어가 봤는데도 아무도 없었다. 그렇다면 아까 주문한 것은 점심이 아니고 저녁인 것 같았다. 그래서 점심 대용으로 뭘 먹을까 궁리하면서 빵과 비스킷, 초콜릿, 음료수가 있는 자판기 앞에 서 있으려니 갑자기 밖에서 차 소리가 들렸다. 이윽고 사람들이 우르르 식당으로 들어섰다. 알고 보니 주문한 음식을 시내에서 만들어 차량으로 갖고 온 것이었다.

난 구이베르트와 멕시칸 모녀와 함께 자리를 했다. 앞의 옆좌석엔 요란한 의상을 입은 스페인 사람이 앉아 있었다. 멕시칸 어머니 안나 마리아는 50세의 초등학교 교사이고, 딸인 안나 로라는 금년에 대학을 졸업하는 학생이었다. 어머니는 명랑하나 차분한 성격의 소유자이고, 딸은 아주 생기발랄하고 사교성이 있었다. 어머니는 영어를 조금밖에 못했는데 딸은 영어를 유창하게 구사했다. 어머니가 스페인어로 얘기하면 딸이 동시통역을 하곤 했다. 남편은 48세로 학교 행정업무를 하는 사람이고, 큰 아들은 결혼해서 벌써 자식까지 있다고 자랑했다. 나

보고는 "결혼했느냐? 아이는 몇이냐? 왜 와이프는 같이 안 왔느냐? 한국의 일기는 어떠냐? 직업이 뭐냐?" 등등, 초등학교 선생님답게 많은 것을 쉴 새 없이 물어보았다. 어머니와 딸인 줄은 꿈에도 생각 못했고 친구인 줄 알았다고 했더니, 한참 동안 웃으며 좋아했다. 그러고는 내가 40대로 보인다기에 나는 한 술 더 떠서 "당신은 18~19세로 보인다."고 화답하면서 함께 웃었다.

식사가 끝나고 대부분의 사람들이 자리에서 일어나자 옆좌석의 멕시칸 청년이 자기는 "푸시업을 50번 할 수 있다."고 자랑하기에 "난 100번도 할 수 있다."고 놀려 주었다. 그랬더니 옆에 있던 안나 마리아가 "시범을 보여줄 수 있느냐?"고 물었다. 오케이! 내가 빠른 스피드로 주먹을 쥔 채 50번 푸시업을 하고 큰 박수를 받았다. "그럼 태권도도 할 줄 아느냐?"고 해서 2단이라고 했더니 또다시 박수! 이후 멕시칸들과는 아주 가깝게 지냈고, 특히 자바와 호세와는 5일 후 피니스테레 등대에서 반가운 해후를 하게 되어 그날 저녁 만찬을 같이하기도 했다. 박수 소리가 잦아들자 안나 마리아가 식탁보를 내게 주며 한글로 좀 써 달라고 부탁을 했다.

> 안나에게
> 당신이 딸과 함께 카미노를 하는 게 무척이나 보기 좋고 부럽다.
> 당신과 딸은 친구 사이인 줄 알았을 정도로 당신은 무척 젊고
> 예쁘다. 멕시칸들은 아시안과 얼굴 모습이 비슷하다.
> 특히 한국인과 많이 닮은 것 같아 더욱 친밀감이 든다.
> 혹 제주에 올 기회 있으면 꼭 내게 연락하기 바란다.

위와 같이 적고 내 이름과 이메일 주소를 적어 주었다. 짧은 시간이었지만 정이 들었고 다음날 만날 때는 더욱 반가웠다.

##  San Romao~Melide

• [28일차] 2012. 7. 19(목)

• 30km/7시간 30분/알베르게 12유로

좀 늦게 출발하였다. 한 시간쯤 걸으니 구이베르트가 보였다. 같이 걸어 보니 보조가 맞는 것 같다. 나보다 두 살 위인 그는 프랑스에서부터 오늘까지 50여 일간을 걸었고, 카미노 길 걷기가 끝나면 한 달 동안 프랑스에서 등산을 한 다음, 이탈리아로 가서 3주간 여행하다 귀국할 것이라고 한다. 직장에서 4개월간의 휴가를 얻어 혼자 여행을 다니는 그가 부럽기도 하고 대단하다는 생각도 들었다. 내가 직장을 다닐 때는 단 한 달간의 휴가도 받아본 적이 없지만, 설령 휴가를 준다 해도 혼자 넉 달 동안이나 배낭여행을 한다는 것은 아마 꿈도 안 꾸었을 것이다. 다소 과묵한 편이지만 성격이 퍽 좋아 보인다. 자기 어머니는 자식을 14명이나 두었는데, 그 당시엔 대부분의 사람들이 그렇게 애를 많이 낳았다고 한다. 자기가 아는 사람 중에는 자식을 21명이나 낳은 사람도 있다면서. 그는 새로 만나는 순례자마다 "이 친구는 하루에 12시간 동안 47km를 걸었다."고 나를 소개했다. 자랑할 게 못되는데도 그가 보기엔 무척 신기하게 보였던 것 같다. 일부러 그렇게 걸은 게 아니고, 중간에 딴 생각을 해 표식을 놓치는 바람에 어쩔 수 없이 걸은 것뿐인데.

숙소에 도착한 후 샤워와 빨래를 하고 나서 점심을 먹으러 나왔다. 별로 생각이 없었지만 구이베르트가 "식사하러 갈 거냐?"고 묻는데 도저히 "노!"라고 대답할 수가 없었다. 정식 메뉴 대신 살라다와 아이스크림, 맥주 한 잔을 시켰다. 밥을 먹으면서도 연신 와이파이를 하느라고 바빴다. 조금 있으니 할머니 한 분을 포함한 독일인 세 명이 들어왔다. 그제부터 보아 온 순례자인데 구이베르트가 얘기하길 "이제껏 만난 사람 중 제일 연장자"라고 했다. 얼른 그쪽 자리로 가서 "28일간 걷는 동안 최고 연장자를 만나게 되었는데, 영광으로 생각한다. 싸인 좀 부탁한다."고 했더니 쾌히 승낙하셨다. 내가 제주에서 왔다고 하니 옆의 딸이 "6년 전에 남편과 함께 국제 철인3종경기 참가차 제주에 들른 적이 있다. 무척 아름다운 섬이었다."고 제주를 칭찬했다. 안 그래도 오늘 걸으면서 구이베르트에게 제주에 대해 실컷 자랑을 늘어놓은 터라, 내 말이 거짓이 아님이 입증되어 듣는 내내 흐뭇하였다.

알베르게 가까이 오니 야외식당에서 식사를 하던 젊은 순례자들이 일제히 "케소! 케소!" 하고 소리치면서 사진을 같이 찍자고 한다. 3일 동안 그들과 알베르게에서 만나는 동안, 난 어느새 유명인사가 되어 있었다. 내 이름이 스페인어로 치즈인 케소와 비슷하므로 "케소"라고 부르라고 했더니, 이름 외우기가 쉽다면서 좋아했다. 게다가 내가 산티아고 길을 3번째 걷는 중이고, 자신들보다 빠르게 걸으며, 며칠 전 1,000m 고지의 험준한 길을 12시간 동안 47km를 걸었고, 푸시업 50개 시범을 보이는 등의 사실이 알려지면서, 나만 보면 어디서든 "케소"라 반갑게 소리치며 엄지손가락을 추어올렸다. 우리 일행들 모두와 청년들 각자의 사진기로 사진을 찍으며 박장대소하였다. 구이베르트는 내 인기가 이 정도일 줄은 몰랐다며 놀라워했다.

## Melide~Santiago

• [29일차] 2012. 7. 20(금)

• 51km/13시간/알베르게 12유로

어제 저녁 구이베르트와는 오늘 31km 지점인 O Pedrouzo에서 묵기로 약속하고 아침 6시 정각에 출발했다. 구이베르트는 거의 시속 5km 속도로 걷는데 좀체 쉴 생각을 하지 않는다. 난 매 두 시간마다 양말을 벗어 발을 시원하게 해줌으로써, 물집 생기는 것을 방지하곤 했는데. 그는 걷기 시작하여 4시간 만인 10시에 잠시 쉬고는, 오늘의 목적지인 O Pedrouzo에 도착한 오후 1시까지 한 번도 쉬지 않았다. 그래서 그와 헤어질 것을 결심하고 "나는 아무래도 오늘 산티아고까지 가야 할 것 같다. 오늘 산티아고에 가야 남은 기간 동안 묵시아까지 갈 수 있기 때문이다."라고 말했다. 그러고는 서로 "남은 기간 좋은 여행이 되기를 바란다."고 하며 포옹을 하고는 아쉬운 작별을 하였다.

혼자 걸으니 이렇게 좋을 수가 없다. 걷는 템포도 느리게 했다가 빠르게 했다가, 그때그때 컨디션에 따라 마음대로 조절할 수 있고, 중간에 자주 쉬기도 하고. 물론 그와 같이 걸으면서 많은 것을 배웠다. 68세의 나이로 아직까지도 현직에서 일을 하면서도 4개월 휴가 기간에 2개월은 걷기, 1개월은 산악등반, 1개월은 여행을 하는 그의 체력과 마음의 여유가 부러웠다. 언어도 영어, 프랑스어, 스페인어 등을 능수능란하게 구사하고, 오늘까지 두 달 동안 걸었는데도 조금도 피로한 기색이 없어 보였다.

오후 2시쯤 되니 길가에 레스토랑이 있는 것이 보였다. 순례자 5명이 식사하고 있는 것을 보니, 배가 고프지 않았음에도 나도 모르게 발길이 식당으로 향했다. 순간 이런 생각이 들었다. '29일 만에 산티아고에 입성하는 기념으로 오늘은 근사한 점심을 한번 먹어보자!' 식당으로 들어가 오늘의 메뉴에 와인까지 시켰다. 아쉽게도 고기는 다 먹지 못하고 말았다. 식사를 마칠 무렵 사라가 도착하여 맥주를 마시기에 그녀와 합석하고 환담을 나누었다. 영국의 학교 도서관에서 일하는 그녀는, 산티아고에 도착한 다음 스페인에 사는 부모님을 만나 며칠 있다가 귀국한다고 했다. 그녀와 30분 정도 같이 걷고 헤어졌다.

- [30일차] 2012. 7. 21(토)
- 22km/5시간 30분/알베르게 10유로

옆에서 울리는 자명종 소리에 깨어 시간을 보니 새벽 4시 50분이었다. 그때부턴 잠이 오지 않았다. 누운 채 억지로 잠을 청하였으나 잠이 오지 않아 조용히 스트레칭을 하며 생각에 잠겼다. '버스를 타고 갈까? 걸어서 갈까? 아니면 이곳에서 하루 푹 쉬고 내일 떠날까?' 카미노 출발 전의 계획은 33일 만에 산티아고에 도착한 후 하루 쉬고 바르셀로나로 갈 예정이었다. 그런데 예정보다 4일 일찍 산티아고에 도착하는 바람에, 일정을 다시 짜야 할 상황이었다. 몸 컨디션은 아주 좋았다. 어디 아픈 데도 없고 피곤하지도 않았다. 그렇다면 '걸어서 가자!'고 마음을 굳혔다. 5시 30분이 되니 여기저기서 출발 준비를 하느라 부산하다. 나도 5시 50분경 일어나 어제 사온 빵과 주스, 요구르트로 아침을 대신하고, 6시 30분 출발하였다.

네그레이라에 도착하니 12시밖에 안 되었다. 걸린 시간은 5시간 30분. 32km를 5시간 30분 만에 걸었다는 게 믿어지지 않았다. 오늘 내 보속을 시간당 4.5km로 계산하면 빨라도 7시간이 걸려야 했다. 알고 보니 내가 도착한 곳은 원래 계획한 32km 지점에 위치한 빌라세리오가 아니라, 20km 지점에 위치한 네그레이라였다. 가이드북 없이 3년 전 걸었던 기억만 믿고 걷다 보니 생긴 해프닝이었다. 산티아고에서 피니스테레까지 약 90km이므로 3일에 걸으려면 하루 평균 30km씩 걸으면 되지만, 오늘 22km밖에 안 걸었으니 내일과 모레는 평균 34km씩 걸어야 한다. 두 시간쯤 걸었을 때 반대편에서, 남자는 배낭을 실은 수레를 끌고 여자는 배낭을 메고 오는 게 보였다. "사진 찍어도 되느냐?"고 물으니 오케이! 서서 잠시 얘기를 나누었다. 네덜란드에서부터 2,500km를 석 달째 걸어온 네덜란드 사람들이었다. 옆의 여자를 가리키며 "다치 커플"이라고 하는데, 카미노에서 만나 같이 걷는 커플이라는 말인지 뜻을 이해 못 하겠다. 바쁜 사람들 잡아놓고 너무 오래 얘기하는 것도 예의가 아닌 것 같아, 잠시 후 헤어졌다. 배낭을 메고 걷는 것보다 훨씬 힘들 것 같다는 생각이 들었다. 두 사람 모두 '산티아고 가는 길'이라고 쓰인 티셔츠를 입은 게 눈에 띈다.

◀새까맣게 탄 피부가 오히려 예뻐 보이는, 석 달째 걷고 있는 네덜란드 다치 커플.

• [31일차] 2012. 7. 22(일)

• 33km/6시간 40분/알베르게 12유로

파블로가 걸어가면서 계속 말을 하는데 거의 한마디도 알아들을 수 없었다. 그는 영어를 한 마디도 못하고 난 겨우 200여 개의 스페인 단어만 알므로, 대충 감으로 알아맞혀야 하는데 도무지 해독 불가다. 그렇다고 계속해서 모른 척할 수도 없고 해서, 대충 알아듣는 체하다가 이따금씩 "모르겠다."고 하면 그때서야 말을 멈춘다. 아마도 그는 내가 스페인 사람들한테 "알베르게가 어디에 있죠? 여기서 스탬프 찍을 수 있나요?" 등 간단한 질문을 하는 것을 보고, 내가 마치 스페인어를 잘하는 것으로 오해한 것 같다. 그래서 내가 "스페인어라곤 겨우 카미노 길을 걷는 데 꼭 필요한 단어만 알고 있을 뿐"이라고 영어로 얘기했지만, 그가 그 말을 이해 못하니 도로 아미타불이 되고 만다. 어제와 오늘 파블로와 7~8시간을 함께 걸었지만, 나이만 60세라는 것밖에 직업도 어디에 사는지도 모른다. 다만 전형적인 스페인 사람답게 쾌활하고 친절하고 정이 많다는 것은 알 수 있었다. 어제는 나보다 훨씬 느리게 걷더니만, 오늘은 계속 템포를 같이하였다. 그런데 스틱을 사용하는 법을 모르는 것 같아서 내가 스틱을 사용하여 걷는 법을 자세하게 가르쳐 주었다. 내가 가르친 대로 걸어 보고는 "정말 좋다!"(무이비엔)고 여러 차례 말했다. 남을 위해 봉사한 것 같은 생각이 들어 나 역시 기분이 무척 좋았다.

## Olveiroa~Finisterre

• [32일차] 2012. 7. 23(월)

• 35km/8시간 50분/알베르게 10유로

새벽 5시 50분에 알람 진동을 해놓았는데 5시경부터 여기저기서 부스럭거리는 소리에 잠이 깼다. 내 옆 침대에서 잔 스페인 동갑내기 마뉴엘이 헤드랜턴을 켜고 근 20여 분간 배낭을 싸고는, 파블로와 함께 5시 50분경 출발했다. 그들은 오늘 묵시아로 갔다가 내일 피니스테레로 간다고 한다. 난 알베르게 안에 있는 바르에서 간단한 식사를 하고 6시 10분경 일본인 요시미와 함께 출발했다. 표식이 불분명한 탓에 우리 팀을 포함하여 근 10여 명이 길을 못 찾아 갈팡질팡하는 일이 있었고, 요시미가 바르가 보이자 화장실에 간다고 해 이후 혼자 걷다가 피니스테레 도착 직전 다시 만나 같이 걸었다. 오후 3시에 알베르게에 도착하여 완주 증명서를 받고 나니, 빈방이 없다고 한다. 요시미와 아침 포함 12유로 한다는 다른 알베르게를 찾아갔는데, 그곳도 만실이었다. 오스피탈레로의 안내로 그 옆의 오스탈로 갔다. 더블 침대는 30유로, 싱글 침대는 20유로였다. 남자 둘이라면 15유로씩 내고 더블 침대에 묵으면 괜찮겠는데, 요시미가 더블 침대는 곤란하다고 한다. 만일 서양 여자였다면 자연스럽게 더블 침대에 묵었을 텐데. 한 사람당 20유로는 너무 비싸다는 느낌이 들어 더 찾아보기로 했다.

100m쯤 가면 알베르게가 있다 하여 마침 주민이 보이기에 "혹시 사립 알베르게가 어디 있는지 아느냐?"고 물었다. 그는 다짜고짜 자기 차에 타라고 했다. 자기는 바로 이 옆집에 사는데, 어제 Olveiroa 알베

르게에서 나랑 같이 잤었고, 내가 여러 사람에게 수건에 싸인을 받는 것도 봤다는 것이었다. 아니, 이런 우연의 일치가! 한참 가서 한 알베르게에 도착했는데 그곳 역시 만원이었다. 다시 차에 타서 다른 알베르게에 도착하니, 다행히도 그곳은 방이 비어 있었다. 얼른 배낭에서 선물을 꺼내 그에게 고마움을 표시하였다. 그가 아니었으면 얼마나 더 고생을 했을는지 모른다. 알베르게는 10유로의 착한 가격에 시설도 좋았다. 정말 운이 좋은 날이었다.

## Finisterre~Santiago

• [33일차] 2012. 7. 24(화)

• 버스 이동/2시간/알베르게 17유로–싱글 룸

산티아고로 가는 버스 정류소로 가니 한국인이 6명이나 있었다. 그 중에 주성 군이 인사를 하더니 계속 말을 붙여온다. 북의 길을 걷고 묵시아를 거쳐 피니스테레에 왔으며, 산티아고에서 이틀 머물고 귀국한다고 했다. 8시 20분에 버스에 오르니 갑자기 피로가 엄습하였다. '이제 장거리 도보는 다 끝났구나.' 하는 안도감과 해방감 때문에 긴장이 풀린 것 같다. 2시간 만에 산티아고에 도착했다. 걸어서 3일 만에 왔는데 단 2시간 만에 도착하다니! 차 안에서는 계속 졸다가, 옆좌석의 프랑스인이 자기 쪽으로 기댈 때마다 툭툭 치면 깨곤 했다. 너무도 피곤하여 졸렸지만 그에게 미안한 감이 들어 억지로 잠을 쫓아냈다. 버스에서 내리니, 주성 군이 내게 여러 가지 물어볼 게 있다면서 나와 동행

◀예사스럽지 않은 복장을 착용한 어떤 순례자와. 사진 찍기를 요청하자 흔쾌히 승낙해 주었다. 한국인 순례자라고 소개하니 손에 끼고 있던 하얀 묵주를 선물로 주셨다.
그의 신분을 정확하게 물어보지 못한 게 아직도 아쉽고 후회로 남는다.

하기를 원하였다. 3년 전과 작년의 기억을 되살리며 알베르게로 가다 보니, 알베르게가 아니고 산티아고 성당 광장으로 가고 말았다. 오늘 자정부터 성 야고보 축제가 시작되므로 알베르게와 오스탈이 만실일 것이라고 생각했다.

인포메이션 센터에서 10여 분 이상 줄을 서서 기다리다가 알베르게에 예약 요청을 하니, 전화를 걸어 보고는 만실이라고 하였다. 게다가 20유로 이하의 오스탈도 만실이었다. 숙박 가능한 가장 싼 호텔은 60유로. 너무 비싸서 일단 외곽지역으로 가 비어 있는 알베르게가 있는지 확인해 보기로 했다. 가는 도중 2009년과 2011년에 숙박했던 대형 공립 알베르게를 지나치게 되어, 혹시나 해서 들어가 보니 6명이 줄을 서서 접수하고 있었다. 그렇다면 아까 인포메이션 센터에서는 왜 만실이라고 했을까? 이런저런 추리를 하며 순서가 되어 접수하려니, 12유로짜리 도미토리는 만실이고, 17유로짜리 1인실만 있다고 했다. 비쌌지만 이것만으로도 감지덕지! '처음부터 제대로 길을 찾았다면 쓸데없이 5유로는 낭비하지 않아도 됐을 텐데.' 하는 아쉬움과 더불어, 괜히 나를 만나는 바람에 5유로를 낭비시켰다는 생각에 주성 군에게 미안한 마음이 들었다. 이후 간식과 저녁값은 내가 모두 지불하였다.

시내를 구경하다 7시쯤 성당 앞 광장에 도착했는데, 거기서 폴란드 신부와  6명의 폴란드 가족과 반가운 해후를 하였다. 임신한 몸으로 친정어머니와 10살짜리 딸 등 6명의 가족이 오비에도에서부터 산티아고까지 완주했다는 게 도무지 믿어지지 않았다. 신부님 역시 13일 전에 만났을 때 발이 무척 아프셨었는데. 그들의 완주 성공에 뜨거운 박수를 보낸다. 짝! 짝! 짝!

▼지도 뒷면에 27개국 121명의 순례자의 싸인을 받았다.
1. 한국 2. 일본 3. 중국 4. 홍콩 5. 필리핀 6. 미국 7. 멕시코 8. 브라질 9. 컬럼비아 10. 아르헨티나 11. 포르투갈 12. 스페인 13. 이태리 14. 프랑스 15. 스위스 16. 독일 17. 네덜란드 18. 폴란드 19. 덴마크 20. 불가리아 21. 슬로바키아 22. 스웨덴 23. 핀란드 24. 이스라엘 25. 벨기에 26. 영국 27. 아일랜드

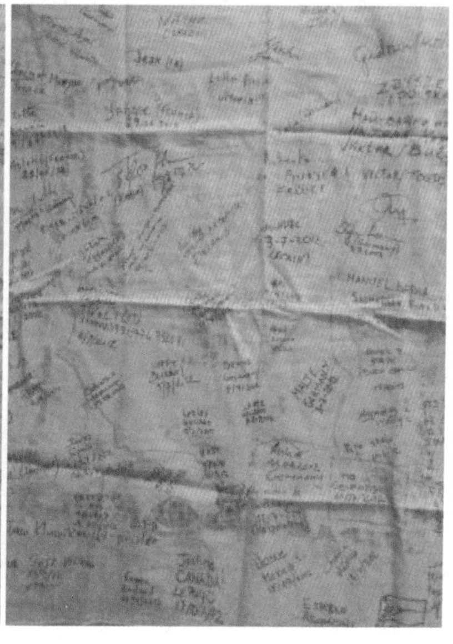

Korea

Chapter 4.

# 국도종단 도보여행기

## 국토종단을 준비하며

지난 2013년 3월 4일 제주를 출발하여 3월 31일까지 28일 동안, 전남 해남 땅끝마을에서 강원도 고성 통일전망대까지 821km를 걸었다. 출발한 날 5km와 마지막 날 12km를 제외하면 하루 평균 31km를 걸었고, 가장 많이 걸은 날은 경북 농암리에서 충북 수안보까지 12시간 10분 동안 43km를, 가장 적게 걸은 날은 강원도 하진부에서 병내리까지 6시간 10분 동안 21km를 걸었다.

2009년, 2010년, 2012년, 3년에 걸쳐 스페인 산티아고 길 3개 코스(프랑스 길, 은의 길, 북의 길) 2,900여 km를 걷고 난 후, 다음엔 프랑스 내륙에서부터 시작해 스페인 산티아고까지 걷는 2,000여 km의 레퓌 길을 걷자고 생각했었다. 그런데 수년 전에 한비야, 김남희 여행 작가님의 책을 보고 '언젠가 나도 기회가 닿으면 국토종주를 하자.'고 계획을 세워놓았었다.

어느 날 그 자료를 우연히 보게 된 순간 '바로 이거다!' 하고 한비야, 김남희 씨의 일자별 코스 루트와 지도책에서 간추린 부분만 오린 자료를 가지고 가벼운 마음으로 출발하였다. 출발 시기는 한겨울과 한여름을 피한 5~6월이 가장 좋지만, 따뜻한 남쪽 지방부터 출발할 것이기에 3월 초도 괜찮을 거라고 생각했다. 그러나 막상 걸어 보니 정식 트래킹 코스가 아닌 국토종단 길에서는, 3월은 난방이 필요한 계절이라 문 닫은 민박집이 많았고, 관광지가 아닌 곳을 많이 걷는 관계로 민박집이 아예 없는 마을도 많았다. '사전에 이런저런 자료를 충분히 준비하였다면 훨씬 수월하게 국토종단을 할 수 있었을 터인데…….' 하는 때늦은 후회를 하기도 했다. 한비야 씨는 개인 사정상 49일 만에 종단

하였고, 김남희 씨는 29일 만에 걸었기에, 나는 김남희 씨의 루트를 따라가기로 마음먹었다. 김남희 씨가 묵은 곳에 가면 반드시 민박집이 있을 것이라고 생각했는데, 막상 가서 보면 손님이 없어 폐업한 곳도 있고 동절기라 문 닫은 곳도 있어서 많이 당황했다. 게다가 내가 걷는 길은 정식 트래킹 코스가 아니었다. 리본과 화살표시 등 길 표식이 없는 국도길을 걸어야 했으므로, 스마트폰의 내비게이션이 큰 도움이 되었다. 특히 걸은 거리를 계산할 때는 정말 유용했다.

지난 6년 동안 국내외 트래킹 코스 10,000여 km를 걸었지만, 이번 국토종단은 여타 길과는 여러모로 특이했다. 우선 전 여정 동안 나 이외에 걷는 사람을 한 사람도 못 만났고, 삼남 길 2~3km, 문경새재 6km와 해파랑 길 10여 km를 제외하면, 전 구간이 아스팔트 길이었다. 아침과 점심은 식당에서 거의 못 먹었으며, 매일 숙박업소 찾는 일이 가장 힘들었다. 그리고 95% 이상이 국도 길을 걷기 때문에 교통사고 위험이 상존하였고, 특히 짙은 안개 속에 충청북도와 경상북도의 경계 시점인 여원재를 올라갈 때, 800m의 긴 호계터널을 통과할 때, 차량 왕래가 빈번한 약 1km의 국도길을 우측통행할 때의 공포감은 지금 생각해도 너무 오싹하고 아찔한 순간들이었다.

매번 장기 도보 시마다 많은 감동을 받곤 했는데, 이번 길에서도 예외는 아니었다. 해남 송호마을의 기사식당 아주머니께서 "장거리 도보를 한다."는 말에 7,000원짜리 정식을 굳이 1,000원 깎아 주신 일, 해남 송호마을에서 잘 곳이 없어 지친 몸으로 두 시간 더 걸어가야 하는 딱한 사정을 듣고는 자신의 집에 데려가서 숙박비는 물론 점심, 저녁, 다음날 아침까지 무료로 제공해 주신 마음이 따뜻하고 고마우신 강 선생님, 강진에서 쉬면서 스틱을 놔둔 채 걷던 중 한 시간 만에야 분실 사실을 알고 찾기를 포기했는데 경찰관이 가던 길을 되돌아가서 찾아 주신 일, 강원도 평창군 병내리 마지막 민박집에서 숙박을 못하면 20여 km를 더 가야 하는데 힘이 부쳐서 도저히 더 갈 수 없는 형편에서, 내 사정을 듣고 집에 아무도 없는데도 흔쾌히 "혼자 들어가서 쉬고 있으라." 하시고는 고소리 물 2리터, 저녁과 다음날 아침을 무료로 제공해 주신 '안개 잔이 농장 민박집' 사장님과 사모님 등…….

이처럼 28일간의 짧은 기간 동안 숱한 사연들을 겪었으나 다행히도 물집 한 번 안 생기고 아무런 육체적 고통과 조그만 사고도 없이 완주하게 된 것은, 그간 수시로 전화나 문자로 격려와 응원을 해주신 가족과 친지, 친구들의 덕택이라고 생각한다. 마지막 날에는 분단의 상징인 임진각의 "철마는 달리고 싶다"라는 이름의 열차처럼 나 역시 북한의 최북단인 함경북도 온성까지 계속 걷고 싶었지만, 가로막힌 철조망 때문에 더 이상 갈 수 없음에 가슴이 아렸다. 언젠가 통일이 되는 날, 최남단 해남 땅끝마을에서 최북단 온성 땅끝마을까지 완전한 국토종단을 하고 싶다. 분명코 그런 날이 머지않아 반드시 올 것이라 확신한다. 이제 다음 장기 트래킹 코스는 어디가 될지, 생각만 해도 벌써부터 마음이 요동친다.

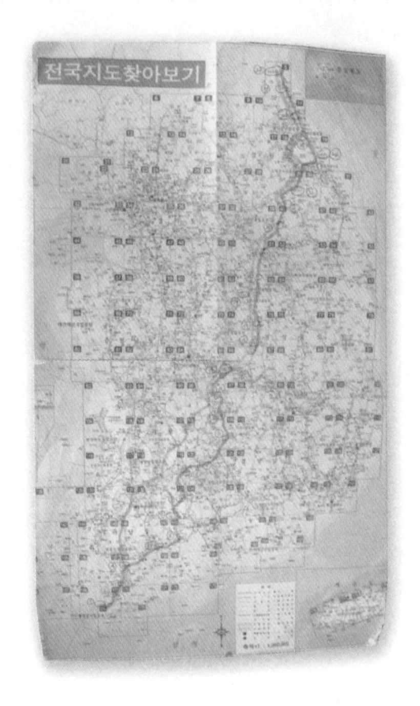


◀초록색은 한비야 씨의 루트, 황색은 김남희 씨의 루트.
첫 3일간은 삼남 길을 상원사 직전까지는 김남희 씨의 루트로, 그 후 이틀은 내가 정한 루트로, 그 후는 다시 김남희 씨가 걸은 코스로 다녔다.

## 첫날부터 황당한 일이 두 번이나 발생

• 오늘 일정:제주~완도(카페리)~해남(금호고속)~땅끝마을(버스)~송호마을(도보)

• 걸은 거리:5km

• 걸은 시간:1시간 20분(2시 40분~오후 4시)

• 오늘 쓴 돈:61,000원-뱃삯 21,300원(제주~완도) · 택시 2,800원(부두~버스터미널) · 점심 7,000원(터미널 앞 기사식당) · 버스 5,100원(해남~땅끝마을) · 숙박 25,000원(송호모텔)

완도항에서 택시를 타고 버스터미널에 내려 해남행 시간표를 보니 12시 30분에 출발한다고 되어 있었다. 혹시나 해서 다른 벽에 붙은 시간표도 확인하였으나 마찬가지였다. 터미널 길 건너 기사식당에서 12시 15분까지 식사를 하고, 여유롭게 12시 20분에 터미널에 도착하니 막 출발하려는 버스가 있었다. 곧바로 달려가서 "이 차가 땅 끝 가는 버스냐?"니까 그렇다고 하였다. 그렇다면 터미널 안의 시간표는? 틀린 시간표였던 것이다. 1분만 늦었어도 차를 놓칠 뻔한 상황이었다.

오후 1시에 해남에 도착, 땅끝마을로 가는 버스 시간표를 보니 오후 1시 50분. 50분의 여유가 있었다. 터미널 안의 휴게실 의자에 앉아 간식을 먹다가 자리를 옮겨 TV를 시청하며 휴식을 취하였다. 출발 시간이 되어 버스표를 내려니 버스표를 찾을 수가 없다. 차는 출발하기 위해 이미 시동을 건 상태이고. 이때 버스표를 검사하던 직원이 자기를 따라오라고 하였다. "혹시 저 의자에 앉은 적이 있습니까?" 하고 묻기에 "그렇다."고 했다. "조금 전에 어떤 손님이 저 자리에서 이 표를 주워서 가져 왔다."면서 내게 표를 내미는 게 아닌가. 도보를 시작하기도 전에 두 번의 황당한 사건이 발생한 것이다.

긴장이 풀린 탓이리라. 내일부턴 정신을 바짝 차리고 오늘 같은 황당한 일이 발생하지 않도록 해야겠다고 굳게 다짐해 본다. 출발지에서 보니 '삼남 길'이란 표식과 함께 설명이 있었다. 삼남 길은 조선시대의 유배의 길로 한양에서 해남을 거쳐 제주 관덕정에 이르는 길을 말한다. 코오롱 스포츠가 해남에서 서울까지 500km의 삼남 길을 개척 중인데, 현재는 해남 땅끝탑에서 강진 누릿재 구간까지 90km만 조성되었기에, 강진까지는 삼남 길을 걷기로 하였다. 그런데 문제는 코스 표시와 시작점, 끝나는 지점만 있을 뿐 숙박 시설 및 식당에 대한 정보가 없다는 점이었다. 일단 부딪쳐 보기로 한다. 원래 계획은 땅끝에서 1박 한 후 내일부터 걸을 예정이었으나, 땅끝 도착 시간이 오후 2시 40분밖에 안 되므로 다음 숙박시설이 있는 곳까지 걷기로 계획을 변경했다.

## 전남 해남군~송호마을~서홍마을

- [2일차] 2013. 3. 5.
- 걸은 거리 25km/누적 거리 30km/걸은 시간 8시간 10분
- 오늘 쓴 돈 31,000원-아침 6,000원(백반) · 저녁 5,000원 · 숙박 20,000원 · 점심은 제주에서 가져온 빵과 한라봉으로

4시에 기상하여 스트레칭과 반신욕을 한 후, 6시에 모텔에서 약 200m 떨어진 기사식당으로 갔더니 문이 닫혀 있었다. 어제 들은 애기로는 분명히 6시에 문을 연다고 하여 아무런 음식 준비도 안 했는

데……. 문 열 때까지 마냥 기다릴 수만 없는 입장이라 머리에 헤드랜턴을 끼고 걷기 시작하였다. 마을을 벗어나기 직전 뒤돌아보니 식당에 불이 켜져 있기에 다시 되돌아가서 식사를 하였다. 7,000원짜리 정식(백반)인데 역시 전라도 음식답게 맛깔스런 반찬이 많이 나왔다. 제주에선 정식 1인분은 팔지도 않는데 말이다. 식사를 하며 주인과 얘기 끝에 국토종단 중이라고 했더니, 계산할 때 굳이 천원을 깎아 주었다. 7,000원짜리 음식 값에서 1,000원 할인, 따뜻하고 훈훈한 인심에 진한 감동을 받았다.

오후 3시에 서홍리에 도착하니 숙소가 없었다. 6km 떨어진 남창리로 가다가 만난 할머니께서 자신을 따라오라며 교회 수양관이라는 곳에 데리고 가셨다. 한여름엔 민박집으로도 이용하는데 그 외의 계절엔 손님이 한 사람도 없다고 한다. 나 혼자만을 위해 난방을 하려니 미안한 감이 들어 자청해서 5년째 이 마을에서 일하고 있는 중국동포와 같이 잤다. 어제 오늘 삼남 길을 따라 걷고 있는데 흙길과 해안길을 따라 걸으므로 정말 좋다. 다만 한 가지 흠이 있다면 코스 종료 지점에 숙박 시설이 없다는 것이다. 오늘은 다행히 교회에서 잠을 자지만 내일은 어떨지? 그러나 미리 걱정할 필요는 없다. 내일 일은 내일 해결하면 되니까.

6,000원짜리 아침에 진한 감동을! 반찬 가짓수가 무려 14개나 되는 본동 기사식당의 7,000원짜리 정식. 역시 음식은 전라도가 단연 최고! 음식 인심도 전라도가 최고! ▶

## 전남 해남군 서홍리~송천리

• [3일차] 2013. 3. 6.

• 걸은 거리 35km/누적 거리 65km/걸은 시간 9시간

• 오늘 쓴 돈 5,000원(아침)–점심은 강 선생 댁에 도착 즉시 컵라면으로, 저녁은 강 선생 댁에서 옻닭 백숙으로

원래는 27킬로미터 지점인 사초리에서 묵을 예정이었으나 막상 도착하고 보니 숙소가 없었다. 시금치 포장작업을 하던 남자분에게 문의하니, 이곳에서부터 2시간 정도 걸어야 도착하는 도암면까지 가야 모텔이 있다고 했다. "혹시 공회당이나 경로당 같은 곳에서 잘 수 없을까요?" 하고 물었다. 한참 망설이더니 작업하던 것을 멈추고 자기 차에 타라고 하셨다. 화물자동차로 농산물 운반작업을 하시는 분인데 혼자 사시는 분이었다. "집에서 샤워하고 점심 먹은 후 쉬고 있다가 저녁엔 같이 식사하자."면서 가자마자 방을 걸레로 닦고 난방 스위치를 켜셨다. 그러고는 부엌에서 과일과 밥, 반찬, 라면 등을 꺼내주시고는 작업장으로 바삐 나가셨다. 순식간에 일어난 일들이라 어안이 벙벙할 정도였다. 과일과 라면으로 점심을 하고 샤워와 빨래를 한 후 마을 구경이나 하려고 나가려는데, 4시경에 마을주민 5명과 함께 커다란 토종닭 2마리를 갖고 오셨다. 마당의 큰 가마솥에 옻나무와 칡뿌리를 넣고 무려 4시간 동안이나 참나무를 때며 계속 삶는 동안, 오늘 캔 냉이와 이 동네에서 유명한 개불과 옻닭 국물을 안주로 술잔치를 벌였다. 옻닭 백숙이 다 되자 옻닭을 뜯어먹으면서 주민들과 화기애애한 시간을 보냈다. 난 주민들 잔치에 낀 불편한 길손인데도 강 선생은 마을주

민들에게 나를 좋게 소개할 뿐만 아니라, 내가 어색해하지 않도록 계속 술을 권하는 등 낯선 나를 무척이나 배려해 주셨다. 개불은 한 개에 1,200원씩 하는 비싼 것인데도 자주 안 먹어 봤을 것이라면서 무려 5개나 주셨다. 10시에 회식이 파하자 30여 분간 강 선생과 격의 없는 대화를 나눴다.

강 선생은 "도보여행의 묘미는 경비를 최대한 절감하고, 결코 버스 등 대중교통수단을 이용하지 않는 것"이라면서, 자신은 "도보 여행가들의 어려움을 익히 알고 있기에 숙소를 구하지 못해 안절부절 못하는 내가 안쓰러워 집으로 모시게 되었다."고 하였다. 숙박비를 안 받겠다고 하기에 "주소를 주면 밀감을 보내겠다."고 하니, "혼자 살며 자주 타지에서 잠을 자기 때문에 필요 없다."면서 주소도 가르쳐 주시지 않았다. 이 은혜를 어찌 갚을꼬? 전화번호는 서로 교환했으니 분명코 그의 고마움과 신세를 갚을 날이 분명히 있으리라 확신한다. 어제에 이어 오늘 역시 감동의 연속이다.

▼뚝방 길 위의 '삼남 길'표식.
이런 길로만 걷는다면 800km가 아니라 8,000km라도 쉽게 걸을 수 있으리라는 생각이 든다.

## 전남 해남군 송천리~강진리

• [4일차] 2013. 3. 7.

• 걸은 거리 22km/누적 거리 87km/걸은 시간 6시간 30분

• 오늘 쓴 돈 15,100원–요구르트 2,600원 · 숙소(대궐 찜질방) 8,000원 · 라면+밥 4,500원 · 아침, 점심은 숙소에서 가져온 삶은 계란 4개와 요구르트로

어제 저녁에 오늘 아침 6시에 출발한다고 하니, 6시에 일어나서 같이 아침을 하자고 약속하였다. 옻닭국에 밥과 김치로 아침을 들었다. 강 선생은 계란이 필요할 거라며 9개나 삶아 주고는, 자신은 다시 자다가 9시에 일어나 강릉으로 농산물을 수송할 것이라고 하였다. 결국 나 때문에 아침 일찍 일어났던 것이다. 이래저래 미안하고 고맙고. "이 지역을 지날 때면 언제든 꼭 들려 달라."고 내게 당부하였고, 나는 "꼭 제주에 놀러 오시라."고 당부하며 아쉬운 작별을 나눴다. 강진 도착 직전 버스 승강장에서 휴식을 하고 배낭을 짊어지려고 하니 스틱이 없었다. 곰곰이 생각해 보니 도암 마을 입구 정자에서 쉬면서 스틱을 그냥 놔두고 온 게 분명하였다. 7만 원짜리 고급 스틱인데 너무 아까웠지만 돌아가서 가져오기엔 왕복 2시간이 소요되어 포기하고 말았다. 스틱 찾기를 포기하고 걷고 있자니 경찰차가 지나갔다. 손을 들어 차를 세우고 경찰관에게 사정 설명을 한 후 "스틱이 좋은 것이니 찾아서 당신 가져라."고 하였다. 20여 분쯤 됐을까. 계속 길을 가고 있는데 아까 지나가던 경찰차가 되돌아와 내 앞에 멈췄다. 그러고는 경찰관이 찾아온 스틱을 내게 건네주었다. 민중의 지팡이란 말이 실감나는 순간이었다. 경찰관들이 스틱을 찾아주지 않았다면 스틱 없이 그 수많은 재들을 어

떻게 올랐을까? 이 일을 계기로 대한민국 경찰에 대한 인식이 180도 바뀌었다. 명함을 건네며 "제주에 올 일이 있으면 꼭 연락 주시라." 하고는 양해를 구하고 사진을 찍었다. 대한민국 경찰 만세! 강진 경찰 만세!

거의 매일 감동의 연속이다. 이런 맛에 배낭여행을 하는지도 모른다. 어제까진 국도 길이 아닌 해안도로 길이나 숲길, 마을길 등을 걷는 삼남 길을 걸었으나, 코스 종점에 숙소가 없는 관계로 오늘부터는 삼남 길 걷기를 포기하고 김남희 씨가 걸어간 코스대로 국도 길을 걷기로 했다. 삼남 길에 비해서 걷는 거리는 단축됐지만, 자동차가 내 옆을 지나칠 때마다 불안감이 엄습했다. 인도가 30~40여 cm밖에 안 되어 대형차가 지나갈 때마다 신경을 바짝 곤두세우고 흠칫흠칫 놀라며 걸었다. 매연도 매연이지만 아찔한 순간도 몇 번 있었다. 일체의 잡념을 없애고 최고의 긴장된 상태로 앞을 주시하며 걷다가, 차가 보이면 왼쪽으로 약간 비켜서는 등 안전도보에 온 정신을 집중하였다. 원래 계획은 장흥까지 갈 예정이었으나, 강진을 막 벗어나려는데 대형 찜질방 간판이 보였다. 22km밖에 안 걸었지만 오늘 도보는 여기서 마감하기로 계획을 변경하였다. 그런데 저녁 시간이 되어 찜질방 식당에 가니 부인이 몸이 아파 안 나온 관계로 라면밖에 안 된다고 하였다. 결국 라면과 밥 한 공기로 오늘 저녁을 때웠다.

## 전남 해남군 강진~장동면(도보)~보성(버스)

- [5일차] 2013. 3. 8.
- 걸은 거리 31.5km/누적 거리 118.5km/걸은 시간 8시간
- 오늘 쓴 돈 57,700원-요구르트, 빵, 과자, 사과 12,400원 · 택배 5,000원(캡, 트레이닝 하의, 내복 하의) · 버스 1,300원(장동면~보성버스 터미널) · 저녁 9,000원(갈비탕) · 숙박 30,000원(보성여관)

어제 걸어 보니 아침 일찍 국도를 걷는 게 위험할 것 같았다. 찜질방에서 샤워 후 한참 쉬다가 7시에 찜질방을 나섰다. 밖은 짙은 안개로 시야가 너무 안 좋았다. 다시 찜질방으로 들어가기도 그렇고 난감한 상황이었다. 헤드랜턴을 처음엔 손에 들고 가다가 나중엔 모자 위에 달고 걸었다. 자동차가 지나갈 때마다 계속 긴장의 연속이었다. 장흥 시내의 마트에서 빵, 과자, 요구르트와 방울토마토를 사서 점심을 해결하였다. 내일 아침과 점심은 오늘 먹다 남은 음식과 보성에서 산 사과로 해결해야겠다. 터널 두 곳을 통과하였는데 한마디로 공포의 도가니였다. 특히 자동차가 지나갈 때의 엄청난 굉음소리에 놀라 잔등으로 땀이 주르륵 흐르기도 했다. 나중엔 요령이 생겨 차가 오는 소리가 들리기 시작하면 한 손으로 귀를 막고 걸었더니, 공포감이 조금은 엷어졌다.

◀815m의 공포의 호계터널.

31.5km를 걷고 오후 3시에 오늘의 목적지인 장동면에 도착하

였다. 김남희 씨가 숙박했다는 마을이었다. 면사무소에서 장동면에 유일하게 있는 민박집에 전화하니 폐업 중이라고 했다. 경로당과 두 곳의 식당에 알아봤으나 모두 숙박이 불가능하다고. 하는 수 없이 버스를 타고 보성으로 갔다. 내일 아침 7시 50분에 출발하는 첫 차를 타고 장동면으로 돌아갔다가, 다시 보성으로 걸어와야 한다. 보성여관에 짐을 풀고 빨래부터 하였다. 빨래를 침대 전기장판 위에 올려놓고 그 위에 수건을 덮고 저녁을 먹으러 가려니, 주인장이 지나가다가 "이곳은 특실인데 왜 이곳에 계세요?"라고 물었다. 문패를 보니 특실이라고 적혀 있었다. 주인이 준 키는 202호인데 내가 착각해서 문이 열려 있는 201호실로 들어간 것이다. 이미 방을 엉망으로 해놓은 상태라 어쩔 수 없이 5,000원을 더 내고 특실에 묵었다. 왜 이리 덤벙대는지? 실수의 연속이다.

## 전남 송광사~압록 2리

• [8일차] 2013. 3. 11.

• 걸은 거리 36km/누적 거리 220km/걸은 시간 10 시간

• 오늘 쓴 돈 49,000원–맥주, 햄버거, 요구르트, 생수 6,000원 · 숙박 30,000원(쉼터 민박) · 저녁 13,000원(비빔밥, 맥주)

오후 3시경 오늘의 목적지인 용정리에 도착했는데, 마을은 길가에서 200여 m 이상 떨어져 있었다. 지나가는 아주머니에게 물으니 "저 멀리 보이는 집이 민박집인데 영업을 하는지는 모르겠고, 2km만 더

가면 압록리인데 거기 가면 민박집과 모텔들이 많이 있다."고 하였다. 길을 걷다 만난 주민들이 모두 이구동성으로 "그렇게 먼 곳까지 걷다니 고생한다."고 하는데, 이 분은 대뜸 하는 소리가 "아이고, 부럽다. 내 평생 소원이 배낭여행인데 아직 예순둘이 되도록 실행을 못하고 있다."고 한탄하셨다. 내가 "무조건 저지르십시오. 금년 몇 월에 며칠간 어디로 배낭여행을 가겠다고 작정하시고, 준비하신 후 무작정 떠나세요. 그러면 소원이 이루어집니다. 저지르지 않고 마음만 먹으면 죽을 때까지 기회가 안 옵니다."라고 했더니, "고맙다, 용기를 갖고 한번 도전해 보겠다."고 대답하신다.

압록리에서 민박집에 전화하니 영업을 안 한다고 하여 모텔을 찾아갔다. 주인이 없어 두리번거리니 옆집 아저씨가 "밖에서 조금 기다리면 주인이 올 겁니다."라고 해서, 길바닥에 앉아 20여 분을 기다렸다. 그런데 주인이 와서는 "오늘 바쁜 일이 있어서 영업을 안 한다."고 하였다. 어이가 없었다. 다시 2km쯤 걸어 압록 2리로 가니 빈 민박집이 있었다. 이름은 그럴듯한 민박집이었는데, 시설은 별로인데도 숙박비는 4만 원이라고 하였다. "난방이 안 되도 좋으니 싼 방 없느냐?"니까

▲배낭여행이 평생소원이라던 아주머니가 마을로 들어가고 계신다.
민박집은 저 마을 왼쪽 끝 지점에 있었는데 영업 여부를 몰라 백록리로 계속 갔다.

"전기장판에서 자라."면서 3만 원에 흥정하였다. 오늘도 숙소를 찾느라 고단한 하루를 보냈다.

##  전남 압록 2리~전북 남원시

- [9일차] 2013. 3. 12.
- 걸은 거리 31km/누적 거리 251km/걸은 시간 8시간 40분
- 오늘 쓴 돈 44,700원-우유, 삶은 계란, 빵, 물 6,700원 · 저녁 8,000원 · 숙박 30,000원(삼익모텔)

심청이의 고향 전남 곡성에서 춘향이의 고향 전북 남원으로 넘어왔다. 보성강과 섬진강을 따라 걷는 길이다. 날씨도 좋고 경관도 예쁜 강둑을 따라 만들어진 자전거 도로를 걸으니, 훨씬 덜 피곤해서 발걸음도 가벼웠다. 어저께와 그저껜 숙소 땜에 애를 먹었는데, 오늘은 고진감래라고 숙박업소가 아주 산뜻하였다. 허름한 내 행색을 보고는 선뜻 5,000원을 깎아주시기까지 했다. 냉장고 안엔 비타 500과 생수가 각기 두 병씩 들어 있었고, 믹스 커피도 있었다. 웬 횡재인가! 바지가 너무 더러워 내복, 양말, 장갑, 티와 함께 빨아서는 방바닥에 널어놓았다. 처음 4~5일간은 고질병인 오른발 엄지발가락에서 계속 피가 나오다 멈추곤 하더니 이젠 괜찮아졌다. 수년간 고질병으로 고생하다가 장기 도보만 나서면 언제 그랬냐는 듯, 병이 깨끗이 낫는 이유를 어떻게 설명해야 될까? 아마도 마음이 행복하고 신경과 관심을 온통 걷는 일에만 집중하다 보니 낫는 게 아닐까 하는 막연한 추측만 할 따름이다.

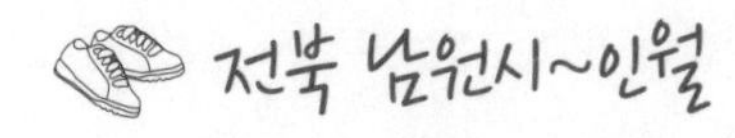

## 전북 남원시~인월

• [10일차] 2013. 3. 13.

• 걸은 거리 26km/누적 거리 277km/걸은 시간 7시간 55분

• 오늘 쓴 돈 45,000원–점심 6,000원(두부찌개) · 사과 5,000원 · 숙박 28,000원 (모텔) · 저녁 6,000원(기사식당 백반)

눈을 뜨니 비가 내리는 소리가 들렸다. 우의를 착용하고 밖으로 나섰다. 이백마을을 지날 때쯤엔 비가 개고 안개가 잔뜩 끼어 시정이 20여 m도 채 안 되었다. 구름 운, 봉우리 봉 자를 쓴 듯한 '운봉'이라는 마을 이름처럼, 이백마을부터 운봉 길목의 여운재까지는 근 세 시간가량 480여 m의 고지를 계속 올라가는 오르막길이었다. 거기다가 급커브가 많아서, 손으로 헤드랜턴을 들고 전방에 신경을 바짝 세우고 걸었다. 커브를 돌 때 갑자기 차가 나타나면 나도 놀라고 차 안의 기사도 놀라는 경우가 한두 번이 아니었다. 6년여 동안 10,000여 km 이상 국내외 트래킹 코스를 걸었는데, 오늘처럼 위험을 느끼며 걸은 건 처음이었다. 하기야 이번 국토종단 길은 트래킹 코스는 아니지만.

## 전북 인월~경남 안의면

• [11일차] 2013. 3. 14.

• 걸은 거리 32km/누적 거리 309km/걸은 시간 8시간 50분

• 오늘 쓴 돈 46,200원–아침, 점심 6,200원 · 저녁 10,000원(갈비탕) · 숙소 30,000원(운성모텔)

어제부터 콧물이 계속 나왔다. 어제 저녁에 이어 오늘 아침도 새벽 5시에 눈을 뜨자마자 반신욕을 했더니 한결 나은 것 같다. 모텔이나 여관이라고 다 욕조가 있는 게 아니므로, 욕조가 있는 곳을 만나면 대박을 맞은 기분이었다. 오늘은 처음 출발 시엔 눈비로 조금 쌀쌀하였으나, 2시간 후부터는 걷기에 아주 좋은 날씨였다. 오후 2시부턴 발바닥이 약간 아파오기에 수시로 쉬면서 걸었다. 걸으면서 '옛날의 김삿갓은 어땠을까?'를 생각해 보았다. 봇짐에다 마을에서 구한 고구마, 감자, 주먹밥에 물 한 통을 넣고, 죽장에 삿갓 쓰고 터벅터벅 정처 없이 걸었을 것이다. 나와 별 다를 바 없지만 난 정처가 있고 시멘트 길을 걷는 데 반해, 그 당시는 시멘트 길이 아니었기에 걷는 데도 훨씬 편하고 운치도 한결 있었으리라 생각된다.

▼아, 예쁘다! 더 이상 무슨 말이 필요할까!

## 경남 안의면~전북 원삼거리

• [12일차] 2013. 3. 15.

• 걸은 거리 38km/누적 거리 347km/걸은 시간 11시간 20분

• 오늘 쓴 돈 41,000원–저녁, 맥주 11,000원 · 숙박 30,000원

평소보다 일찍인 6시 10분에 출발하였다. 시내를 벗어나니 계속 오르막길이다. 9시 30분까지는 짙은 안개 속이었으나, 이젠 안개 속을 걷는 요령을 확실하게 터득한지라 어렵지 않게 걸을 수 있었다. 전방 주시를 똑바로 하고 바짝 긴장해서 걸으면, 두려움 없이 안전을 확보하며 걸을 수 있다. 오르고 올라도 계속되는 오르막길, 덕유산 국립공원으로 가는 오르막길은 정말 끝이 없는 것 같았다. 예정 도착시간인 오후 3시 30분이 되었는데도 목적지인 원삼거리가 나타나지 않는다. 아예 내비게이션에 찍히지도 않았다. 나중에 알고 보니 원삼거리는 전북인데 경남으로만 쳤으니, 당연히 내비게이션에 찍히지 않은 것이다.

숙소를 정하고 식당으로 갔으나 두 곳 모두 닫혀 있었다. 슈퍼마켓도 마찬가지. 민박집 주인에게 사정을 얘기하니 자신의 승용차로, 내가 왔던 길을 500여 m쯤 되돌아가서 '원조 한우식당'에 내려주었다. 민박집을 겸용하는 식당인데 갈비탕에 고기도 많고 맛도 아주 그만이었다. 식사 후 깜깜한 밤길을 15분 걸어 숙소로 돌아왔다. 슈퍼에서 음식을 사지 못해 내일 아침과 점심거리는 없다.

## 전북 원삼거리~충북 영동군 조동리

• [13일차] 2013. 3. 16.

• 걸은 거리 31.5km/누적 거리 378.5km/걸은 시간 9시간 30분

• 오늘 쓴 돈 43,900원-점심 7,000원(비빔밥) · 내일 아침과 점심거리 6,900원 · 숙박 및 저녁 30,000원

11시 40분경 라제통문 휴게소에서 비빔밥을 시켰다. 시장이 반찬이라고, 아침을 안 먹은 상태라서 정말 맛있게 말끔히 그릇을 비웠다. 출발하여 근 20여 km 구간은 덕유산 자락에서부터 흘러나오는 설천을 우측에 끼고 걷는 길로서, 계속 내리막길이라 걷기에 수월하였다. 어제 힘들게 오르느라 고생한 것을 마치 보상이라도 받듯, 내려갈 때는 무척이나 쉬웠다.

오후 3시경 목적지인 안정리에 도착하였다. 유일한 민박집인 '산천가든'에 문이 열려 있어서 들어갔는데 주인이 없었다. 유리창에 적혀 있는 전화번호로 전화하니, 동절기엔 영업을 안 한다면서 조동리의 민

▼바위 위에 자란 소나무가 멋진 포즈를 취하고 있다. 이처럼 멋있는 설천을 우측에 두고 계속 아래로 내려갔다.

박집 전화번호를 가르쳐 주었다. 다시 전화를 하니, 그 집도 마찬가지로 영업을 하지 않는다고 하였다. 고도 840m의 높은 재인 도마령 직전의 마을인 조동리에서도 민박집을 못 구하면, 참으로 난감한 상황에 봉착하게 된다. 버스가 안 다니므로 엄청 높은 도마령을 넘어 숙소가 있는 곳까지 갔다가, 다음날 택시로 원점 회귀해야 하기 때문이다.

그러나 기적은 이곳에서도 어김없이 나타났다. 절체절명의 순간, 마지막 남은 '슈퍼 민박' 집에서 하룻밤을 편히 지낼 수 있었기 때문이다. 게다가 저녁도 무료로 대접받고. 마도로스 출신인 이장 남편과 친절한 주인아줌마와 많은 얘기를 하며 즐거운 시간을 가질 수 있었다.

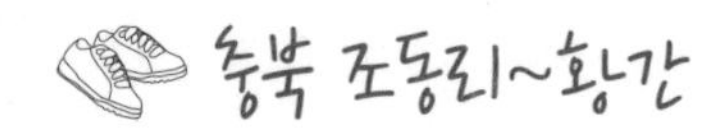


• [14일차] 2013. 3. 17.

• 걸은 거리 31.5km/누적 거리 410km/걸은 시간 9시간 30분

• 오늘 쓴 돈 38,500원–숙박 25,000원(힐 탑 여관) · 저녁 9,000원(백반과 맥주) · 내일 아침과 점심거리 5,500원

숙소를 나서자마자 해발 800m의 도마령 정상까지 계속 가파른 오르막길이다. 걷기 시작해서 20분도 채 안 되어 땀이 비 오듯 하여, 잠바와 안에 받쳐 입었던 패딩까지 벗었다. 정상까지 1시간 30분이 소요되었다. 10시경 갑자기 졸음이 쏟아졌다. 어제 충분히 잤는데 이상했다. 걸으면서 졸면 큰일이다. 교통사고로 이어질 수 있기 때문이다. 정신 바짝 차리고 쉬엄쉬엄 걸었다. 다행히도 졸린 상태가 1시간 정도 계속

되다 멈췄다. 왜 그랬는지 모르겠다. 암튼 천만다행이다.

경남 지역은 거의 사과밭이더니 충북은 온통 포도와 감, 호두나무 밭들이었다. 풍요로운 충북의 농촌을 걷노라니 힘든 줄도 모르겠다. 날씨가 따뜻하니 아침 일찍부터 밭에서 일하시는 분들이 많이 보였다. 황간은 꽤 큰 도시라 쉽게 여관을 정했다. 다행히 욕조까지 있어 금상첨화다. 오늘로 딱 절반을 걸었다. 내일부터 새로운 각오로 다시 파이팅이다!

##  충북 황간~경북 상주시 대포리(도보)~상주시(버스)

- [15일차] 2013. 3. 18.
- 걸은 거리 22km/누적 거리 432km/걸은 시간 6시간 30분
- 오늘 쓴 돈 41,500원–숙박 40,000원(보보스 모텔) · 버스비 1,500원(대포리~상주 버스터미널)

어제 일기예보에 오늘은 비가 온다고 했다. 20여년 만에 만나는 반가운 동기생도 오후에 상주에서 만나기로 한지라, 오랜만에 식당에서 아침을 느지막이 먹고는 7시 반에 출발하였다. 시내를 벗어나자 완만한 오르막길이 이어졌다. 오늘은 삼포리까지 17km만 걷고 친구와 만날 예정이기에, 평소의 절반 거리밖에 안 되었다. 그래서 느긋하게 출발하여 천천히 걸었다. 그런데 12시경 목적지인 삼포리에 도착해 보니 숙소가 없었다. 내비게이션을 다시 확인해 보았다. 어제 내비게이션으

로 검색 시, 골프텔을 모텔이 있는 것으로 착각한 모양이었다.

오후 2시 대포리에 도착, 버스로 상주에 와서 4시에 친구와 만나 6시까지 즐거운 시간을 가졌다. 먼 길을 걷는 나를 위해 친구가 미군 부대에서 구입한 C레이션 3박스와 통조림 2개를 가져왔다. 며칠간의 아침과 점심은 이 C레이션으로 호강하게 생겼다. 새삼 친구의 따뜻한 마음이 고맙게 느껴졌다.

## 경북 농암리~충북 수안보

- [17일차] 2013. 3. 20.
- 걸은 거리 43km/누적 거리 501km/걸은 시간 12시간 10분
- 오늘 쓴 돈 29,000원-저녁(정식 2인분 및 막걸리 1병)

동행하는 친구는 제주 올레길을 10여 일간 걷고 나랑 합류하였다. 출발하기 직전 "오늘은 코스가 좀 길고 문경새재를 넘어야 하니 힘이 들 것이다. 그러나 내 말대로만 하면 그리 힘들이지 않고 완주할 수 있으니 걱정 마라. 우선 쉴 때마다 나와 함께 무조건 양말을 벗어 뜨거워진 발바닥을 식혀줄 것. 둘째, 절대 나랑 억지로 보조를 맞추려 하지 말 것. 자신의 페이스대로 걷는 게 아주 중요하니 명심할 것. 특히 오르막에선 아주 천천히 걸을 것" 등을 주문하였다. 30km를 넘어가니 힘들어하긴 해도 나와 거리를 두고 자신의 페이스대로 또박또박 잘 걸어 안심이 되었다. 아침과 점심은 그저께 친구가 갖다 준 C레이션으로 해결했는데, 장기 도보 시엔 아주 유용한 음식임을 절감했다.

문경새재 입구 도착 두 시간 전부터는 비가 오기 시작했다. 피곤해서 쉴 곳을 찾던 중, 마침 가든 음식점이 길가에 있었다. 비가 오기 때문에 길에선 쉴 수가 없어 국수나 먹으면서 쉬고 가자고 하여 들어섰는데, 그때 시간이 11시쯤이었다. 아직은 음식준비가 안 됐다고 하면서, 그냥 아무 곳에서나 편히 쉬고 가라고 하였다. 밖의 의자에 앉아 휴식하고 있으려니, 사장님께서 "추우실 텐데 커피라도 드시라."면서 커피 두 잔을 갖고 오셨다. 친구와 나는 그분의 고마운 마음에 큰 감동을 받았다.

문경새재는 완만하기는 하였으나 거리가 6.3km나 되어 지루하고 조금은 힘든 코스였다. 문경새재를 넘어서자 목표로 한 고산리에 민박집이 몇 개 있었지만, 우리는 모텔을 찾아 나섰다. 호텔이 보여서 가격을 물어보니 15만 원이란다. 너무 비싸 주민에게 물으니 5km 더 가면 수안보가 나온다고 하였다. 친구에게 "더 걸을 수 있겠느냐?"고 물어봤는데, 괜찮다고 해서 계속 갔다. 수안보에 도착하자마자 식당으로 가서, 모처럼 진짜 한정식과 막걸리로 진수성찬의 만찬을 즐겼다. 친구는 일생동안 가장 많은 거리를 걸었다고 하면서 매우 좋아했다. 그런 그를 바라보는 내 마음도 가벼웠다. 혹시 친구가 중간에 몸에 이상이라도 오면 어쩌나 하고 무척 걱정했었기 때문이다.

## 충북 수안보~충북 자드락마을

• [18일차] 2013. 3. 21.

• 누적 거리 539km/걸은 시간 10시간 34분

• 오늘 쓴 돈 3,000원(맥주)-숙박비 3만 원(자드락 민박식당), 저녁 값 14,000원은 친구가 부담

어제부터 함께 걸었던 친구가 오늘은 무척 힘들어하였다. 어제 많이 무리를 했나 보다. 30km 이상 걸어보지 않았던 사람이 12시간 10분 동안 43km를 걸었으니. 거기다가 6.3km의 문경새재도 넘다보니 발에 물집도 생기고 여기저기 아프다고 했다. 괜히 내가 무리한 도보를 시킨 것 같아 미안한 마음이 들었다.

다행히도 내일은 상경하니 집에 가서 푹 쉬면 피로가 풀리리라고 위안해 본다. 오늘은 30km 이상 걸은 지점 이후에 처음 마주치는 숙소에서 묵기로 했는데, 결국 38km 지점인 자드락 마을의 민박집에서 하룻밤을 지냈다.

▼시골마을의 새벽풍경.

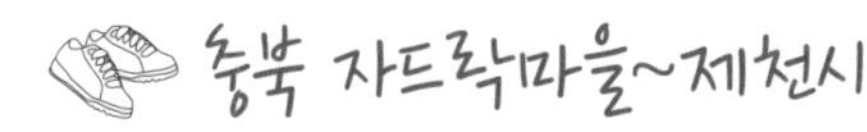


• [19일차] 2013. 3. 22.

• 걸은 거리 37km/누적 거리 586km/걸은 시간 9시간 10분

• 오늘 쓴 돈 47,000원-사과, 치즈, 물, 요구르트 12,000원 · 숙소(모텔) 30,000원 · 저녁(경희식당) 5,000원

이틀간 동행했던 친구는 오전 8시 30분 버스로 상경한다고 하여 6시에 아쉬운 작별을 했다. 오늘은 청풍호수를 왼쪽에 끼고 계속 걷는 길로, 몇 개의 재도 넘지만 비교적 무난한 코스다. 전봇대마다 "여기는 청풍호수가 있는 제천입니다"라는 표지가 있어 처음엔 좀 지나친 표현이라고 생각했었는데, 시간이 지날수록 결코 과장된 표현이 아니란 생각이 들 정도로 무척 환상적인 아름다운 호수였다. 오전 10시까지는 너무 추웠다. 상의를 네 개나 껴입고 버프에 장갑까지 꼈지만 역시 춥다. 길가 바위에는 오전 10시 햇볕이 내리쬐는데도 고드름이 달려 있었다. 연 3일간 37~43킬로를 걸었더니 조금 피곤했다. 내일은 드디어 강원도에 입성하는데, 거리가 30킬로밖에 안 되니 조금은 여유로운 도보가 될 것 같다.

제천에 도착하니 제천 입구에서부터 모텔이 즐비하였다. 처음 두 곳에 들어갔지만 너무 지저분했다. 러브 모텔이라고 쓰여 있는 곳이 있어 깨끗할 것 같아 들어갔으나 역시 마찬가지였다. 저녁은 모텔 옆에 있는 식당으로 갔다. 손님들은 모두 도로공사 근로자들이었고, 5,000원짜리 백반이었는데 아주 좋았다.

## 충북 제천~강원도 판운리

• [20일차] 2013. 3. 23.

• 걸은 거리 32km/누적 거리 608km/걸은 시간 9시간 40분

• 오늘 쓴 돈 40,000원–아침과 점심은 어제 산 음식으로 해결 · 저녁은 주인집에서 무료제공 · 숙박 40,000원

20일 만에 강원도에 입성하니 첩첩산중 사이로 국도가 나 있는 게 특색이었다. 따뜻한 봄 날씨를 즐기며 오후 2시경 여유롭게 판운리에 도착했다. 아름다운 마을인데다 낚시터로 유명한 곳답게 펜션과 민박집이 즐비하였다. 그렇지만 2km를 걸어가는 동안 무려 십여 개의 민박집에 들렀건만, 모두가 노! 마지막 집은 민박집이라고 쓰여 있었으나 실은 단독채로 구성된 펜션이었다. 5만 원을 4만 원에 깎았으나 수도가 동파되어 온수가 안 나왔다. 하는 수 없이 찬물로 빨래를 하고 샤워는 생략했다. 근처에 식당이 없어서 저녁을 굶는 게 아닌가 하고 걱정했는데 고맙게도 주인께서 저녁을 내오셨다. 스마트폰도 불통되는 지역이라서 오랜만에 티브이를 시청하다가 10시쯤에 취침에 들어갔다.

◀주위 풍광이 아름다운 판운리 마을 도착 직전. 이곳에서부터 무려 10여 개의 민박집에 들렀으나 모두 No! 난방 때문에 동절기엔 영업을 안 한다면서 화석박물관에 가면 민박집이 많다고 했다. 희망을 갖고 화석박물관에 갔는데 이곳도 사정은 마찬가지. 주위에 펜션과 민박집이 즐비하여 안심했는데 말이다.

## 강원도 판운리~평창군 대화리

• [21일차] 2013. 3. 24.

• 걸은 거리 29km/누적 거리 637km/걸은 시간 9시간 35분

• 오늘 쓴 돈 39,000원–숙박(도미오 모텔) 30,000원 · 저녁과 맥주 9,000원

어제는 민박집을 찾느라 노심초사했는데, 오늘 보니 쓸데없는 걱정이었다. 출발 후 두 시간 동안 계속 민박집이 넘쳐났다. 높은 산이 많으니 골도 깊고 강물도 맑았다. 평창강을 따라 계속 이어지는 길이라 정말로 예쁜 풍경이 파노라마처럼 이어진다. 카메라와 스마트폰으로 풍경을 담느라 시간이 많이 지체되었다.

제천의 청풍호가 착하고 유순하게 생긴 예쁜 아낙네라면, 평창강은 혈기 넘치는 대장부랄까! 상류의 얼음이 녹아내린 물이 강이 되어 바다를 향해 힘차게 흘러내렸다.

▼어디를 봐도 한 폭의 그림 같은 아름다운 평창강의 정경.

## 평창군 대화리~진부면 하진부리

- [22일차] 2013. 3. 25.
- 걸은 거리 31km/누적 거리 668km/걸은 시간 8시간 5분
- 오늘 쓴 돈 43,000원–아침 6,000원(백반) · 점심 6,000원(비빔밥) · 저녁 11,000원(순대국밥과 순대) · 숙박 20,000원(모텔)

꽃피는 춘삼월에 눈을 맞으며 걷는 절기를 잊은 정취와, 국토종단 시작 후 처음으로 세 끼 모두를 식당에서 해결하는 행운을 얻기도 하였다. 목적지인 속사리에 도착하니 12시 30분이 되었다. 마침 삼거리에 식당이 있었다. 식사하면서 물어보니 진부령 고개가 얼마 높지 않다고 한다. 원래 계획은 이곳에서 하루 묵을 예정이었으나 진부령 고갯길이 험난하지 않다고 하므로, 진부령까지 가는 것으로 계획을 변경했다. 점심 후 펄펄 날리는 눈을 맞으며 좌우에 펼쳐진 아름다운 눈꽃들을 보면서 걷노라니, 저절로 노랫가락이 흘러나온다. "펄펄 눈이 옵니다. 하늘에서 눈이 옵니다." 얼쑤, 좋을시고!

하진부에 도착 직전 사진을 찍고 있는데 지나가던 봉고차가 섰다. 차에 타고 있던 서너 명이 나를 한참 바라본다. '나를 태워주려는가 보다.' 하고 생각하면서 계속 걸었다. 그때 봉고차에 있던 분이 큰 소리로 "왜 사진을 찍나요?" 하고 물었다. 추레한 몰골에 허름한 복장을 입고 걷다가, 별 특이하지도 않는 풍경을 사진 찍는 것을 보고는 혹시 나를 간첩으로 오인하고 물어본 게 아닐까 하는 생각이 들었다. 혼자 쿡쿡 웃음 짓는다.

20여 일 동안 숙소를 구하느라 혈안이 되다 보니, 저렴한 잠자리

를 구하는 노하우도 자연스럽게 터득되었다. 민박집보다는 여관이나 모텔이 시설도 좋고 가격도 저렴했다. 우선 "혼자 잘 건데 방값이 얼마예요?" 하고 물은 후 얼마라고 하면, "배낭 여행객인데 좀 더 싼 방 없느냐?"고 다시 묻는다. 그러면 대부분 구석진 방으로 안내하면서 5,000~10,000원 정도 깎아주었다. 오늘은 작은 방이어서 무려 15,000원이나 깎아 주었다. 그렇지만 게스트하우스나 찜질방에서 자는 게 익숙해진 내게는, 아무런 불편 없는 특급 호텔이나 진배없는 방이었다.

##  진부면 하진부리~평창군 병내리

- [23일차] 2013. 3. 26.
- 걸은 거리 21km/누적 거리 689km/걸은 시간 6시간 10분
- 오늘 쓴 돈 38,000원-초콜릿, 양갱, 생수, 우유, 비스킷 8,000원 · 숙박 30,000원

두 시간 반을 걸으니 상원사 가는 세 갈래 길에, 오대산 국립공원 관리사무소가 보였다. 상원사에서 잘 예정이었기에, 혹시 상원사에서 숙박을 거절할 때를 대비해 상원사 근처에 숙박할 데가 있는지 물어보았다. 4월 3일~5월 15일까지 오대산 국립공원 산불 강조기간이라, 상원사 이후는 진입이 불가하다고 하였다. "난 담배도 안 피우고 코펠도 없다. 배낭을 열어 보일 테니 확인하고 가게 해달라."고 부탁했으나 절대 불가하다고 한다. 방법은 어제 점심을 먹은 속사리로 버스를 타고 가서, 거기에서 상원사 방향이 아닌 홍천군 쪽으로 걸어가는 길밖에 없다고 했다. 속사리로 가려면 월정 삼거리에서 다시 버스를 갈아타야

했다. 월정 삼거리로 버스를 타고 가면서 지도를 꺼내 보니, 속사리로 가는 것보다는 월정 삼거리에서 강릉 쪽으로 가는 게 나을 것 같았다. 월정 삼거리에서 부동산 사무실에 들러 문의하였다. 강릉으로 가면 한참 우회하여 가는 길이므로 다시 오대산 국립공원 관리사무소 쪽으로 가서 주문진 쪽으로 가는 게 훨씬 빠를 것이라고 말하였다. 지도를 보니 맞는 말이었다. 그래서 조금 전에 걸었던 길을 다시 한 시간 30분쯤 걸어 오대산 국립공원 사무소까지 되돌아가서 주문진 쪽으로 향했다. 코스가 바뀌는 바람에 주문진 쪽으로 가는 지도가 없었다.

오늘 하루에 주문진까지는 거리상 도저히 갈 수 없으므로 중간에서 숙박을 해야 하는데, 과연 어느 지점에 숙박업소가 있는지를 몰라서 불안한 마음을 안고 걸었다. 오후 1시 민박집이 보여서 전화하니, 처음엔 4만 원에 숙박이 가능하다고 하다가 "저녁에 진부에서 약속이 있어 불가하다."고 하였다. 다음 민박집은 20여 km 떨어진 곳에 있다고 하기에 "난방이 안 된 방이라도 좋으니 제발 하룻밤 재워달라."고 부탁하였다. 그러나 "사정은 딱하지만 곤란하다."며 전화를 끊어 버렸다. 버스가 있으면 주문진까지 버스를 타고 갔다가 내일 원점 회귀 후 걸어가면 되련만, 버스도 없으니 죽으나 사나 20km를 더 가야 할 판이었다. 20km를 더 가도 전체거리가 41km이니 거리는 별 문제가 안 되었지만, 오전에 코스를 바꾸느라고 마음고생을 심하게 한 탓으로 심신이 너무 피곤했다. 그러나 절체절명의 순간에 오늘도 어김없이 기적이 일어났다. 50여 m도 채 가기 전에 민박집 간판이 보인 것이다. 도대체 조금 전 노인봉 민박집에서는 왜 이 민박집에 대해서 얘기를 안 했는지 모를 일이다.

민박집에 전화하니 "지금 용평에서 스키를 타는 중이고, 집사람도 출타 중이라 난방이 안 되어 곤란하다."고 했다. 내 형편을 얘기하고 사장님께서 오실 때까지 밖에서 기다리고 있으면 안 되겠느냐고 사정을 했다. 그랬더니 대뜸 "2층으로 올라가서 이부자리를 펴고 쉬고 계시라."고 하였다. 민박집에 도착하니 막 외출하기 위해 차 안에 있던 부인이 나오더니 "방금 남편으로부터 연락을 받았다."며 전기장판을 2층으로 가져다주었다. 이런 걸 기적이라고 하는 게 아닐까? 배낭여행의 묘미이기도 하고! 두꺼운 요 위에 전기장판을 깔고 옷을 입은 채 누웠는데 몹시 추웠다. 아침은 어제 저녁에 먹다 남은 순대로, 점심은 비스킷과 양갱, 초콜릿으로 때웠는데, 숙소를 구했다는 안도감에 긴장이 풀려서인지 갑자기 배가 고파오기 시작했다. 아까 부인이 나가면서 "부엌에 밥과 반찬이 있으니 찾아 먹으라."고 했건만 아무도 없는 집이라 그럴 용기가 나지 않았다.

저녁 6시쯤 남자 사장님이 들어오는 기척이 있어, 나를 불러주기를 고대했지만 끝내 부르지 않았다. 저녁 7시 반경 도저히 배가 고파 참을 수 없었다. 1층으로 내려가 인사를 했더니 "조금 있다가 집사람이 오면 같이 식사하자."고 하는 게 아닌가. 나는 더 이상은 참을 수 없어 "미안하지만 지금 배가 몹시 고프므로 밥과 김치만 있으면 되니 식사 좀 할 수 없겠느냐?"고 정중히 부탁했다. 다행히 주인이 "그럽시다." 하시며 곰국에 여러 반찬을 내놓으셔서 허겁지겁 주린 배를 채웠다. 식사를 하며 근 한 시간 동안 서로의 생활에 대한 즐거운 환담을 나누었다. 참으로 멋지게 사시는 좋은 분이었다. 마당에 수백 평의 비닐하우스를 여러 동 지어놓고 각종 친환경 농산물을 6개월간 재배하여 학교 급식소에 납품하고, 농번기가 아닌 나머지 6개월간은 스키와 승마, 여행 등으로 시간을 보내시며, 부인은 동네 이장까지 맡아 바쁘고 즐겁게 살고 계셨다. 마당엔 승마장도 만들고 있었고, 집 내부는 시골집 이라고는 도저히 생각하지 못할 정도로 구조나 집기 등 럭셔리하게 꾸며 놓았다. 화장실도 여느 모텔보다 나을 정도였다. 식사 후 2층으로 올라가려니 고로쇠 물을 2리터나 주셨다. 방에 와서 누우니 지붕 천장의 유리문으로 별이 보였다. 주인이 준 고로쇠 물 중 0.5리터는 내일 하루 마실 요량으로 생수통에 담아놓았다. 나머지 1.5리터는 내일 아침 출발 전까지 다 마셔야겠다.

## 평창군 병내리~강릉시 주문진

- [24일차] 2013. 3. 27.
- 걸은 거리 36km/누적 거리 725km/걸은 시간 9시간 10분
- 오늘 쓴 돈 41,000원–점심 7,000원(아침은 민박집 주인이 제공) · 저녁(추어탕)과 맥주 9,000원 · 숙박 25,000원

어젯밤 에피소드 하나. 오후 1시 반부터 전기장판을 고온으로 해놓고 저녁 후 잠자리에 들었는데, 전혀 따뜻하지가 않았다. 장판을 만져보면 따뜻한데 왜 요는 따뜻하지 않을까? 11시경 자다 깨서 곰곰이 생각해 보니, 원인은 두꺼운 요에 있었다. 두꺼운 요를 걷어내고 전기장판만 깔고 누우니 그때서야 후끈후끈했다. 7시에 밖에 나가니 주인 남자가 벌써 비닐하우스를 둘러보고 있었다. 식사 후엔 스키 약속이 있다고 하여 곧바로 아침식사를 했다. 어제는 하루 종일 배가 꼬르륵 꼬르륵 하며 설사를 했는데, 어제 저녁 고로쇠 물을 1.5리터나 마신 탓인

지 아침엔 설사도 멈춰 있었다.

40분쯤 걸으니 진고개 정상이 나왔다. 이제부턴 강릉시다. 해발 960m에서 250m까지 계속 내리막에, 꼬불꼬불 아리랑 고갯길로 급경사길이 30여 분간 이어졌다. 빙판길이라 조심조심하며 길옆의 눈과 제설용 모래를 밟고 걸었다. 스틱이 위용을 발휘하는 순간이었다. 강진에서 분실한 스틱을 찾아준 경찰관께 거듭 감사 또 감사! 할머니께서 길가에서 쑥을 캐고 계셨다. 할머니께서 "어디 가요?" 하고 물으신다. "주문진에요." "거긴 왜?" "해남에서 고성까지 가는 중이에요." "돈을 얼마나 받아요?" "받긴요, 내가 미쳤어요." "정말 많이 미쳤네." 그러고는 둘이서 하하 호호!

▼저 멀리 보이는 험준한 산을 넘어왔다.

## 강릉시 주문진~양양군 동호리

• [25일차] 2013. 3. 28.

• 걸은 거리 27km/누적 거리 752km/걸은 시간 8시간 55분

• 오늘 쓴 돈 46,800원–빵, 두유, 계란 2,800원 · 맥주(고독카페) 5,000원 · 점심(비빔밥) 8,000원 · 저녁 6,000원 · 숙박 25,000원

오늘은 여러 길을 걸었다. 처음엔 내비게이션이 가리키는 대로 고속도로를, 그 후엔 국도를, 또다시 국도에도 질주 차량이 너무 많아 해안도로를, 그러다가 해파랑 길 리본을 따라 해파랑 길을 왔다 갔다 했다. 해파랑 길이란 부산 오륙도 공원에서 강원도 통일전망대까지 약 780km의 동해안을 따라 걷는 트래킹 길로, 문화체육 관광부와 지자체가 조성한 길을 말한다. 강원도 국도에 차량이 많은 것은 통일전망대에서부터 고속도로를 한창 건설 중이라, 공사차량들로 길이 북새통을 이루고 있기 때문이었다.

남애리 해수욕장에 들어서니 멋있는 카페가 보여 맥주 한잔하러 들어갔다. 산악인 출신인 미모의 여인이 운영하는 카페였다. 한참 이야기하다 나오려니 "가다가 피곤할 때 드시라."며 초콜릿 캔디를 한 움큼 주었다. 고마우셔라! 38선 휴게소 식당 이름은 '영숙이네'였다. 와이프 이름과 같기에 이왕이면 하고 들어가 비빔밥을 시켰는데 대만족이다.

이제 3일밖에 안 남았다고 생각하니 긴장이 풀려서인지 오늘은 많이 피곤하다. 양양공항 옆 동호마을의 민박집이 보이자 얼른 들어섰다. 이제 D–3일! 마지막까지 긴장 늦추지 말고 파이팅!

##  양양군 동호리~고성군 봉토리

• [26일차] 2013. 3. 29.

• 걸은 거리 27km/누적 거리 779km/걸은 시간 8시간 40분

• 오늘 쓴 돈 62,000원-아침 6,000원(백반) · 점심 7,000원(해장국) · 저녁과 맥주 9,000원 · 숙박 40,000원

어젯밤 12시경 고함소리에 놀라 깨보니 주인 내외가 싸우는 소리가 들렸다. 거의 새벽 한 시까지 남편이 술주정을 하는 바람에 3시까지 잠을 설쳤다.

낙산 해수욕장에서 설악 해수욕장까지 약 1km는 시간을 단축키 위해 해안도로 길인 해파랑 길에서 벗어나 국도를 걸었다. 무심코 우측 도로를 따라 걸었는데 십년감수했다. 국도지만 고속도로 이상으로 차들이 많고, 특히 고속도로 공사를 하는 대형 트럭들이 거의 나를 스치듯 지나갔다. 28일간의 여정 중 가장 아찔한 순간이었다. 국도에선 어떤 경우에도 좌측통행을 할 것, 거리가 멀더라도 해안도로를 따라 걸을 것 등 좋은 경험을 한 셈이다.

마을에 대학이 있는 봉토리는 민박집과 원룸은 많으나 모두 대학생들과 고속도로 공사장 근로자들의 하숙집으로 변해버린 탓에, 근 한 시간가량 집집마다 일일이 전화를 하며 찾다가 대 도로변에 있는 원룸에 숙박을 했다. 가격 할인은 아예 엄두도 못 내었다. 차량들이 수없이 지나다니는 대 도로변인데도 예상 외로 시끄럽지 않았고, 침대에서 베란다 너머로 아름다운 죽도가 바라보이는 전망 좋은 집이었다.

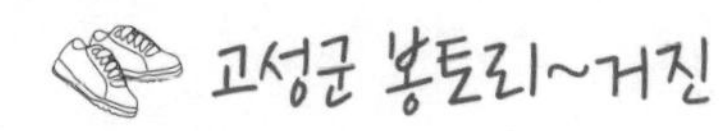

## 고성군 봉토리~거진

• [27일차] 2013. 3. 30.

• 걸은 거리 30km/누적 거리 809km/걸은 시간 9시간 10분

• 오늘 쓴 돈 46,000원–아침 6,000원(백반) · 점심 6,000원(백반) · 저녁 9,000원 (백반과 맥주) · 숙박 25,000원(모텔)

오늘은 어쩔 수 없는 경우를 제외하고는 해안도로변을 걷고자 노력했다. 그러다 보니 지나치는 해수욕장만 무려 10개나 되었다. 해수욕장마다 다 특색이 있고 아름다웠다. 가장 아름답고 걷기에 좋은 길은 송지호 숲길이었다. 송지호를 따라 소나무 숲길을 20여 분간 걸었다.

해파랑 길을 걷다보면 나도 모르게 표식을 자꾸 잃어버려 나중에 보면 엉뚱한 길로 들어서곤 했다. 해파랑 길에 대해서 출발하기 전에 미리 알았더라면 많은 도움이 되었을 텐데 하는 아쉬움이 남는다. 거진까지 왔으니 이제 거의 다 온 셈이다. 남은 거리는 20km, 오늘 밤 좋은 꿈꾸고 내일을 기약해야겠다.

▼송지호를 끼고 걷는 아름다운 소나무 숲길.
약 1,500년 전에는 송지호 자리가 어느 구두쇠 영감의 문전옥답(門前沃畓)이었다고 한다. 어느 날 노승이 시주를 청했으나 응하지 않자 화가 난 노승이 토지 중앙부에 쇠로 된 절구를 던지고 사라졌는데, 이 절구에서 물이 솟아 송지호가 되었다는 전설을 담고 있다. 호수둘레가 6.5㎞이며, 1977년에 국민관광지로 지정되었다.

## 거진~통일전망대 출입신고소

• [마지막 날] 2013. 3. 31.

• 걸은 거리 12km/누적 거리 821km/걸은 시간 3시간

• 오늘 쓴 돈 31,200원-아침 3,000원(계란, 라면, 생수, 비스킷) · 점심 6,000원 · 버스 22,200원(대진~동서울터미널)

출입신고소에서 통일전망대까지는 도보로 가는 것은 불가하다고 하여 카풀을 이용했다.

(06:00~09:00) 거진~통일전망대 출입신고소

(09:30~09:40) 통일전망대 도착(카풀 이용)

(09:40~10:40) 통일전망대 관람

(10:40~10:50) 통일전망대~대진 고속버스정류소(카풀 이용)

(11:30~12:00) 점심(대진 포구)

(12:20~16:10) 대진~동서울터미널(고속버스)

(18:00~19:30) 동기생 두 명과 완주 축하 회식 후 귀가

통일전망대 출입신고소에 도착 시까지도 통일전망대까지 도보로 갈 수 없다는 사실을 몰랐었다. 9시에 도착하여 신고하러 가니 도보로는 갈 수 없으니 기다렸다가 카풀을 부탁해 보라고 하였다. 입장료는 3,000원인데 경로우대라 무료였다. 통일전망대까지 걸어갈 수 없음에 많이 아쉽지만, 어쩔 수 없어 카풀을 이용하기로 했다.

Chapter 5.

# 동해안 국도종단 도보여행기

## 동해안 종단길 걷기

• [D-1] 2013. 9. 24(화)

내 몸무게인 73kg의 10분의 1인 7.3kg으로 배낭무게를 완벽하게 만들고 집을 떠나 부산의 오륙도 해맞이 공원에 가니, 동행할 서울에서 온 친구가 이미 도착해 있었다. 만나자마자 그의 배낭무게를 체크하니 다행히도 사전에 내가 알려준 대로 자신의 몸무게의 10분의 1로 정확히 만들었다고 하였다. 동행할 친구는 나와 10여 일 동안 하루에 15~20km씩 걸은 바 있지만, 이번처럼 장기 도보는 처음이기에 과연 아무 탈 없이 며칠이나 걸을 수 있을지 은근히 걱정이 된다. 내 경험상 장기 도보의 성공의 관건은 첫째가 배낭무게이고, 둘째가 자기 페이스대로 걷는 것이다. 그 첫째인 가장 중요한 배낭무게를 적정하게 하고 왔으니 일단 안심이 되었다. 며칠이나 동행할 수 있을지 아직은 예측 불허지만 아무튼 성공예감이 든다.

해파랑 길 안내소에는 전체 구간의 지도와 부산 구간의 지도만 있을 뿐 나머지 9개 구간의 지도는 남아 있지 않다고 하면서, 각 구간의 해파랑 가게에서 구해 보라고 하였다. 과연 각 구간의 지도를 원만하게 구할 수 있을는지 의심스럽지만 달리 방법이 없었다.

**1. 일정**

제주공항~부산공항(대한항공) 12:25~13:00

부산공항~사상(경전철) 14:00~14:10(1,300원)

사상~경성대(전철) 14:15~14:45(경로무료)

경성대~오륙도 해맞이 공원(버스 139번) 15:00~15:17(1,080원)

숙소-노블레스 모텔(용호 4거리)

**2. 오늘 쓴 돈 36,880원**

항공료 0원(마일리지 사용) · 교통비 2,380원 · 숙박 20,000원(2인 1실 사용) · 저녁 7,500원 · 내일 아침용 음식 7,000원

##  부산구간 오륙도 해맞이 공원~송정해변

- **[1일차] 2013. 9. 25(수) 가끔 비**
- **걸은 거리 27km(1코스와 2코스 일부)/이동 시간 11시간**
- **오늘 쓴 돈 41,000원-아침은 어제 산 음식 · 점심 7,500원(대게라면과 맥주) · 저녁 18,500원(남일 횟집) · 숙박 15,000원(아로마 모텔)**

부산 구간은 부산특별시에서 만든 푸른 바다 위로 갈매기가 난다는 의미의 '갈맷길'과 문화관광부와 한국의 길과 문화 사단법인에서 만드는 동해안을 종단하는 '해파랑 길'이 중복되어 있다. 출발부터 오르막 길이었다. 오륙도 공원에서 출발하여 목적지에 도달할 때까지 그림 같은 멋진 풍광이 계속 이어졌다. 오륙도를 지나니 기암절벽과 바다가 어우러진 '이기대'가 멋진 풍광을 연출하였다. 해운대 길을 걸을 때는 마치 홍콩에 온 듯한 착각에 빠질 정도였다. 그러나 예상했던 대로 길을 찾기가 너무 힘들었다. 특히 동백섬을 돌 때는 입구에 달랑 1개의 표시만이 달려 있었고, 동백섬을 한 바퀴 다 돌고 해운대 미포해변에

갈 때까지 아무런 표식이 없어서 무척 난감했다.

미포에 도착하여 동행인에게 "이곳에서 오늘 도보를 마치는 게 어떠냐?"고 물으니 "더 걸을 수 있다."고 하여 계속 진행하였다. 점심을 먹고 비를 맞으며 출발했는데, 그때부터 발목이 아픈지 친구의 걷는 폼이 예사스럽지 않았다. 도보 첫날은 조금만 걸어야 하는데 무리한 게 아닌지 걱정이 된다. 저녁은 출발 첫날을 기념한다는 의미로 횟집에서 맥주를 곁들여 맛있게 먹었다. 이러다가 체중을 더 늘리고 가는 게 아닌지 모르겠다. 어쨌든 도보 첫날 11시간 27km를 걸었다.

##  부산구간 송정해변~기장군청

- [2일차] 2013. 9. 26(목) 맑음
- 걸은 거리 19km(2코스와 3코스 일부)/누적 거리 46km/이동 시간 9시간 40분
- 오늘 쓴 돈 46,000원-점심 25,000원(아나고 구이와 소주) · 저녁 6,000원 · 숙박 15,000원(하이트 모텔)

어제 걷기 첫날부터 11시간의 강행군을 한 탓인지 동행하는 친구가 발목이 아프다면서 잘 걷지를 못하였다. 내가 그만 걷는 게 어떠냐고 물었을 때 왜 더 걷겠느냐고 했냐니까, "50코스를 한 달 내에 걸으려면 평균 30km는 걸어야 할 것 같아서 그랬다."고 하였다. 오늘은 조금만 걷고 발 치료를 하자고 하여, 월전리에서 소주와 장어구이로 점심을 먹으며 무려 한 시간 반 동안이나 푹 쉬었다. 모든 식당이 장어 집뿐이라 부득이 아나고 구이와 매운탕을 기본만 시켰는데도, 결국 다

먹지를 못하고 남기고 말았다.

죽도에 도착하니 갑자기 길 표식이 보이지 않았다. 밭길을 피해 해변마을로 들어섰다. 마당에서 담소를 하던 4~5명의 주민이 나를 보고는 벌컥 화를 냈다. 남의 밭을 걸어 다니면 어떡하느냐고 하면서. 내가 임의대로 아무 길이나 걷는 게 아니고 해파랑 길 표식이 있는 곳으로 오다보니 이곳까지 오게 되었다고 브로슈어를 보여주면서 자초지종을 설명하니, 그때서야 화를 푸는 눈치였다. 그들은 해파랑 길에 대해서 전혀 모르고 있었다.

## 부산구간 기장군청~진하해변

- [3일차] 2013. 9. 27(금) 맑음
- 걸은 거리 34km(3코스 일부와 4코스)/누적 거리 80km/이동 시간 12시간 40분
- 오늘 쓴 돈 37,800원–아침 6,000원 · 과일 2,000원 · 점심 4,000원(자장면) · 내일 아침용 음식 5,800원 · 저녁 7,500원 · 숙박 12,500원(피닉스 모텔)

발목 부상으로 어제는 힘들게 걷던 친구가 오전엔 꽤나 잘 걷는다. 많이 나아진 것 같아 무거웠던 마음이 홀가분하였는데 오후가 되자 다시 힘들어하는 것 같았다. 걸음걸이가 점차 느려지더니 나중에는 시속 2km도 못 걸었다. 본인의 페이스대로 천천히 걸으라 하고는 나 혼자 앞서 걷다가, 너무 멀리 떨어지면 그가 올 때까지 기다리다 다시 가곤 하였다.

원래 목적지인 간절곶에 도착하니 모텔이 없었다. 민박집들은 몇 곳이 있었으나 영업을 하지 않았다. 하는 수 없이 진하해변까지 가다보니 출발한 지 12시간 40분 만에야 겨우 도착했다. 숙소가 없어 13시간의 강행군을 한 셈이다. 친구는 물집까지 생겼다고 울상이다. 걷기 시작한 지 오늘로 겨우 3일밖에 안됐는데, 벌써부터 몸이 성하지 않은 친구가 꽤나 걱정스럽다. 오늘도 역시 길을 찾느라 애를 먹었다.

##  울산구간 진하해변~덕하역

- [4일차] 2013. 9. 28(토) 맑음
- 걸은 거리 23km(5코스)/누적 거리 103km/이동 시간 8시간 40분
- 오늘 쓴 돈 33,000원–점심 7,000원 · 저녁 7,500원 · 커피 3,500원 · 숙박 15,000원(덕하장)

어제까지는 이따금씩 길을 잃긴 했어도 아주 틀린 방향으로 가진 않았었다. 그런데 오늘은 둘이서 얘기를 하며 가다보니 온양읍에서 고산마을로 엉뚱한 길을 가고 말았다. 왕복 4km로 한 시간 30분을 헤맸다. 난 트랭글이라는 걷기 앱을 사용하는 관계로, 걷는 도중엔 해파랑 길 앱인 두발로를 구동할 수 없었다. 그래서 친구의 스마트폰으로 두발로 앱을 구동하여 걷기로 했다. 두발로 앱을 계속 사용하며 가면 길을 잃을 염려가 없는데, 중간에 사진을 찍으려면 앱을 중단해야 하기 때문에 어쩔 수 없이 자주 앱을 켜고 끄고 하다 보니 문제가 발생한 것이었다. 친구는 어제보단 많이 나았으나 아직까지 완쾌되지 않아서 걸음은 계속 느렸다.

덕하에 도착하여 노점상에게 모텔이나 여관이 인근에 어디 있느냐고 물었더니, 모텔과 여관이 각각 하나씩 있다고 하였다. 일단은 가격이 싸고 시설이 좋은 모텔로 가기로 하고, 물어물어 찾아가니 여관이었다. 주위사람들에게 문의하니 모텔은 없다고 했다. 나중에 보니 건물 외벽에 한쪽은 모텔, 한쪽은 여관이라고 쓰여 있었다. 현재 수리 중이었는데 다행히도 방 하나가 비어 있었다. 만일 전부 수리 중이라면 한 시간 정도를 더 걸어야 할 판이었다.

## 울산구간 덕하역 태화강 전망대~성내 삼거리

- [5일차] 2013. 9. 29(일) 맑은 후 비
- 걸은 거리 30km(6, 7코스)/누적 거리 133km/이동 시간 10시간 10분
- 오늘 쓴 돈 34,000원–아침 6,000원 · 점심 7,000원 · 저녁 6,000원 · 숙박 15,000원

오늘 역시 덕하 시내를 벗어나고부터는 해파랑 길이 아닌 울산에서 만든 솔마루 길로 걷고 말았다. 솔마루 길은 울산이 자랑하는 솔 향이 풍겨오는 아름다운 산길이었다. 산이 그리 높지 않아 걷기에는 최상이다. 계속하여 솔마루 길로 갔어야 했는데 중간에 또 한 번 착오를 일으키는 바람에, 울산대 공원 안으로 들어가서 공원을 한 바퀴 돌고 다시 솔마루 길로 들어서는 해프닝도 있었다. 정상적인 루트로 걷지는 못했지만 솔마루 길도 좋았고 울산 대공원도 볼만했다. 울산 대공원은 전체 면적이 120만 평이나 되는 아주 거대한 공원으로, 울산시가 부지를

매입하고 SK가 2005년에 공원을 조성하여 울산시에 무상 기증한 생태형 도시공원이었다.

6코스 종점인 태화강 전망대에 도착하여 걸은 거리를 보니, 원거리보다 4km나 짧아서 7코스까지 더 걷기로 하였다. 태화강 전망대에서 좌측으로 가서 대나무 밭이 태화강을 따라 십 리에 걸쳐 펼쳐진 십리대숲을 걸어야 하는데, 이곳에서도 아무런 방향 표시가 없어 우측으로 가는 바람에 십리대숲을 걷지 못하는 불상사가 발생했다. 불행 중 다행이라면 터미널 식당에서 먹은 7,000원짜리 정식이 무척 맛있었다는 점이다. 호남 지역에서나 먹을 수 있는 여러 가지 맛있는 반찬에 가격도 저렴했다. 비록 해파랑 길에서 한참 벗어난 길을 걸음으로써 아름다운 볼거리와 걷기 좋은 숲길을 많이 걷지는 못하였지만, 30km를 걷는 내내 솔마루 길과 태화강의 아름다운 풍광을 바라보며 즐거움을 만끽하였다. 운 좋게도 숙소에 도착하고 나니 그때서야 비가 쏟아지기 시작했다.

▼강 둔치에는 꽃밭을 조성해 놓아 태화강의 운치를 더해 준다.
과거 농업용수로도 사용이 불가능한 죽음의 강을 현재 1급수로 바꿔서 운영하고 있다는 사실이 도무지 믿기지 않을 만큼, 아름다운 태화강의 모습이다.

## 울산구간 성내삼거리~주전해변

- [6일차] 2013. 9. 30(월) 맑은 후 비
- 걸은 거리 25km(8코스, 9코스 일부)/누적 거리 158km/이동 시간 9시간 45분
- 오늘 쓴 돈 46,000원–아침 6,000원 · 점심 9,500원 · 간식 5,000원 · 저녁 8,000원 · 숙박 17,500원

성내 삼거리를 조금 지난 후에 산길로 걸어야 하는데 이번에도 표식을 찾을 수 없어 국도를 따라 걸었다. 어제 일기예보에 따르면 오늘은 비가 온다고 했다. 8코스는 11.7km밖에 안 되므로 8코스를 일찍 끝내고, 그간에 쌓인 피로를 풀며 망중한을 즐기자고 약속하였다. 허나 계획대로 되는 인생사가 없듯이 오늘 계획도 중간에 좌절되고 말았다. 평소보다 늦은 시간인 6시 45분에 출발했는데도 목적지인 일산해변에 도착하니 11시 30분밖에 안 되었다. 오랜만에 8,000원이라는 착한 가

▼웅장한 규모의 현대조선소를 지난다.
비오는 날씨인데도 열심히 일하는 현대조선소 직원들을 보니, 대한민국 국민이라는 사실에 자부심이 생긴다.

격에 오리 정식으로 영양 섭취를 하고, 9코스를 향해 출발하여 오후 4시 반에 주전해변에 도착했다.

조금 전 일산해변에서 만난 사람이 말하길 주전해변에는 모텔이 두 개 있다고 했는데, 막상 와보니 모텔이 한군데도 없었다. 처음 들른 민박집은 숙박료가 7만 원이라고 했다. 숙박료가 이처럼 비싸다면 굳이 이곳에 머물 필요가 없다는 생각이 들었다. 약 8km 이격된 정자 항까지 버스를 타고 갔다가 내일 아침에 원점 회귀하기로 하고, 버스정류소로 갔다. 도중에 다른 민박집 전화번호가 보이기에 전화했더니 35,000원이라고 하여 얼른 들어갔다. 저녁은 주전마을 공동식당에서 생두부 정식을 먹었는데 가격도 저렴하고 맛도 아주 좋았다. 여러 고비가 있었지만 오늘도 즐거운 하루였다.

## 울산구간 주전해변~경주구간 나아해변

**• [7일차] 2013. 10. 1(화) 맑음**

**• 걸은 거리 24km(9코스, 10코스 일부)/누적 거리 182km/이동 시간 9시간 20분**

**• 오늘 쓴 돈 32,900원-간식 1,900원 · 점심 7,500원 · 저녁 6,000원 · 숙박 17,500원**

숙소를 나서자 까만 몽돌(자갈)이 드넓게 펼쳐진 해변길이 나온다. 이 해변은 울산 12경 중 하나라고 하는데 역시 빼어난 경관이었다. 강동화암 주상절리에 가니 기기묘묘한 주상절리가 계속 이어졌다. 주상절리는 꽃무늬를 나타내므로 마을 이름도 꽃 화 자를 써서 화암 마을이라고 지었다고 한다. 점심은 관성해변의 관성보리밥 식당에서 먹었는데, 6천 원의 착한 가격에 맛까지 최고였다. 특히 야채를 듬뿍 주어 매우 좋았다. 반주로 막걸리도 한 잔씩 하며 즐거운 시간을 가졌다. 단독 도보 시에는 술을 거의 하지 않는데, 동행인이 있으니 거의 매일 술을 마시게 된다. 그렇지만 맥주나 소주 한 병을 둘이서 마시므로 과음은 아니라고 위안해 본다.

오늘도 주전항에서 정자항까지 표식이 하나도 없었다. 해안가엔 돌무더기로 경계 표식을 해놓았는데, 사람들이 통행을 하지 않는 관계로 잡초들이 무릎까지 차오를 정도로 많이 자라서, 걷고 나면 바지에 무수한 바늘이 꽂혀 있었다.

▼개구멍을 탈출하자마자 황홀하리만큼 멋진 풍광이 나를 기다린다.

## 경주구간 나아해변~감포항~오류마을

- [8일차] 2013. 10. 2(수) 맑음
- 걸은 거리 24km(11코스, 12코스 일부)/누적 거리 206km/이동 시간 7시간 20분
- 오늘 쓴 돈 57,400원–아침 6,000원 · 점심 6,000원 · 저녁 17,000원(잡어 물회와 소주, 백반 추가) · 아이스크림 1,000원 · 숙박 20,000원 · 택시 4,000원 · 내일 아침 음식 3,400원

6시에 문을 여는 식당에서 조간신문을 보며 오랜만에 여유롭게 아침식사를 하고, 6시 50분에 길을 나섰다. 브로슈어에 차량 이동구간이라고 표시되어 있어서 택시를 타고 2.4km의 터널을 통과하였더니, 바로 눈앞에 문무대왕릉이 보인다. 새벽부터 스님을 비롯한 세 팀이, 동해와 문무대왕릉을 바라보며 굿과 기도를 하는 모습이 이채로웠다. 그 후 감은사지 삼층석탑까지는 논 사이로 난 조그만 오솔길을, 이견대까지는 소나무 숲길을 걸었다.

오늘까지 걷는 동안 난이도가 가장 낮은 코스였다. 감포항에 도착하니 12시다. 기사식당을 문의하여 한참 만에 찾아가니 "오늘은 휴업"이라고 적혀 있고, 또 다른 기사식당은 조금 후 외출할 일이 있어서 손님을 받을 수 없다고 했다. 할 수 없이 다른 식당으로 갔는데 별로였다. 오류해변을 지나 오류포구 옆의 펜션 겸 모텔이라는 곳에 가니 숙박료가 7만 원이란다. "장거리 도보 여행객인데 싼 방이 없느냐?"고 하면서 부탁하니, 4만 원에 낙찰되었다. 가격을 흔쾌히 깎아 준 젊은 사장님이 고마웠다. 들어가 보니 역시 일반 모텔과는 격이 달랐다. 방도 넓고 시설도 훨씬 좋았다. 다만 인근에 식당이 없는 게 흠이었다.

저녁을 먹으러 밖으로 나가니 슈퍼가 보였다. 지금은 비시즌이라 영업을 안 한다고 하면서, 감포까지 나가야 슈퍼가 있다고 하였다. 결국 내일 아침은 포기하기로 하고, 모텔에서 소개해 준 횟집에서 잡어 물회에 소주를 곁들여 저녁을 먹었다. 처음 먹어보는 물회였는데 괜찮았다. 나오는 길에 식당 주인에게 물어보니 윗길에 슈퍼가 있다는 것이 아닌가. 정말 가보니 중국음식점은 물론 피자집에 슈퍼까지 있었다. 슈퍼에서 내일 아침에 먹을 라면과 요구르트를 구입하고 모텔로 직행했다.

## 포항구간 오류마을~구룡포

- [9일차] 2013. 10. 3(목) 맑음
- 걸은 거리 30km(12코스 일부, 13코스)/누적 거리 236km/이동 시간 10시간 30분
- 오늘 쓴 돈 38,800원-점심 6,000원 · 간식 6,800원 · 저녁 6,000원 · 숙박 20,000원

오류마을을 출발하여 구룡포항까지는 계속 해안을 따라 걷는 길이다. 그런데 길 표식이 거의 없어서 길을 자주 잃고 헤매기 일쑤였다. 해안을 따라 걷다가 길이 막혀 다시 되돌아와 국도를 따라 걸었다. 해안의 수려한 경관이 자주 걸음을 멈추게 한다. 그렇지만 관리 상태는 너무도 무성의하고 허술했다. 심지어 작은 봉수대가 있던 섬이라서 소봉대라 불리는 곳의 앞과 옆에는, 창고 같은 건물과 야외화장실까지 지어져 있을 정도였다. 또한 길가에는 각종 오물과 쓰레기가 즐비했다.

오후 1시쯤 점심을 먹었는데 컵라면 하나로 아침을 때운 탓인지, 너무 배가 고파서 밥을 두 공기나 먹었다. 평소에는 밥 한 공기도 다 못 먹고 남기는데 말이다. 오늘은 평지만 걸었는데도 왠지 온몸이 찌뿌듯하고 몹시 피곤하다. 발바닥도 약간 아팠다. 친구가 안전히 완주하도록 책임져야 할 내가 아프면 안 된다. 오늘 쉬고 나면 괜찮아질 것이라 믿는다.

## 울산구간 구룡포~호미곶

- [10일차] 2013. 10. 4(금) 맑음
- 걸은 거리 16km(14코스)/누적 거리 252km/이동 시간 5시간 15분
- 오늘 쓴 돈 21,600원–점심 6,000원 · 사우나 5,000원 · 저녁 7,500원 · 내일 아침 3,100원

배낭여행의 묘미를 만끽한 날이다. 어제 저녁부터 컨디션이 별로인데다 15코스가 거의 산길로 되어 있기에, 오늘은 14코스만 걷기로 미리 작정하였다. 11시 30분에 호미곶에 도착하여 메인 스트리트를 걸으면서 점심 먹을 곳을 찾아봤으나 썩 내키는 곳이 없었다. 경험상 일용 근로자들이 식사하는 식당이 제일 좋기에, 길가에서 도로공사 하시는 분에게 물어보았다.

소개해 준 호미곶 식당에 들러 식사를 주문하니, 주인이 "회 한 접시 드릴까요?" 하고 묻는다. "가격이 얼마인데요?" 하고 되물으니 "그냥 드리지요." 하고 대답한다. 그러고는 갓 잡은 방어회 무침 한 접시를 갖다 주었다. 이리 고마울 데가! 잠시 후 조금 전에 식당을 소개해 준 사람과 일행들이 들어왔다. 그들에게 "이 근처에 저렴한 모텔이 있느냐?"고 물었다. "있기는 한데 가격이 5~6만 원 정도 할 것"이라고 한다. "난 어떤 경우에도 4만 원 이하의 방에서만 잔다."고 했더니 "그럼 누추하지만 내 방에서 자겠느냐?"고 묻는다. 당근 오케이!

그의 트럭으로 숙소로 갔다. 회사에서 일용 근로자들을 위해서 마련해 준 숙소였다. 그가 저녁 7시경 들어와 짐을 챙겨서는 고향인 경산에 외박을 다녀올 거라고 했다. 우리는 배낭을 방에다 두고 시내 구경을 하다가, 마침 찜질방이 있어서 오랜만에 뜨뜻한 물에서 그동안 쌓인 피로를 풀었다. 저녁을 먹고 숙소에 와보니 그가 자신의 짐을 그대로 놔둔 채 외박을 갔다. 생면부지의 사람에게 방을 선뜻 내준 김 선생의 고마움에 울컥했다. 일반 여행에선 결코 맛볼 수 없는 좋은 추억의 한 페이지가 탄생하는 순간이었다.

## 호미곶~홍환보건소~동해

**• [11일차] 2013. 10. 5(토) 맑음**

**• 걸은 거리 28km(15코스)/누적 거리 280km/이동 시간 11시간 30분**

**• 오늘 쓴 돈 49,000원–점심 13,000원 · 간식 4,5000원 · 저녁 14,000원 · 숙박 17,500원**

한반도의 가장 동쪽에 위치한 호미곶의 일출장면을 보고자 5시 15분부터 30여 분간 기다렸으나, 구름 때문에 끝내 일출 장면을 보지는 못했다. 길 표식을 따라가니 시내 입구 두 갈래 길에서 시내 쪽으로 표식이 되어 있었다. 10여 분간을 걸어갔는데도 표식이 없어 해파랑 앱인 두발로를 구동했더니, 코스와 정반대의 길을 가고 있었다. 브로슈어엔 호미곶에서 시내 쪽 반대 방향으로 가라고 되어 있다. 도대체 어디로 가란 말인가? 해경, 경찰과 여러 주민들에게 물어봤지만 모두가 모른다고만 하였다. 그렇게 한 시간 30여 분간을 헤매다가 대보 저수지 방향으로 진입하여 겨우 바른 길로 들어설 수 있었다.

그 후에도 또 한 번 30여 분간 우왕좌왕했다. 15코스 종점에 도착한 후 16코스로 가려고 하니 아무런 길 표식이 없어 또다시 막막해졌다. 해파랑 가게에 문의해도 모르겠다고만 하고. 하는 수 없이 국도를 따라 진행하였다. 결국 출발한 지 11시간 30분 만에야 겨우 28km를 걷고, 동해시에 도착하여 힘든 여정의 마침표를 찍었다.

##  포항구간 동해~칠포해변

- [12일차] 2013. 10. 6(일) 비
- 걸은 거리 33km(16, 17코스)/누적 거리 313km/이동 시간 11시간
- 오늘 쓴 돈 33,500원 · 점심 7,000원 · 저녁 11,500원 · 숙박 15,000원(유토피아 모텔)

종일 비 날씨이다. 어제에 이어 오늘도 표식은 단 한군데도 없었으나, 해안길을 따라 안심하고 걷다 보니 구 포항포구에서 길이 막혔다. 되돌아오다 보니 벽을 따라 30여 cm 정도의 틈이 보였다. 50m쯤 가니

철조망이 쳐 있다. 넘어가서 걷고 있노라니 갑자기 경찰관이 나타나선 "이곳은 민간이 출입금지구역인데 어떻게 들어오셨습니까?" 하고 묻는다. 자초지종을 설명하고 그의 안내에 따라 해경 부두를 나오는 해프닝을 겪었다.

이후는 무난한 도보를 하였다. 하루 종일 비 날씨에 맞바람이 세어 조금은 힘든 여정이었다. 내일은 18코스 19.4km만 걷고 푹 쉬어야겠다.

##  포항구간 칠포해변~화진해변

- [13일차] 2013. 10. 7(월) 비
- 걸은 거리 20km(18코스)/누적 거리 333km/이동 시간 7시간 30분
- 오늘 쓴 돈 39,400원 · 아침 간식 7,100 · 점심 7,800원 · 저녁 7,000원 · 숙박 17,500원

오늘은 걸을 거리가 얼마 안 되므로 모처럼 늦은 시간인 7시 30분에 출발하였다. 숙소 인근에 식당이 없는지라 슈퍼에서 산 컵라면으로 아침을 해결했다. 오늘도 예외 없이 두 차례나 해안으로 가던 길이 막혀 되돌아 나오는 해프닝을 연출했다. 어제 종일 비가 온 관계로 그저께와 어제 세탁한 양말을 배낭에 매달고 다니니, 마을 주민들이 우리를 흘깃흘깃 쳐다보는 것 같았다. 영락없는 노숙자 스타일이다.

숙소를 정한 후 저녁을 먹으려고 식당을 찾는데 거의가 횟집뿐이었다. 혹시 회 말고 딴 음식을 파는 데가 없는지 기웃거리다 보니, 두부찌개를 하는 횟집을 발견하였다. 젊은 부부가 운영하는 식당이었는데

음식 맛도 좋고 친절했다. 장기 도보를 하느라고 힘들겠다면서 공기밥도 한 그릇 서비스해 주었다. 나중에 알고 보니 2층에 민박집도 운영하고 있었다. 민박집 숙박료는 3만원이었다. '강추' 하고 싶은 식당이다.

오늘까지 포항구간 걷기가 끝나면 내일부터 영덕구간인데, 태풍이 북상한다고 하니 약간 걱정이 되었다. 그러나 내일 일은 내일 생각하기로 한다. 비가 오면 우의를 입고, 바람이 불면 모자 끈을 질끈 동여매고, 태풍이 불면 해안길 걸을 때 바짝 긴장한 상태로 걸으면 될 터니까.

##  영덕구간 화진해변~강구해변

- [14일차] 2013. 10. 8(화) 비
- 걸은 거리 15km(19코스)/누적 거리 348km/이동 시간 4시간 30분
- 오늘 쓴 돈 30,500원–아침 7,000원 · 간식 2,000원 · 점심 8,000원 · 저녁 6,000원 · 찜질방 7,500원

오늘부터 태풍이 남해안으로 상륙하므로 조심하라는 메시지를 많은 지인들로부터 받았다. 걷는 내내 비가 내렸으나 바람도 세지 않고 파도도 잔잔했다. 어제까지는 길 표식이 잘 되어 있지 않아서 엉뚱한 길로 들어서는 게 다반사였으나, 오늘부터 걷는 영덕구간은 완벽하였다. 점수를 매긴다면 포항구간은 10점, 영덕구간은 만점을 주고 싶을 정도였다. 특히 영덕구간은 '블루로드 길'이라 하여 명품 길이 이미 만들어져 있어서, 해파랑 길과 겹쳤다. 길 표식도 잘 되어 있고 풍광도 절경인데다 걷는 길이 안전하기까지 했다.

12시에 강구에 도착하여 재래시장 안에 있는 탐라식당에서 대구탕으로 점심을 먹었다. 다음에 걸을 20코스는 전부 산길로만 되어 있어 중간에 숙소가 없을 것 같기에, 오늘 도보를 이곳에서 끝마치기로 하고 찜질방으로 들어갔다. 그런데 찜질방의 식당은 손님이 없어서 폐업 중이라, 저녁은 매점에서 국수로 때웠다.

## 영덕구간 강구해변~대탄해변

- [15일차] 2013. 10. 9(수) 맑음
- 걸은 거리 22km(20코스, 21코스 일부)/누적 거리 370km/이동 시간 10시간 30분
- 오늘 쓴 돈 64,100원–아침 10,000원 · 점심 2,600원 · 저녁 24,000원(오리백숙) · 숙박 20,000원 · 내일 간식 7,500원

찜질방에서 6시에 출발하여 다리를 건너 3km에 이르는 대게 식당가로 들어섰다. 큰 도시이므로 당연히 이 시간에 문이 열려 있는 식당이 있을 것이라 생각했는데, 웬걸 모두 닫혀 있었다. 오늘은 산길로만 걷기 때문에 이곳에서 아침을 해결하지 않으면 먹을 데가 없었다. 한참 수소문하다 보니 드디어 가는 코스와 약간 벗어난 곳에, 딱 한 군데 식당이 문을 열어 놓고 있었다. 할머니가 운영하는 대게식당이었는데 막 아침 운동을 하러 나가시는 찰나였다. 메뉴는 대게와 매운탕뿐이라 숭어 매운탕으로 식사를 하고, 바로 산길로 들어섰다.

영덕 8경의 하나인 고불봉 정상으로 가는 길은 경사가 심해 무척 힘든 코스였다. 고불봉 정상에 서니 저 멀리 동해바다와 영덕군 마을이 시원하게 보인다. 이후 3개의 산봉우리를 오르내리는 등산코스라 할 수 있는 영덕로드 길을 걸었는데, 마지막 종착지인 영덕 해맞이 공원까지 줄곧 산길만을 걸었다. 트래킹 코스로는 명품 길임에 틀림없으나, 동해안 길을 따라 걷는다는 해파랑 길의 의미가 무색해지는 순간이었다. 높은 산을 4개씩 오르내리는 산길만 걷다보니 무척 힘들고 피곤하였다.

힘든 도보를 마치고 대탄해변에 도착하니 모텔은 하나이고 식당은 두 개가 있었다. 숙소를 정한 후 한 식당을 찾아가니 문이 닫혀 있다. 나머지 한 식당은 닭백숙 전문식당이다. 어쩔 수 없이 45,000원짜리 닭백숙을 먹었는데, 양이 많았는데도 아까워서 전부 먹다 보니 배가 너무 불렀다. 내일은 해안도로만을 걷는 코스이므로 오늘보단 쉬운 코스가 되리라. 오늘로 15일째 367km를 걸었으니 거의 절반을 걸은 셈이다.

##  영덕구간 대탄해변~고래불해변

- [16일차] 2013. 10. 10(목) 맑음
- 걸은 거리 26km(21, 22코스)/누적 거리 396km/이동 시간 9시간 45분
- 오늘 쓴 돈 36,100원 · 아침(라면, 햇반 어제 준비) · 점심 3,200원(캔 맥주, 빵, 사과) · 저녁 14,500원 · 숙소 15,000원 · 내일 아침음식 3,400원

어제 저녁에 닭백숙으로 충분한 영양공급을 했으므로 오늘 아침과 점심은 미리 준비한 음식으로 간단히 해결하였다. 21코스 영덕 해맞이 공원에서 경정항까지는 정말로 아름다운 경관들의 연속이었다. 22코스

의 축산항에서 대진항까지는 산길인데, 오늘은 해안길로 가기로 작정하고 해안을 따라 걸었다. 따라서 걷는 거리와 걷는 시간이 짧아졌다.

종점인 고래불해안에 도착하여 숙소를 찾다보니 전봇대에 모텔 1박 가격이 3만 원이라고 크게 적혀 있었다. 전화를 걸어 위치를 확인했다. 400~500m쯤 걸어 모텔에 도착해 3만 원을 냈더니, 숙박비가 5만 원이라고 하였다. 조금 전에 전봇대에 3만 원이라고 적힌 홍보물을 보고 주인에게 전화했었다고 해도, 막무가내로 일언지하에 거절했다. 주인에게 다시 전화하니 아예 전화를 받지 않았다. 그냥 5만 원을 주고 잘까 하는 생각도 들었지만, 속았다는 느낌이 들어 다른 모텔로 가기로 결정했다. 다른 모텔을 찾아가다가 다시 한 번 주인에게 전화하니 그때서야 통화가 되었다. 결국 우여곡절 끝에 3만 원이란 착한 가격에 숙소를 해결해 기분이 아주 좋았다.

저녁을 먹으려는 찰나 비가 억수같이 쏟아졌다. 500여 m 떨어진 식당까지 우의를 입고 내려갔다. 온몸이 으슬으슬 추웠다. 따뜻한 방에 앉아 삼겹살에 소주 한 잔 하니 피로가 싹 풀리는 듯했다.

▼모텔에서 출발직전 인증 샷!

## 영덕구간 고래불해변~기성 버스터미널

• [17일차] 2013. 10. 11(금) 오전 비

• 걸은 거리 31km(23, 24코스)/누적 거리 427km/이동 시간 9시간 20분

• 오늘 쓴 돈 32,500원–점심 6,000원 · 사과 1,000원 · 저녁 6,000원 · 숙박 15,000원 · 내일 아침음식 4,500원

어제 준비한 라면과 요구르트로 아침을 먹고 6시 정각에 우의를 입고 출발하였다. 어제까진 경관도 예쁘고 길 표식도 매우 잘되어 있었는데, 고래불에서 블루로드 길이 끝난 탓인지 경관도 별로고 무미건조한 시멘트 길 해안도로가 23~24코스 종점까지 계속 이어졌다.

## 영덕구간 기성 버스터미널~연호공원

• [18일차] 2013. 10.12(토) 맑음

• 걸은 거리 30km(25코스, 26코스 일부)/누적 거리 457km/이동 시간 10시간 30분

• 오늘 쓴 돈 43,000원–점심 9,000원 · 간식 5,000원 · 저녁 11,500원 · 숙박 17,500원

망양해변을 지나가는데 “원두커피 한 잔 하고 가세요.”하고 누가 불러 세웠다. 울진 잠수 사장님이셨다. “고맙습니다!” 하고 합석하여 차를 마시는 동안 환담을 나누었다. 해병대 출신으로 20여 년간 이곳에서 스킨 스쿠버 강습을 하시는 분이었는데, 18일째 걷고 있다는 얘기

를 들으시더니 무공해 사과 4개와 건빵 2개를 내오셨다. 염체불구하고 고맙게 받았다. 우리처럼 도보여행을 하는 사람들이 이따금씩 들른다면서, 우리에게도 "다시 지나게 되면 꼭 들러서 커피라도 한 잔 하시고 가라."고 하신다. 지나가는 길손을 일부러 불러 맛있는 음식을 내어 주시는 친절에 감동을 받았다. 나도 이분처럼 남을 도우며 살아야겠다는 각오를 다져본다. 귀신 잡는 해병대 출신 울진의 멋진 사나이님, 고맙습니다!

저녁으로 삼계탕에 소주를 마시고 숙소로 돌아오는 길에 마트에 들러 내일 아침 음식을 샀다. 그런데 숙소에 돌아와서 일기를 쓰려니 일기장을 찾을 수가 없었다. 식당과 슈퍼에 다시 가 봐도 아무 데도 없었다. 배낭 안의 물건을 모두 방바닥에 쏟아놓고 하나씩 점검하다 보니, 배낭 안쪽의 현금 복대를 놓는 곳에 얌전히 있는 게 아닌가? 일기장은 늘 배낭 제일 위쪽에 보관하고 있었지만, 오늘은 나가기 전 현금이 있는 복대를 은닉하기 위해 복대 위에 일기장을 덮어놨던 것이다. 요즘 들어 점점 기억상실증이 심해지는 것 같아 걱정이 된다. 아무튼 찾았으니 천만다행이다.

▲도로 옆에 우뚝 서 있는 촛대바위가 눈길을 끈다.

## 영덕구간 연호공원~부구삼거리

• [19일차] 2013. 10. 13(일) 맑음

• 걸은 거리 22km(26코스 일부, 27코스)/누적 거리 479km/이동 시간 8시간 20분

• 오늘 쓴 돈 43,100원–점심 6,500원 · 내일 아침음식 6,100원 · 저녁 15,500원(삼겹살) · 숙박 15,000원

오늘도 부실한 길 표식 때문에 40여 분간을 길을 잘못 들어 헤맸다. 시내에서 연호공원을 왼쪽에 두고 직진 표시가 현내마을 해안까지 쭉 연결되어 있다가 현내마을에서 갑자기 끊겼다. 이른 새벽이라 마을사람들도 안 보였다. 대충 느낌만으로 계속 걸어가다 보니 어느덧 산길

▼현내마을 해안가에서 길 표식이 끊겨 짐작으로 가다보니, 어느새 이곳 산 정상에 있는 해안초소까지 와버렸다. 밑에는 천 길 낭떠러지이다.

로 들어가게 되었는데, 육군부대가 근무하는 곳이었다. 그곳에서 나와 걷다 보니 요양원 신축부지에 다다랐다. 막다른 골목이어서 공사하는 분에게 물어보니 온 길을 되돌아가라고 한다. 나중에 보니 연호공원으로 진입하는 곳에 리본이 부착되어 있었다. 그렇다면 목적지는 같은데 가는 길은 두 개의 코스로 그려져 있다는 얘기였다. 이후 죽변항까지는 잘 갔는데 그 다음부터 다시 길 표식이 사라졌다가, 원자력 발전소 건립 장소인 고목리부터 다시 길 표식이 보이기 시작했다. 죽변항에서부터 목적지인 부구삼거리까지는 발전소 건설로 인해 해안 쪽으로는 진입이 불가하여, 시멘트 포장길로만 지루한 코스가 계속되었다.

부구에 도착하니 모텔이 즐비했다. 그런데 가는 곳마다 방이 없다고 한다. 그 흔한 찜질방도 없고. 원자력발전소 건설인부들이 모두 예약했기 때문이다. 다섯 군데의 모텔을 전전하다가 겨우 빈방이 있는 모텔을 찾아냈다. 다행히도 일하시는 아주머니가 여행을 좋아하시는 분이라 우리를 친절히 대해 주셔서 기분이 매우 좋았다. 오늘로 경북구간이 다 끝나고 내일부턴 강원구간이 시작된다.

울진구간은 끝내 해파랑 가게를 찾지 못해서 브로슈어를 못 구하는 바람에, 길 찾기에 더욱 애를 먹었다. 저녁을 먹고 8시 30분에 취침코자 누웠는데, 9시경부터 지하의 노래방에서 커다란 노랫소리가 계속 났다. 잠을 설치기는 했지만 암튼 좋은 경험이었다. 숙소 내에 노래방이 있는 곳엔 절대로 숙박하지 말아야 한다는 사실을 깨달을 수 있었다.

## 삼척~동해구간 부구삼거리~장호항

- [20일차] 2013. 10. 14(월) 맑음
- 걸은 거리 28km(28코스, 29코스, 30코스 일부)/누적 거리 507km/이동 시간 8시간 20분
- 오늘 쓴 돈 44,500원-저녁 27,000원 · 숙박 15,000원 · 내일 아침음식 2,500원

오늘은 출발 후 30여 분과 도착 전 30여 분만 해안길이었고 그 외는 계속 국도를 걸었다. 삼척지경에 들어서니 강원도의 험준하고 높은 산세를 자랑하듯, 국도가 계속 가파른 오르막과 내리막의 연속이었다. 절터골에서 호산 버스터미널까지는 왕복 4차선 국도를 걸었는데, 대형 화물차가 지나갈 땐 굉음소리와 함께 옷이 심하게 펄럭거릴 정도로 근접해 지나갔다. 특히 대형 화물차 운전자들이 예외 없이 과속으로 달리는 것도 모자라, 한 손으로는 핸드폰을 쥐고 통화하는 모습을 보며 경악했다. 이런 길을 처음 걷는 내 길동무는 나보다 더욱 아찔했으리라. 절터골에서 30코스 용화해변까지는 산길인데, 우리는 7번 국도를 따라 걷기로 하였다. 숙박은 한국의 나폴리항이라고 일컫는 장호항 민박집에서 하기로 했다. 항구의 주변 풍광이 무척이나 아름다웠다.

오늘은 길동무가 예상외로 잘 걸어서, 경사가 심한 포장도로만 28km를 걸었는데도 일찍 도보를 마칠 수 있어서 기분이 좋다. 저녁으로 장호 1리의 성덕호 횟집에서 회를 먹었는데, 6만 원짜리를 5만 원에 깎아줄 뿐만 아니라 양도 넉넉했다. 선주인 주인 내외가 매우 친절하게 대해주어 기분이 좋았다. 회를 먹다가 남으니 갖고 가서 먹으라고 튀겨주기까지 하고, 고구마와 옥수수까지 덤으로 받았다. 그렇지만 모텔이 없어 마을에서 운영하는 민박집에서 숙박해야 했는데, 시설은 별로지만 난방이 잘되어 좋았다.

##  삼척~동해구간 장호항~광태마을

- [21일차] 2013. 10. 15(화) 종일 비바람
- 걸은 거리 14km(30코스 일부, 31코스 일부)/누적 거리 521km/이동 시간 5시간
- 오늘 쓴 돈 37,700원-점심 6,000원 · 버스 1,600원(광태마을~삼척) · 저녁 6,000원 · 숙박 20,000원 · 내일 아침음식 4,100원

어제 일기예보에 오늘은 영동지방에 강한 비바람이 분다고 하더니 출발 시부터 세찬 비바람이 몰아쳤다. 시간이 갈수록 비바람이 세졌다. 처음에는 20~30여 분간 걸어야 신발 속으로 물이 들어가더니만, 나중엔 1분도 채 안 되어 신발 속이 질퍽해졌다. 버스 정류소가 보일 때마다 안으로 들어가서 젖은 양말과 바짓가랑이를 쥐어짰는데, 그때마다 물이 흠뻑 흘러나왔다. 또한 발가락이 물에 불어나는 것을 느낄 수 있었다.

난생 처음 맞는 강한 비바람이었다. 11시경 광태마을 입구에 식당이 보이기에 비도 피할 겸 들어가서 국밥 한 그릇으로 이른 점심을 먹었다. 삼척까지 남은 거리는 12km. 다시 출발하려는 순간 주인아줌마께서 펄쩍 뛰신다. "오늘 목표를 이루는 것도 좋지만 그러다가 건강을 해치면 무슨 소용이냐?"면서 "무조건 버스 타고 삼척까지 가라."고 강력하게 권유하셨다. 그 말을 듣고 보니 이 상태에서 더 전진한다는 게 무

리일 것 같았다. 몸은 으슬으슬 춥고 발은 이미 부르튼 상태이고, 12시 버스를 타고 삼척 버스터미널에 가서 12시 30분경 모텔에 투숙하였다. 모텔은 호텔급 수준인데 원래 가격이 5만 원인 것을 사정했더니 4만원으로 깎아 주셨다. 일기예보엔 오늘밤부터 비가 갠다고 하였다. 내일 새벽 5시 50분 첫 차로 광표마을로 되돌아갔다가 다시 삼척으로 걸어와야겠다.

##  삼척~동해구간 광태마을~어달리 해변

- [22일차] 2013. 10. 16(수) 맑음
- 걸은 거리 37km(31코스 일부, 32, 33코스)/누적 거리 558km/이동 시간 10시간 50분
- 오늘 쓴 돈 24,000원–점심 7,000원 · 숙박 17,000원

어제 숙소에 도착하자마자 내복과 양말, 상 · 하의 모두를 빨아 방바닥에 널어놓고 신발 속에 신문지를 구겨 넣은 채 밤새 선풍기를 틀어놓았더니, 아침에 일어나서 보니 모든 게 보송보송하게 완전히 말라 있었다. 얼마나 다행한 일인지, 무척 기뻤다. 어제 낮에 식당주인이 우리에게 조언해준 게 그리 고마울 수가 없었다. 5시 50분 첫 차로 삼척에서 광태마을로 가서 6시 10분부터 걷기 시작했다. 비는 그쳤으나 바람은 아직도 엄청나게 세게 불었다. 해변을 걸을 때는 몸이 휘청거릴 정도였다.

오늘은 서울에서 새 길동무가 오는 날이다. 5시에 묵호역에서 만나

기로 해서 평소보다 빠른 걸음으로 걸었다. 다행히 길동무도 잘 따라와 주었다. 4시 10분에 묵호역에 도착하니 서울에서 온 친구도 4시에 이미 도착해 있어서 반가운 해후를 하고, 숙소를 찾아 3km를 더 걸은 후에 묵호항 옆 까막바위 앞의 MU모텔로 들어갔다. 숙박비는 5만 원으로 다소 비싼 편이었지만 방도 넓고 모든 시설이 이제까지 잔 방 중 가장 좋았다. 저녁은 서울에서 온 친구의 지인이 소고기 등심을 사주었고, 식사 후에 노래방으로 가서 두 시간 정도 재미있게 놀았다. 기분이 좋은 나머지 모두 과음했는데, 술에 약한 길동무가 너무 힘들어하는 것 같아 안쓰러웠다.

▼구름사이로 비치는 햇빛이 몽환적으로 보이는 장호항의 모습

## 삼척~동해구간 어달리 해변~강릉구간 정동진

• [23일차] 2013. 10. 17(목) 맑음

• 걸은 거리 33km(34, 35코스)/누적 거리 591km/이동 시간 11시간

• 오늘 쓴 돈 26,000원–점심 7,000원 · 간식 2,000원 · 저녁 7,000원 · 숙박 10,000원

오늘부터 3인이 함께 걷기 시작했다. 어제 서울에서 온 친구는 평소 등산을 많이 한 관계로 아주 잘 걷고 친화력도 좋아, 화기애애한 분위기에 정담을 나누며 즐거운 도보를 하였다. 옥계시장에 도착하여 강릉구간 지도를 구하기 위해 해파랑 가게를 찾아봤으나 아무 데도 없었다. 마침 식당으로 가는 길목에 면사무소가 있어 혹시나 하는 마음에 들어갔다. 그동안 숱하게 면사무소에 들렀으나 해파랑 길 지도는커녕 그런 길이 있다는 사실 자체를 모르고 있었다. 이곳 역시 마찬가지였다. 담당 여직원이 잠깐 기다리라고 하더니, 강릉시청과 인터넷을 뒤

심곡 항 전망대에서 본 그림처럼 아름다운 길.

져서 여기저기 물어보고는 결국엔 해파랑 지도를 구할 수 없다고 말했다. 그동안 나는 배낭을 멘 채로 옆에서 10여 분간 기다리고 있었다. 허탈한 심정으로 나가려는데 옆좌석의 직원이 "혹시 이 지도가 도움이 되시면 가져가십시오." 하며 지도를 내밀었다. 받아보니 '사단법인 바우 길'에서 만든 브로슈어였는데, 강릉 구간은 해파랑 길과 겹쳐 있었다. 가뭄 끝의 단비처럼 거의 사막에서 오아시스를 만난 기분이었다.

세 명이서 하루를 걸어보니 둘이 걷는 것보다 오히려 나은 것 같다. 둘이서 걸을 때는 나 혼자 빨리 걷는 게 좀 미안했는데, 셋이서 걸으니 내가 혼자 앞서가더라도 둘이서 같이 걸으니 덜 미안했다. 다만 셋이서 한 방에서 자니 불편한 건 어쩔 수 없었다. 아무튼 두 명 모두 잘 걸으니 셋이서 완주할 수 있을 것 같은 자신감이 생겨 기분이 좋다.

## 강릉구간 정동진~학산마을

• [24일차] 2013. 10. 18(금) 맑음

• 걸은 거리 29km(36, 37코스)/누적 거리 620km/이동 시간 11시간 40분

• 오늘 쓴 돈 35,300원–점심 10,000원 · 교통비 3,000원(학산마을~강릉) · 간식 1,300원 · 저녁 9,000원 · 숙박 12,000원

6시에 정동진 해변에 들어서니 일출 장면을 찍기 위해 수십 명의 사람들이 기다리고 있었다. 셋이서 인증샷 한 장만 찍고는 곧바로 출발했다. 두 시간 정도의 해안길을 걷고 나서 오전 내내 험한 산길을 걸었더니 너무 피곤하였다. 거기다가 오늘도 예외 없이 부실한 길 표식 때

문에 여러 번 길을 잃고 헤맸다. 염전해변에서 점심을 먹은 후 지도를 펴고 다음 일정을 짜 보았다. 오늘은 38코스 종점인 오독떼기 전수관까지 36.1km를 걸어야 하는데 오전에 산길을 걷느라 피곤하기도 하고 시간을 너무 허비하는 바람에, 오후에 오독떼기 전수관까지 가는 것은 무리일 것 같았다. 그래서 중간에 국도를 따라 강릉으로 가기로 했다. 그러나 걸으면서 생각해 보니 그렇게 하면 근 10여 km를 빼먹는 결과가 되어, 해파랑 길을 완주하여도 완주 의미가 퇴색될 듯했다. 결국 정식 코스로 가되, 가다가 아무 데든 숙박할 곳이 있으면 거기서 묵기로 합의를 보았다.

수변공원 도착 직전에 도로변으로 나오니 길 건너 우측 멀리로 크게 수변공원이라 쓰여 있을 뿐 아니라, 논 사이로 난 좁은 시멘트 길로 가도록 화살표시가 되어 있었다. 그래서 자신 있게 길을 건너 시멘트 길로 갔는데, 이후 다시 두 갈래 길이 나왔다. 처음엔 왼쪽으로 난 산길로 갔다. 한참 가도 아무 표식이 없기에 다시 내려와 우측 길로 갔는데, 풀이 무성한 게 해파랑 길이 아닌 것 같았다. 이때 한 친구가 산길로 올라가더니 "이 길이 맞다."고 하였다. 그러나 아무리 생각해도 산길로 가는 것은 아닌 것 같아, 논 사이로 난 길로 갔다. 나중에 알고 보니 논 사이로 난 좁은 시멘트 길로 가는 게 아니라, 큰 도로를 따라 50여 m쯤 가다가 좌측 시멘트 길로 갔어야 했다. 수변공원을 지날 때도 엉뚱한 길로 한참 가다가 되돌아오곤 했다. 이후부터는 길 표식도 비교적 잘되어 있을 뿐만 아니라 해가 지기 전에 숙소까지 가야 하므로, 나 혼자 부지런히 앞서 나갔다. 이런 속사정을 알 리 없는 길동무들은 내가 너무 앞서 가서 못내 섭섭했으리라. 수변공원 이후 사진이 없는 것만 봐도 나 역시 마음이 편치 않았기 때문이다. 순간적으로 '이래서 배낭여행은 혼자 해야 하나 보다.'라는 생각도 들었다.

학산리 마을회관에 도착하여 물어보니, 이 주위는 물론 37코스 종착지인 오독떼기 전수관 근처에도 숙박업소가 없다고 하였다. 이제 방법은 한 가지뿐이다. 버스나 택시를 타고 강릉 시내로 갔다가 내일 아침에 원점 회귀하는 것이다. 택시비 9,000원을 내고 강릉 시내로 들어와서 모텔에 묵었다. 내일 걸을 38코스도 계속 산길이어서 역시 오전 동안은 힘든 여정이 될 터이므로, 저녁을 먹고 일찍 잠자리에 들었다.

##  강릉구간 학산마을~사천 해변공원

- [25일차] 2013. 10. 19(토) 맑음
- 걸은 거리 31km(38, 39코스)/누적 거리 651km/이동 시간 10시간 45분
- 오늘 쓴 돈 37,000원–택시(강릉~학산마을) 3,000원 · 점심 10,000원 · 저녁 11,000원 · 숙박 10,000원 · 간식 3,000원

택시로 어제 도보를 마친 학산3리로 이동하여 5시 55분에 출발하였다. 오늘 코스는 지난 3일에 비해 난코스가 없어서 무척 쉬웠다. 그러나 여전히 길 표식은 엉망이다. 1시간 이상을 길 찾느라 우왕좌왕했다. 점심은 남항진 해변의 굴 정식을 먹었는데 음식이 정갈하고 모두의 입맛에 딱 맞았다. 강추하고 싶은 식당이다. 원래 코스엔 경포호를 돌아보도록 되어 있었으나, 의논 끝에 그냥 통과하기로 했다. 40여 년 만에 경포호를 다시 걸으니 감회가 새롭다. 한여름이 아닌 따뜻한 가을 날씨 속에서 많은 사람들이, 모래사장과 해변에서 망중한을 즐기고

있는 모습이 무척 보기 좋았다. 지난 3일 동안 험준한 산길을 하루 평균 33km씩 걸었더니 몹시 피곤하였다. 그래서 오늘은 아무리 늦어도 오후 3시까지는 도보를 마치고 충분한 휴식을 취함으로써 그동안 누적된 피로를 풀자고 마음먹었다. 그러나 인생사 마음과 뜻대로 되는 것이 아님을 또 한 번 실감하는 날이었다.

숙소를 찾다보니 결국 오늘도 4시 40분에야 도보를 마쳤다. 저녁은 펜션에서 짜장면과 탕수육, 군만두와 고량주로 했는데 착한 가격에다 매우 정갈하고 맛있었다. 힘든 도보를 하면 체중이 빠져야 하는 게 당연한 일인데도 오히려 살이 찔 것 같아 걱정이다. 내일은 일찍 도보를 마치고 푹 쉬어야겠다.

매일 동해바다만 보다가 환상적인 저수지를 보니 더욱 반가웠다. 매우 멋진 풍경에 발걸음마저 가벼워진다.

## 강릉구간 사천 진리해변공원~양양, 속초구간 양양 죽도정

- [26일차] 2013. 10. 20(일) 맑음
- 걸은 거리 24km(40, 41코스)/누적 거리 675km/이동 시간 9시간
- 오늘 쓴 돈 29,000원 · 점심 10,000원 · 맥주 외 간식 3,000원 · 저녁 6,000원 · 숙박 13,000원

강릉에서부터 해파랑 길 브로슈어를 구하기 위해 해파랑 가게를 찾았으나, 가게가 아예 없거나 있어도 브로슈어가 없었다. 각 구간별로 해파랑 길 안내소인 해파랑 가게가 있어 그곳에서 브로슈어를 구할 수 있다고 했는데……. 강릉에서 양양까지 오는 동안 딱 한 군데의 해파랑 가게만 있을 뿐, 그곳에도 브로슈어는 없었다. 게다가 해파랑 길 앱이 계속 에러가 나서 길을 찾는 데 너무 힘이 들었다.

그런데 양양의 남애 항 해파랑 가게에는 브로슈어가 한 박스 가득 있었다. 허리를 못 펴시는 할머니와 할아버지 두 분이 운영하시는 조그만 잡화 가게였다. 생수 3개를 사면서 부산에서부터 걸어왔다고 하니, 너무 고생한다면서 물값을 안 받겠다고 하시고는 삶은 고구마와 찐 호박까지 주셨다. 강제로 돈을 드리려 해도 펄쩍 뛰시며 극구 사양하셨다. 딱히 살 물건도 없어서, 맥주 세 병과 아이스크림 세 개를 샀다. 물 한 병 주려다가 괜히 돈만 쓰게 했다고 안쓰러워하시는 할머니와 할아버지를 보며 문을 나서려니 가슴이 찡했다. 할머니 할아버지, 고맙습니다! 건강하게 오래오래 사세요!

지난 3월에 해남 땅끝마을에서 통일전망대까지 걸으면서 양양의 고

독카페에 들러 맥주 한 잔을 한 적이 있었다. 이번에도 들렀는데 카페 옆 텃밭에서 직접 재배한 무공해 채소로 맛있는 음식을 만들어 주었다. 환담 도중에 "81세 된 남자분이 매년 국토를 일주하는데, 이 가게에 무려 12번이나 들렀다."고 한다. 그 말을 듣자마자 "혹시 그분의 블로그 주소를 아느냐?"고 물었더니 전화번호를 가르쳐 주었다. 어떤 분인지 궁금하였으나 시간이 날 때 인터넷에서 찾아보기로 하고, 카페 주인이 식대를 안 받겠다고 하는 것을 강제로 약간의 돈을 주고 헤어졌다. 헤어지기 직전 자기 오빠가 무공해로 재배한 것이라면서 사과즙 6개를 선물로 주어 무척 고마웠다.

죽도정 입구에 도착해서 농협이 운영하는 모텔로 갔다. 2인실 가격이 3만 원인데 한 사람 추가하면 1만 원을 더 내야 한단다. 500m쯤 더 전진하니 모텔과 펜션이 있었다. 모텔은 5만 원이고 펜션은 12만 원. 가격이 너무 비싸 잠시 생각에 잠겼다. 만 원이라도 아껴야겠다는 마음으로 다시 농협이 운영하는 모텔로 되돌아가기로 했다. 돌아가다 보니 마침 장비를 챙기고 있는 다이버들이 보였다. "도보여행 하는 사람들인데 혹시 이 근처에 저렴한 민박집이나 모텔이 없느냐?"고 물었다. 한 다이버가 "옆의 캘리포니아 펜션으로 가서 스쿠버다이버 사장이 추천하여 왔다고 하면 3만 원에 해줄 겁니다."라고 말해 주었다. 가서 보니 방도 널찍한 데다 난방도 잘되어서 정말 좋았다.

## 양양 죽도정~속초 설악해변

• [27일차] 2013. 10. 21(월) 맑음

• 걸은 거리 31km(42, 43, 44코스 일부)/누적 거리 706km/이동 시간 10시간 20분

• 오늘 쓴 돈 24,000원–점심 7,700원(옛날 막국수집) · 간식 1,300원 · 저녁 7,000원 · 숙박 8,000원

오늘은 날씨도 좋고 코스도 걷기에 무난할 뿐만 아니라 길 표식도 아주 잘되어 있어서, 44코스인 낙산사까지 갈 때만 하더라도 3개 코스를 다 걸을 작정이었다. 헌데 낙산사까지는 길 표식이 잘되어 있고 두발로 앱도 잘 작동하더니, 결국에는 말썽을 피우기 시작했다. 갑자기 길 표식이 끊기고, 두발로 앱은 길 표식과는 다른 방향으로 가라고 한다. 지난 3월 이곳에서 약 1km 거리에 있는 설악해변까지 갈 때, 우측 국도를 따라 걸으면서 소름이 돋을 정도로 공포에 휩싸였던 기억이 났다. 30~40분을 산사 주변에서 헤매다가 해파랑 길 지도에 나와 있는

▼새벽의 동산 항 모습이 정말 아름답다.

군 순찰로를 따라 해파랑 길이 나 있다. 철조망 사이로 38선 앞에 있는 조도의 모습을 어렵게 찍었다.

관계기관에 전화로 문의했다. 국도로 가야 한다는 싱거운 답변만 듣고, 중앙분리대를 넘어 좌측통행을 했다. 우측통행 때보다는 위험하지 않았으나 거의 고속도로 수준으로 많은 차들이 왕래하므로, 정신을 집중한 채 두 눈을 부릅뜨고 전방을 주시하며 걸었다. 점심은 수산항 가에 있는 '옛날 막국수' 집에서 막국수와 옥수수 막걸리, 메밀전 등을 먹었는데 아주 좋았다.

설악해변에 도착하니 길가에 모텔이 있었다. 가격을 물어보니 5만원이라고 한다. 배낭 여행객인데 가격을 좀 깎을 수 없냐고 물어보니 일언지하에 거절한다. "이 모텔은 바다를 바라보는 조망이 좋은 곳이므로 할인은 안 되고, 싼 모텔은 해안길 안쪽으로 가 보라."는 것이다.

굴다리를 지나 50여 m쯤 가니 길가에 20,000원이라고 적혀 있는 모텔이 보였다. 막상 들어가 보니 무척 좋았다. 이 모텔을 소개해 준 처음에 들렀던 모텔 주인에게 고마운 마음이 들었다. 할인을 안 해주는 바람에 저렴한 모텔을 구했으니까. 이런 경우를 두고 아마도 전화위복이라고 하는가 보다.

##  속초구간 속초 설악해변~고성구간 천진해변

- [28일차] 2013. 10. 22(화) 맑음
- 걸은 거리 27km(44코스 일부, 45 · 46코스 일부)/누적 거리 733km/이동 시간 9시간
- 오늘 쓴 돈 26,500원-점심 12,000원 · 저녁은 5일 전에 합류한 친구 부인이 전화로 소고기 등심을 쏘았다 · 내일 간식 4,500원 · 민박 10,000원

속초 해맞이공원에 들어서니 길가에서 신사 한 분이 삼각대를 설치하고 설악산을 향해 사진을 찍고 계셨다. 직감에 예삿분이 아닌 것 같아서 인사를 하고는 어디서 오셨는지 물어봤다. 서울에서 사진 찍으러 오신 분이었다. 부산에서부터 동해안 종주 중이라고 하니, 당신은 74세이고 '아름다운 60대'라는 카페의 운영자라면서 아주 반가워하셨다. 설악산 배경이 무척 좋으니 사진을 찍어서 나중에 메일로 보내 주겠다고 하셨다. 서로 명함을 교환하고 잠시 환담하였다. 도보여행을 하는 우리들이 정말 부럽다고 하신다. 74세라지만 60대로 보일 만큼 정정하신 분이었다. 사진을 찍기 위해 일부러 서울에서 속초까지 오셨다는 것 자체가 존경스러웠다. '나도 저분처럼 걸을 수 있는 날까지 부지런히 걸어야지.' 하는 다짐을 새삼 해본다.

대포항까지는 길 표식이 잘되어 있었는데, 대포항에 도착하자마자 해안길로 가는 길과 언덕을 올라가는 길목에서 표식이 딱 끊겼다. 6개월 전에 걸었던 길인데도 도무지 갈피를 잡을 수 없었다. 주민에게 외옹치 해변으로 가는 길을 물었다. 해안길로 가라고 하여 해안길로 가고 있으려니, 앱을 구동하고 있는 길동무가 앱에서는 해안길로 가는

것이 아니라고 표시하고 있다면서 윗길로 가자고 하였다. 그래서 언덕길을 한참 올라가고 있는데, 그 친구가 갑자기 해안길이 맞는 것 같다고 하였다. 앱을 살펴보니 해파랑 길에서 한참 떨어져 걷고 있었다. 할 수 없이 다시 해안길로 걸었는데, 나중에 확인하니 해안길로 걷는 게 맞는 길이었다. 앱에서 오류가 발생한 것인지, 아니면 앱 작동을 잘못한 것인지, 구분이 잘 안 된다.

봉포항에 도착한 후 육군 휴양소가 보여 들어갔더니 빈방이 하나도 없다고 하였다. 발길을 돌려 민박집에서 하룻밤 쉬어가기로 한다.

## 고성구간 천진해변~거진항

- [29일차] 2013. 10. 23(수) 맑음
- 걸은 거리 33km(47, 48코스)/누적 거리 766km/이동 시간 10시간 10분
- 오늘 쓴 돈 44,000원–점심 6,000원 · 택시 2,300원(숙소와 식당 왕복) · 저녁 21,000원 · 숙박 13,000원(금수모텔) · 내일 아침음식 1,700원

내일이 걷기 시작하여 꼭 한 달째 되는 날이라, 가능하면 내일까지 도보를 마무리 지었으면 하는 생각을 했다. 그럴려면 오늘은 반드시 48코스 종점인 거진항까지 가야 했다. 거리는 약 33km밖에 안 되지만 걷기 시작한 지 29일째라 길동무들의 몸 컨디션이 별로여서 은근히 걱정되었다. 그렇지만 바람 한 점 없는 쾌청한 가을 날씨와 해수욕장을 근 10개나 지나치는 해안도로 위주의 수월한 코스인데다, 종착점이 가까워졌다는 사실에 기분이 UP된 탓인지, 예상외로 잘들 걸어 주었다.

평소보다 빠른 속도로 걸은 덕분에 오후 4시에 목적지인 거진항에 도착했다. 거진항은 내일부터 4일간 시행되는 명태축제 준비로 북적거렸다. 상인 말로는 모텔은 모두 만원이니 민박집을 알아보라고 하면서, 7만 원짜리 모텔엔 방이 있을 거라는 얘기를 덧붙였다. 말을 듣고 보니 외부에서 온 수백 명의 상인들로 인해 빈방을 구하기가 여간 어려울 것 같았다. 해안에서 좀 떨어진 시내로 들어가서 겉모양이 허름한 모텔을 찾아가니, 목욕탕을 겸비한 모텔인데 방도 널찍하고 따뜻해서 아주 좋았다. 가격도 4만 원이라 대만족이다. 저녁은 동해안 종주 전날을 기념하는 의미에서 회를 제일 잘한다는 횟집에 택시를 타고 가서 먹었다. 과연 택시를 타면서까지 찾아온 보람이 있었다. 싱싱한 회에 소주를 곁들인 맛있는 만찬을 들며 그간의 노고를 서로 치하하였다. "무사 완주를 위하여, 건배!"

▼거진 항 도착 직전 잠시 휴식을 취하면서 간식을 먹는다.

## 고성구간 거진항~통일전망대

• [30일차] 2013. 10. 24(목) 맑음

• 걸은 거리 14km(49, 50코스)/누적 거리 780km/이동 시간 4시간 50분

• 오늘 쓴 돈 44,000원–점심 7,000원 · 택시 13,000원(제진검문소~통일전망대 왕복) · 간식 2,000원 · 고속버스 22,000원(거진~서울)

지난 9월 25일부터 시작한 30일간의 동해안 종주는 오늘로서 무사히 막을 내렸다. 2009년, 2010년, 2012년 3번에 걸쳐 스페인 산티아고길 각각 920km, 1,074km, 920km를 걸었으며, 금년 3월엔 땅끝 해남마을에서 통일전망대까지 821km를 걸었다. 오늘까지 총 5번의 장기도보를 한 셈이다. 모든 장기 도보가 그러하듯이 이번 도보 역시 많은 추억거리를 남겼다. 일행 3명 중 2명은 처음부터 걸었고, 1명은 8일간 동행하였다. S가 전 기간 동안 걸으리라곤 전혀 상상도 못했던 게 사실이다. 장거리 도보가 처음이었기에 길어야 일주일 정도 걷고 나서 중도에 포기할 줄 알았는데, 의외로 끝까지 완주하였다. 특히 도보 시작 후 2일째 되는 날 물집이 생겼는데도 고통을 감내하며 마지막까지 선전했다. 거기다가 3명 중 나이가 제일 어리다는 이유 하나만으로 자진해서 궂은 일을 도맡아 해주었다. 중간에 합류하여 8일간 동행한 J 친구는 시작하기 전부터 몸이 불편한 상태인데다 둘째 날부터 물집이 생겼는데도, 전혀 아픈 내색하지 않고 끝까지 완주하였다. 고생을 감내하며 완주해 준 두 사람에게 고마운 마음을 전하고 싶다. 단독 도보 시는 인증샷을 찍기 어렵고, 회나 고기 등의 음식은 먹기 힘들며, 지루한 면도 없지 않으나, 동행이 있으니 이 모든 일이 일거에 해결되었다.

동해안을 종단하는 해파랑 길은 어느 경험자가 해파랑 길 카페에 글을 올린 것처럼, 모든 게 미비하였다. 길 표식이 부실하거나 전혀 없는 곳이 너무 많았고, 잘못된 표식도 있었으며, 동해안 길 걷기인데 마치 등반이 목적인 것처럼 산악길을 며칠 동안 걷기도 하였으며, 인도가 채 완성되지 않아 대형 차량의 왕래가 빈번한 고속도로급 국도변을 불안해하며 걷기도 했다. 특히 거의 매일 길을 찾느라 헤매기 일쑤였다. 그럴 수밖에 없는 것이 아직까지도 해파랑 길은 조성 중인 상태이고 2014년 말에야 완공되기 때문이다. 그렇지만 아직 길을 조성 중인 상태라 하더라도 출발지인 부산의 오륙도 공원 해파랑 길 안내소나 각 구간별 해파랑 가게에서는, 꼭 필요한 해파랑 길 브로슈어를 마음놓고 얻을 수 있었으면 하는 바람이다. 그리고 해파랑 길 앱인 '두발로2' 앱도 에러가 발생하지 않도록 정비해 주기를 관계당국에 간곡히 요청하는 바이다. 덧붙여 해파랑 길 카페에 도보 후기를 올리기가 너무 힘들었다. 며칠 동안 도보 후에 힘들게 올리다가 결국 포기하고 말았는데, 이것 역시 많은 수정이 필요하다고 생각된다.

이번 도보 중에 느낀 점은 동해안의 절경은 세계 어느 곳보다도 아름다웠으며, 만나본 수많은 사람들이 무척 친절하게 대해주어 매일 행복감을 느끼면서 걸을 수 있었다는 점이다. 아름다운 대한민국에 살고 있다는 사실에 다시 한 번 자부심과 긍지를 느낄 수 있는 좋은 기회이기도 했다. 그간 걷는 내내 격려와 용기를 주신 가족과 나를 아는 많은 분들께 깊은 감사를 드린다.

Chapter 6.

# 나 홀로 유럽 10개국 배낭여행기

## 나 홀로 유럽 10개국 배낭여행을 준비하다

**• 일정과 예약**

2009년에 혼자 카미노 데 산티아고 '프랑스 길(camino frances)' 920km를, 이후 2012년까지 총 3회에 걸쳐 카미노 데 산티아고 '은의 길(via de la plata)' 1,074km와 '북의 길(camino del norte)' 920km를 도보여행했다. 도보여행이 끝난 후에는 5~15일간 스페인, 프랑스, 영국, 포르투갈을 배낭여행했으며, 2013년 봄에는 혼자 해남 땅끝마을에서 통일전망대까지 821km의 국토 종단을, 가을에는 부산 오륙도 해맞이 공원에서 통일전망대까지 780km의 동해안 종단을 했다.

금년에는 장기 도보여행은 잠시 접어 두고 순수한 배낭여행을 가기로 마음먹고, 2013년 말부터 준비하기 시작했다. 우선 2009년에 사놓은 유럽여행 가이드북 2권을 나라별로 분철하여 정독하면서, '유랑' 카페에 들어가서 정보를 입수하기 시작했다. 유럽여행에 대해 알기 위해 인터넷에서 매일 서핑하다 보니 '스투비플래너'라는 여행 어플을 발견하여 여행계획을 세우는 데 이용하였다.

그럼 어디로 갈 것인가? 앞으로 인도, 남미, 호주, 뉴질랜드 등 장기 배낭여행을 가고 싶은 곳이 많았기에, 유럽 배낭여행은 당분간 가기 힘들지도 모른다는 생각이 들었다. 그래서 유럽 중에 안 가 본 곳은 가능하면 모두 가 보고 싶었다. 여행 코스를 짜다보니 자연스럽게 방문할 도시가 점점 많아졌다. 최종적으로 암스테르담 인, 로마 아웃으로 하여 총 10개국 17개 도시로 정하였다.

출발과 도착은 언제로 할 것인가? 4월 5일에 집안 행사가 있으므로 4월 4일 귀국하는 것으로 하고, 출발일자는 춥지 않은 날짜를 골라 2

월 28일로 정하였다. 스투비플래너 앱은 일정을 짜는 데 아주 편리하고, 어플을 통해 바로바로 여행기를 기록할 수 있다는 점이 좋았다. 사진과 함께 일기를 기록할 수도 있고, 루트나 일정을 수시로 확인할 수도 있었다.

일정이 확정되자 우선 항공권을 매입했다. 출발 5개월 전인 2013년 11월 중순에 런던을 경유하는 영국항공을 '와이페이모어'에서 1,128,400원에, 유레일패스는 유랑 카페에서 글로벌 성인 1개월 패스를 931,000원에 구입했다. 이탈리아는 유레일패스가 있어도 별도의 예약비가 있어야 하므로 121,700원을 예약비로 따로 지불하였다.

36일에 17개 도시를 다녀온다는 게 너무 빡빡한 일정임을 알면서도 그대로 진행하기로 했다. 도보여행 코스에는 저렴한 숙소들이 많고 비시즌이기 때문에 미리 숙소를 정하지 않아도 되지만, 그래도 숙소와 열차를 미리 예약하는 게 좋을 듯싶었다. 유랑 카페의 리뷰 숙소난을 참고해 민박집 6개소와 호스텔 11개소를 예약하고 여행자보험을 39,060원에 가입하였으며 1,300유로를 환전하였다. 출발 전에 환전액 1,900,000원을 포함하여 총 4,500,000원을 지불했다.

**• 여행 준비물**

2013년 3월 국토종단을 할 때 추워서 고생했던 기억을 되살려 이번 여행에는 방한에 한층 신경을 써서 준비하다 보니, 의류가 많아져서 배낭 외에 캐리어도 가져갔다. (아래 진하게 표시된 물품은 이번 여행 시에 단 한 번도 사용하지 않는 물품이다)

배낭, 캐리어, **침낭**, **우산**, 크로스백, 복대, 가이드북, 일기장, 볼펜 3, 모자, **장갑 2**, **핫팩 5**, 여분의 바지, 여분의 긴 티, **폴라 티 2**, 방풍

재킷, 여분의 팬티 1, 여분의 양말 2, 칫솔, 치약, 수건, 비누 3, 면도기, 때수건, 세면도구 휴대수납장, 침, 뜸, 뜸지기, 멀미약, 위장약, 심장약, 비타민 C, 멘소래담, 반창고, 작은 수첩, 돋보기, 선글라스, 수저와 젓가락, 귀마개, 풀, 테이프, 유럽지도, 여권, 여권 복사본 2, 항공권, 항공권 복사본, 숙소예약서, 유레일패스, 이탈리아 구간예약 티켓, 슬리퍼, 추리닝 하, 선물 10개, 디카, 디카용 배터리 3, 자물쇠 2, 핸드폰, 핸드폰 충전기, 핸드폰 배터리 여분 1, 유럽용 멀티 어댑터, 미숫가루 약간.

## 인천~런던~암스테르담

- [1일차] 2014. 2. 28(금)
- 오늘 쓴 돈 65,700원(43.8유로-민박 40유로 · 교통비 3.8유로)

영국항공의 기내식은 괜찮았다. 세 번의 식사 시간이 있었는데, 두 번은 정식이고 한 번은 간식이었다. 식사 때마다 와인 두 잔과 맥주 한 잔을 마시고는 두 편의 영화('관상'과 '테러리스트')를 보면서, 졸지 않도록 엄청 노력했다. 국내에서 출발하고 나서 도착지의 밤까지 잠을 안 자야만 시차적응이 잘된다는 사실을, 몇 번의 경험에서 깨달았기 때문이다.

출발 후 12시간 45분 만에 런던 히드로 공항에 도착했으나, 활주로 사정으로 15분간 대기하였다. 오후 4시 30분에 네덜란드 암스테르담 공항으로 출발 예정이었던 항공기는, 예정시간보다 20분 늦은 오후 4시 50분에야 출발했다. 런던 히드로 공항에 도착하고 나서 전광판 앞에 앉아 근 5시간을 꼼짝 않고 기다렸는데, 수많은 항공기 중에 하필이면 내가 타고 갈 항공기가 지연됐을 뿐만 아니라, 출발 30분 전에 표시되는 게이트 번호가 10분 전까지 나타나지 않아 너무 불안하고 초조한 시간을 보냈다. 과연 제 시간에 게이트에 도착할 수 있을지, 암스테르담 공항에 늦게 도착하면 숙소는 제대로 찾을 수 있을지……. 주위에 안내센터도 없고 전광판에서 눈을 떼기도 불안하였다. 출발 10분 전이 되어서야 게이트 번호가 나와서, 배낭을 메고 캐리어를 끌며 정신없이 달렸다. 허겁지겁 게이트에 도착했더니, 다시 20분 늦은 오후 5시 10분에야 출발하였다.

오후 6시 10분에 암스테르담에 도착해서도 활주로에 문제가 있다 하여 15분간 대기했다. 공항에서 내려 열차를 타고 두 정거장 거리에 있는 Sloterdijk 역에는 오후 7시경에 도착했다. 미리 준비해 간 '숙소를 찾아가는 방법' 프린트를 살펴보니 "좌회전하면 오른쪽 나무 사이의 오솔길로 걸어가서"란 표현이 있었다. 좌회전하니 좌우측 길옆으로 오솔길이 있어서 무심코 오른쪽 나무 사이의 오솔길로 걸어갔다. 그러나 아무리 가 봐도 숙소가 나타나지 않았다. 이미 날이 어두워졌기 때문에 길가에 사람들도 보이지 않고, 상점들도 문이 닫혀 있어서 물어볼 데도 없었다. 그래서 다시 원위치로 돌아오다가 문이 열려 있는 중국식당으로 들어가서 "혹시 이 근처에 한국인 민박집이 어디 있는지 아느냐?"고 물었더니, 식당 주인이 고맙게도 전화를 해 주었다. 잠시 후에 민박집 주인이 픽업하러 왔다. 공항에서 10분이면 도착할 수 있는 곳을 무려 40분이나 헤맨 것이다. 전화를 하면 쉽게 찾을 수 있었지만 정보이용료가 과다하게 나온다는 염려로 출국하면서 로밍을 안했기 때문에, 전화를 할 수도 없고 카톡을 쓸 수도 없는 형편이었다. 숙소에 도착하니 비수기라 손님이 나밖에 없어서, 4명이 쓰는 방에서 나 혼자 자는 행운을 맛보았다. 저녁은 기내식을 다 먹은 관계로 배가 불러서 준비해 간 미숫가루로 대체 했다. 피곤하여 샤워와 빨래를 하고 일기를 대충 쓴 후, 곧바로 취침하였다.

## 암스테르담 투어

• [2일차] 2014. 3. 1(토)

• 오늘 쓴 돈 86,000원(56유로–숙박 40유로 · 교통 10유로 · 점심 6유로)

아침 7시 30분경 식당으로 내려가니 주인아저씨가 식사를 준비하고 있었다. 전직 요리사인 아저씨가 만든 아침 메뉴는 맛이 아주 좋았다. 현미밥에 미역국, 계란프라이, 룸피아(필리핀 음식인데 얇은 밀전병 속에 고기와 야채를 채워 튀겨먹는 음식으로 만두 같은 맛이 난다)에 김치, 오이소박이, 탕수육, 소고기볶음 등 그야말로 진수성찬이다. 식탁 위엔 사과, 오렌지, 키위 등 과일도 항상 놓여 있었고 언제든 먹

◀잔(Zaan)강을 따라 세워진 잔세스한스의 아름다운 풍경. 네덜란드 하면 떠오르는 풍차와 나막신, 치즈, 그리고 양떼가 있는 한가로운 전원 풍경 등을 모두 가지고 있는 곳이다.

으라고 하였다.

저녁엔 와인을 곁들인 만찬을 주인 내외와 함께하기도 했다. 주인 내외는 모두 친절하고 상냥한 사람들이었다. 남편은 요리사인지라 오랫동안 서서 일한 탓에 다리가 안 좋았다. 너무 아파서 매일 모르핀을 먹어야 잠을 잘 수 있을 정도라고 한다. 안쓰럽고 애처로워 보였다. 그러나 두 아들과 함께 네 식구가 오순도순 재미있고 화목하게 사는 모습이 무척이나 정겨웠다. 부디 건강을 회복하고 행복한 삶을 누리길 기도해 본다.

- [3일차] 2014. 3. 2(일)
- 오늘 쓴 돈 90,000원(60유로-숙박 17유로 · 택시 10유로 · 열차 3.8유로 · 박물관 15유로 · 나막신 9유로 · 슈퍼 6유로)

네덜란드 암스테르담에서 벨기에 브뤼셀로 가는 열차시간이 예정보다 조금 앞당겨졌기 때문에, 일찍 출발하기 위해 시내투어를 마치고 오후 2시 10분경에 숙소로 왔다. 그런데 집에는 아무도 없고 문은 닫혀 있었다. 민박집의 문이 닫혀 있으리라고는 상상도 못했다. 로밍을 안 해 왔기에 전화를 걸 수도 없는 형편이라, 문밖에서 추위에 오들오들 떨며 주인이 오기만을 기다리고 있었다. 30여 분 후에 가족 모두가 자전거 타고 소풍을 갔다가 돌아왔다. "오랜만에 쾌청한 날씨라서 공원에 다녀왔다."고 하였다. 실수는 내가 한 셈이다. 아침에 나가기 전에 "언제쯤 돌아오겠느냐?"고 묻기에 무심코 "오후 3시쯤에 온다."고 했으니.

중앙역에서 오후 4시 42분에 출발하여 5시 53분 환승장소인 로테르담에 도착한 후, 오후 6시 8분에 브뤼셀로 가는 열차에 탑승하였다. 그런데 한참 앉아 있어도 도무지 출발할 기색이 없었다. 이윽고 방송이 나오는데 우리 앞 열차가 마주 오는 열차와 충돌한 사고가 있어서 꼼짝 못하고 있다는 것이다. 약 2시간이 지난 오후 7시 58분에야 다른 열차로 옮겨 타라고 했다. 옮기고 나서 20여 분이 지나자 다시 방송이 나왔다. 난 방송 내용을 전혀 이해하지 못했다. 갑자기 모든 승객들이 일어나 뛰기에 나도 덩달아 약 300여 미터를 100미터 경주하듯, 배낭을 메고 캐리어를 끌고 뛰었다. 마치 폭격을 피해 도망가는 난민처럼. 가면서 물어보니 열차 운행이 불가능하여 버스로 대체한다는 것이었다. 버스 정류장은 이미 인산인해였다. 짐이 없는 사람들이 나보다 앞서 달려온 상태였다. 한 시간 정도를 추위에 떨며 기다리다가, 오후 9시 20분에야 겨우 버스에 탑승할 수 있었다.

출발하던 버스는 가다가 멈추기를 몇 차례 하더니, 자동차에 이상이 있다면서 임시 수리를 하고는 다시 출발하였다. 주인의 처분만 기다리는 도마 위의 생선처럼, 한심하고 처량한 기분이 들었다. 버스는 출발 후 약 2시간 만인 밤 11시 10분에 멈추었다. 버스에서 내려서 지나가는 주민에게 숙소 주소를 보여주며 "이곳으로 가려면 어떻게 가야 하느냐?"고 물었다. 그랬더니 "이곳은 브뤼셀이 아니고 브뤼셀 가기 전 마을인 안테노 마을"이라고 했다. 주위를 둘러보니 버스에서 내린 사람들이 짐을 들고 역 안으로 뛰어가는 모습이 보였다. 또다시 열차 플랫폼까지 100미터 경주가 시작되었다. 마지막 열차를 놓치지 않기 위한 처절한 몸부림들이었다. 어른 아이 할 것 없이 평지와 에스컬레이터를 가방을 메고 끌며 달리는 모습이 참으로 가관이었다. 마치 화산 지대에서 용암을 피해 탈출하는 영화의 한 장면 같다. 그렇게 해서 오후 11시 40분 우여곡절 끝에 브뤼셀 역에 도착하여, 계획에 없던 택시를 타고 새벽 0시 20분에 숙소에 도착했다. 드디어 멀고도 험했던 3일째 여행이 끝난 것이다.

##  브뤼셀 투어 및 프랑크푸르트로 이동

• [4일차] 2014. 3. 3(월)

• 오늘 쓴 돈 39,000원(26유로–숙박 17유로 · 아침 6유로 · 커피 3유로)

어제는 정신적 육체적으로 몹시 피곤한 하루를 보냈기 때문에, 잠을 푹 잘 수 있으리라고 생각했는데 오산이었다. 새벽에 들어왔기 때문에 잠을 자고 있는 여행객들이 나 때문에 깰까봐 신경을 곤두세우다 보니, 쉽게 잠이 들지 않았다. 늦잠을 자려고 스마트폰의 자명종도 꺼놓았는데, 웬걸 새벽 5시가 되니 옆 침대의 일본인 아가씨들의 자명종이 울렸다. 그때부터 일본인 아가씨들이 세수하랴 짐 싸랴 부산히 움직이는 바람에, 더 이상 잘 수가 없었다. 한국인 여성 두 명은 곤히 잠들어 있었다. 나는 한 시간 동안 눈을 뜬 채로 침대 위에 누워 있다가 6시에야 일어났다. 어제 점심과 저녁을 부실하게 먹은 데다 오늘 점심과 저녁도 제대로 먹을 수 있을지 모르기 때문에, 아침을 양껏 배불리 먹었다.

브뤼셀 시내는 미리 알고 있던 대로 2~3시간 걸으니 더 볼 것이 없었다. 그랑플라스 광장과 오줌싸개 동상 정도. 그랑플라스 광장은 빅토르 유고가 유럽에서 가장 아름다운 광장이라고 칭송했듯이, 정말로 아름다운 광장이었다. 이전에 보았던 영국, 프랑스, 스페인, 포르투갈과 네덜란드의 광장들도 아름다웠지만, 그랑플라스 광장에 비할 바가 아니었다.

##  프랑크푸르트~베를린 이동

**• [5일차] 2014. 3. 4(화)**

**• 오늘 쓴 돈 78,000원(52.5유로–숙박 30유로 · 점심 9유로 · 저녁 6유로 · 타워전망대 6.5유로)**

어젯밤엔 술에 취한 젊은이들이 방을 들락거리며 밤새 큰 소리로 웃고 떠드는 바람에 잠을 설쳤다. 룸메이트 10명 중에 침대에 누워 있는 사람은 나와 내 밑 침대에 있는 일본 청년뿐이었다. 산티아고 길에선 한국인 젊은이들이 공중도덕을 지키지 않아서 부끄러웠는데, 이곳에선 유럽 젊은이들이 말썽이다. 12시에 체크아웃을 하고 역 앞 광장으로 가니, 수많은 사람들이 길 한복판에 선 채로 점심을 먹고 있었다. 조금 전에 미숫가루를 먹어서 배가 고프지는 않았지만, 5일간 고기를 한 번도 먹지 못했다는 사실을 상기하고 지방도 보충할 겸 감자튀김에 비프스테이크를 시켜 먹었다. 가격도 맛도 대로변에서 서서 먹는 재미도 모두 좋았다. 이틀 전부터 새끼발가락이 아프기 시작했다. 신고 있던 등산화를 배낭 속에 넣고 운동화로 갈아 신으니 발이 한결 편했다. 우리나라의 3월 날씨보다 추우리라 예상하고는, 빙판길에 신으려고 등산화를 신고 왔는데 큰 착오였다.

오후 7시경에 숙소에 도착하였다. 상가건물을 개조해서 만든 민박집이었는데 모든 게 완벽했다. 깨끗하고 넓고 쾌적하고, 주인아주머니 역시 아주 친절했다. 저녁을 먹으려고 동네를 돌다 보니 중국음식점 문 앞에 5유로라고 적혀 있었다. 들어가서 물어보니, 원래는 점심때만 하는 메뉴인데 특별히 그 가격에 해주겠다고 한다. 물론 나는 영어로, 중국집주인은 중국어로 말했지만 서로 말뜻을 이해하는 데는 부족함이 없었다. 세계 공통어인 보디랭귀지가 그 위력을 발휘하는 순간이었다.

뢰머 광장의 뢰머. 계단식 지붕의 3개의 건축물을 뢰머라고 한다. 성 니콜라스 교회, 뢰머가 광장을 에워싸고 있다. 광장 중앙에는 정의의 여신 분수가 있다.

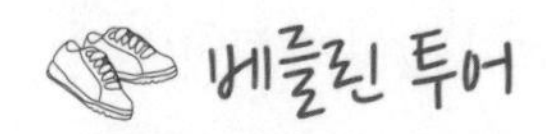

## 베를린 투어

• [6일차] 2014. 3. 5(수)

• 오늘 쓴 돈 88,500원(59.2유로–숙박 30유로 · 교통비 6.7유로 · 유대인박물관 8유로 · 슈퍼음식 8.5유로 · 저녁 6유로)

내일은 체코 프라하로 이동하는 날이다. 그간 도시별 이동은 오후에 했는데, 그러다 보니 도착하고 나서 여유가 전혀 없어서 피곤하기도 하고 불편하기도 했다. 그래서 오늘은 원래 이틀간 투어를 할 계획이었으나, 좀 무리한 일정으로 하루 만에 마쳤다. 내일 예정된 투어장소를 모두 찾아가는 것도 시간이 빠듯하여 힘들었지만, 특히 국철과 지하철을 자주 변경하여 이동하다 보니 내게 길을 가르쳐주는 사람들이 엉뚱한 곳으로 알려주는 경우가 여러 번 있었다. 그런데 나중에 생각해 보니 엉뚱한 곳을 알려준 게 아니었다. 각자 자신들이 생각하는 방향으로 일러주었음에도, 내가 노파심에서 다시 다른 사람에게 문의하면 그 역시 자신이 추천하고 싶은 방향으로 알려준 것뿐이었다. 수많은 시행착오 끝에 얻은 결론은, 가장 정확하고 빠른 코스는 인포메이션 센터에서 물어봐야 한다는 것이다.

암스테르담에서 고흐 박물관을 보고 나서 실망한 나머지, 다음부터는 박물관 투어는 하지 않으리라 마음먹었다. 그러나 유태인 박물관만큼은 그냥 지나치기엔 허전한 마음이 들었다. 입구의 무장한 병력을 보니 더욱 보고 싶다는 충동을 참을 수 없었다. 대단한 볼거리가 있음직한 분위기였다. 막상 들어가 보니 역시나 대실망이다. 유대인 학살과는 전혀 관계없는 사진 전시가 전부였다. 이제 정말 다시는 박물관 투어를 하지 않으리라 결심했다.

숙소에 돌아오니 한 여학생이 며칠 전부터 급체해서 실신까지 했는데 아직까지도 설사를 하고 있다고 하여, 몇 군데 침을 놓아주고 가지고 있던 설사약을 주었다. 객지에 와서 아프면 곤란한 점이 한두 가지가 아닌데, 여학생이 안쓰럽기만 하다. 옆 침대의 두 학생은 오늘 오전에 프라하로 떠나서 오늘은 독방을 차지했다. 비시즌에 여행을 다니니 이런 좋은 점이 있다.

##  베를린 투어 및 프라하로 이동

• [7일차] 2014. 3. 6(목)

• 오늘 쓴 돈 55,500원(37유로–숙박 25유로 · 저녁 12유로)

프라하로 가기 위해 베를린 중앙역에 가니 갑자기 소변이 마려웠다. 역내의 화장실에는 '1유로'라고 적혀 있었다. 너무 비싸다는 생각이 들어 그냥 나왔다. 소변 한 번 보는데 1,500원이라니! 우리나라처럼 공짜는 곤란하다 해도, 수많은 사람들이 이용하는 공항이나 역만이라도 최소한의 운영비용인 200~300원 정도만 받았으면 좋겠다.

유레일패스는 1등석으로만 되어 있어 6명이 앉는 1등석에 앉았는데, 조금 후 한 사람이 들어와서는 내 자리가 자기 자리라고 해 옆좌석으로 비켜 앉았다. 좌석을 바꿔 앉고 다음 역에 가니, 또 두 명이 들어와서는 같은 얘기를 해 또다시 옮겨 앉았다. 유레일패스는 좌석이 지정되지 않는 반면, 나머지 1등석은 모두 좌석을 지정받는 모양이었다.

그런데 만약 모든 좌석이 예약된 자리였다면 나는 대체 짐을 갖고 어디로 가야 한단 말인가? 도무지 이해되지 않았다. 우리나라에선 열차 안에서 거의 모두가 스마트폰을 하느라 정신없는데, 유럽인들은 대부분 노트북을 꺼내 공부 내지 일을 하거나 책을 읽었다. 그 분위기가 너무 정숙해서 도저히 말을 붙일 엄두가 나지 않았다. 와이파이가 터지지 않아 스마트폰도 할 수 없어서, 무료하게 창밖만 내다보며 시간을 보냈다.

검표원은 수시로 방에 들어와 표를 체크했고, 음식 판매원들은 문을 열고 커피나 음료수를 마시겠느냐고 물었으며, 또 한 직원은 신문과 물을 갖고 다니면서 무료인데 필요한 게 있느냐고 물었다. 커피와 음료수는 유료이고 신문과 물은 무료이므로, 생수 한 병을 달라고 해서 마셨다. 나를 제외한 사람들은 모두 신문만 달라고 할 뿐 물을 달라고 하는 사람이 없었다. 왜 달라고 하지 않는지 이해가 되지 않았다. 지금 마시고 싶지 않다면 공짜니까 집에 가져가서 마셔도 될 터인데.

저녁은 민박집 주인이 소개해 준 식당에서 훈제 돼지 무릎고기와 맥주를 마셨는데, 맛은 좋았지만 양이 너무 많았다. 결국 음식을 남기는 바람에 마음이 찜찜했다. 1989년에 유네스코 세계문화유산으로 등재된 후 매년 1억 명의 관광객이 찾아온다는 프라하는, '북쪽의 로마'라는 별명답게 중세의 모습을 고이 간직한 채 빠르게 발전하고 있다는 싶은 인상을 받았다.

▲역에서 내려 민박집으로 가는 도중 바츨라프 국왕 동상 앞에서. 뒤에 보이는 건물은 국립박물관이다. 프라하는 세계 6대 관광도시 중 하나이다.

## 체코 체스키크룸로프 투어

- [8일차] 2014. 3. 7(금)
- 프라하~체스키크룸로프~프라하
- 오늘 쓴 돈 55,500원(37유로–숙박 25유로 · 교통비 7유로 · 슈퍼 4.5유로)

나의 일정표엔 오늘은 프라하 신시가지를 구경하고, 내일 오전 9시에 안델에서 출발하는 버스편으로 체스키크룸로프로 가기로 되어 있었다. 8시에 아침을 준다기에 7시에 일어나 이것저것 챙기다가, 체스키크룸로프로 가는 버스의 예약 확정 티켓을 발견했다. 내용을 살펴보니 체스키크룸로프로 가는 날이 내일이 아니고 오늘이었다. 내가 착각을 해 일정표에 잘못 기재한 것이다. 8시에 식사를 한다면 버스 시간에 도저히 맞출 수 없겠다는 생각이 들었다. 허둥지둥 소지품을 챙기고 식당으로 가 주인에게 자초지종을 설명하고 급하게 식사를 했다. "무스택 역으로 가서 노란색 B라인을 타고 두 정거장만 가면 안델 역이 나오는데, 거기에서 오는 편 버스표를 반드시 예약해야 한다."고 하면서 시간은 충분하다고 하였다.

불안한 마음에 무스택 역까지 거의 뛰다시피 갔는데, 막상 무스택 역에 가니 그린색 A라인만 보일 뿐 노란색 B라인은 보이지 않았다. 행인 몇 사람에게 물었는데도, 모두 관광객들이라 모르겠다고만 했다. 마음이 급해지니 점점 당황할 수밖에 없었다. 이럴 때 민박집 주인에게 전화 한 통화만 하면 쉽게 알 수 있을 텐데, 로밍을 하지 않아 전화도 못한다. 멀리 정차되어 있는 택시가 보이기에 뛰어가서 기사에게 물었다. "옐로 B라인은 어느 쪽 방향으로 가야 되느냐?" 기사가 알아듣지를 못하는 것 같아 택시 유리창에 'ANDEL'과 'B'를 영어로 써 보이니 그제야 "길을 따라 직진하라."고 손가락으로 방향을 가리켜 주었다. 30m쯤 뛰어가며 찾아보아도 안 보이기에 되돌아와서, 그린색 A라인이 표시된 지하로 내려가 가게 점원에게 물어보고서야 열차를 탈 수 있었다.

그런데 한참 가다가 확인해 보니 반대 방향으로 가는 열차를 타고 있었다. 이때부터 완전히 멘붕 상태에 빠졌다. 그 이후 무려 4번이나 갈아타면서 안델역에 도착하여, 얼른 지상으로 올라가 버스 정류장을 확인하고는 다시 지하로 내려갔다. 되돌아오는 버스표를 예약하고자 자동판매기를 찾아보았으나 찾지 못했다. 가까스로 자동판매기를 찾아 행인에게 표를 끊어 달라 부탁하고 몇 번 시도하다가, 5분 전 9시

▼볼타바 강과 시내 모습.
프라하에서 기차를 타고 4시간 정도 가면 도착하는 체스키크룸로프는, 마을 전체가 유네스코에 등록된 세계문화유산으로 중세의 모습을 고스란히 간직하고 있다. 언덕에 있는 체스키크룸로프 성에서 내려다보는 마을은, 마치 동화 속 풍경을 재현해 놓은 듯 낭만적이다. 특히 볼타바 강이 마을 전체를 S자로 휘감고 있어 신비로움을 더해 준다.

가 되어 그만 포기하고 지상으로 올라왔다. 30여 m쯤 뛰어 버스정류소에 가서 승차한 후 시계를 보니 9시 1분 전이다. 내가 차에 올라타자마자 버스가 출발했다. 이제 와서 생각해 봐도 왜 그리 바보처럼 헤맸는지 도무지 이해가 되지 않는다. 꼭 도깨비에 홀린 것 같은 기분이다. 헷갈릴 일이 전혀 없고, 시간도 10여 분이면 충분한 것을. 암튼 9시 전에 도착했으니 망정이지, 1분만 늦었더라면 고생은 고생대로 하고 버스는 타지도 못했을 것이다.

출발하여 3시간 만에 체스키크룸로프에 도착해 되돌아가는 오후 5시 버스표를 구매하고자 했으나, 좌석이 남은 버스는 오후 7시에 출발하는 버스밖에 없다고 하였다. 세 시간이면 투어가 끝난다는데 7시까지 4~5시간을 어디서 무엇을 하며 보낼지 걱정이다. 게다가 프라하에 도착하여 숙소까지 가려면, 거의 밤 11시가 될 터인데. 곰곰 생각해 보니 서울에서 예약할 때 왕복표를 끊었어야 하는 것을 편도표만 끊고 온 게 불찰이었다. 조그만 마을이라 두 시간을 돌아다니니 더 볼 게 없었다. 프라하는 볼 게 무궁무진한데 괜히 이곳에 와서 하루를 허송세월하는 것 같아 맘이 아팠다. 유비무환이라 하거늘 사전 준비가 너무 허술하였고, 당황하여 평정심을 잃고 나니 쉽게 찾을 수 있는 길을 허둥대는 바람에 놓치고 만 것이다. 물론 원래 타고난 길치인 이유도 있고. 와이파이가 되는 식당을 찾아 맥주를 마시며 시간을 죽이는 수밖에 없었다. 설상가상으로 거의 한 시간 간격으로 계속해서 소변이 마려웠다. 난생 처음 겪는 경험이었다. 바로 해결하지 않으면 옷에 실례할 것같이 방광이 몹시 아프기까지 한다. 아마도 초 긴장상태가 되니까 이런 현상이 일어난 게 아닐까? 종일 이상한 일들이 계속해서 벌어진 악몽 같은 하루였다.

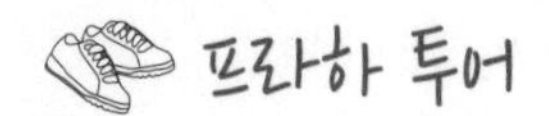

## 프라하 투어

• [9일차] 2014. 3. 8(토)

• 오늘 쓴 돈 97,500원(65유로–숙박 25유로 · 입장료 9유로 · 점심 11유로 · 저녁 17유로 · 슈퍼 3유로)

오늘이 체코 투어 마지막 날이다. 아침 8시 30분부터 저녁 4시까지 쉴 새 없이 걸으며, 시내 구석구석을 빠짐없이 구경했다. 밤에 볼 때와는 또 다른 매력이 넘치는, 프라하의 아름다운 모습을 눈과 마음에 담고자 애썼다. 인형극을 보고 싶었으나 이 시즌에는 하지 않는다고 한다. 관광 비수기라 그런 모양이지만, 내가 보기엔 관광 비수기처럼 보이지 않았다. 시내는 온통 관광객들로 붐볐다. 성 비투스 성당으로 올라가다가 길가에서 파는 hot potato를 먹으며 걸었다. 얇게 썬 감자를 나무막대기에 꽂은 것으로, 감자가 전부 연결되어 있는 게 특이했고 맛도 아주 좋았다. 무엇보다도 걸으면서 먹으니 제법 여행하는 기분이 들어서 좋았다. 민박집 주인에게서 들은, 음식을 시켜먹지 않으면서도 와이파이를 이용하는 방법을 직접 써먹어 보기도 했다. 맥도날드에 들어가서 구석진 곳을 찾아 와이파이를 사용한 것이다. 점원이 이따금씩 청소를 한다고 들락날락하면서도 아무런 얘기가 없었다.

어제 종일 고생한 몸도 달랠 겸, 오늘 저녁은 좀 근사한 데서 맛있는 음식과 여유를 즐기고 싶었다. 근 한 시간가량 식당을 찾아 헤맸다. 결국 뮤스택 역 인근 식당에 들어가서 점원이 추천해 준 음식을 시켰는데 좋은 선택이었다. 식사 후 "먹다 남은 빵을 가져가도 되느냐?"고 양해를 구하고 갖고 오다가, 프라하에서 유명하다는 핫도그도 사서 함께 쇼핑백에 넣었다. 내일 먹을 음식으로 준비한 것이다. 숙소로 가는 도중에 잠시 길거리 공연을 보았는데, 10분 후 숙소에 와서 보니 음식이 사라지고 없었다. 아무래도 길거리 공연을 볼 때 누가 훔쳐간 것 같았다.

##  프라하~비엔나 이동

• [10일차] 2014. 3. 9(일)

• 오늘 쓴 돈 46,500원(31유로—숙박 10.5유로 · 교통비 7.1유로 · 저녁 13유로)

오전 10시에 열차역에 도착하여, 인포에 가서 플랫폼이 어디인지 물어보았다. 담당자는 자기도 모른다며 전광판을 보라고 했다. 전광판엔 10시 39분에 출발한다고만 되어 있을 뿐, 플랫폼 번호는 표시되어 있지 않았다. 그때서야 어제 인포 직원이 한 말이 생각났다. 플랫폼 번호는 출발 15분 전이 돼야 표시된다던. 15분 전이 되었는데도 전광판에 플랫폼 번호가 표시되지 않아서 주위의 여러 사람에게 물어봤지만, 모두 모른다고만 했다. 이러다가 열차를 놓치는 것은 아닐까 하는 불안감이 엄습했다.

이때 60대의 한 여성이 내게 오더니 "무얼 도와드릴까요?" 하고 물었다. 플랫폼 번호를 알고 싶다고 했더니 "빈으로 가는 플랫폼은 3번"이라면서 자기를 따라오라고 하였다. 5분여를 따라가면서 역의 직원이냐고 물었다. 그렇다고 했다. 그런데 복장으로 봐서는 역의 직원 같아 보이지 않았다. 유니폼이 아니었기 때문이다. 무임승차를 단속하는 직원들은 일부러 유니폼을 입지 않는다는 사실을 상기하며 플랫폼에 도착했다. “여기서 기다리면 잠시 후에 전광판이 켜질 것”이라면서 팁을 요구했다. 그제야 자청해서 길을 가리켜 주고 돈을 요구하는 사람을 조심하라는 내용을 가이드북에서 본 기억이 났지만, 무척 고마워서 돈을 주고 싶었다. 그런데 내겐 체코 돈이 한 푼도 없었다. 어제 저녁에 숙소로 돌아오면서 남아 있는 돈으로 슈퍼에서 음식을 샀기 때문이다. 상황을 설명하니 알았다면서 돌아갔다. 그런데 돌아갔던 그녀가 열차가 출발하기 직전에 다시 와서는 또다시 팁을 달라고 하였다. 체코화든 유로화든 현금은 하나도 없고 오직 카드만 가지고 있다고 하니 툴툴거리며 돌아갔다. 유로화라도 동전이 있었으면 주고 싶었던 게 솔직한 그때의 심정이었다.

숙소에 짐을 내려놓고 곧장 투어에 나섰다. 오페라 하우스부터 걷기 시작했는데, 눈에 보이는 풍경이 한 마디로 놀랠 노 자였다. 10일간의 여행 중 체코가 가장 아름답다고 생각했는데, 그와 견주어도 전혀 손색이 없을 정도였다. 오늘 부지런히 구경해야 내일 아침 일찍 잘츠부르크에 다녀올 수 있기에, 저녁때까지 벨데베레 궁전까지 구경하고는 귀가하였다. 숙소에는 러시아 청년 한 사람만이 휴식을 취하고 있어서, 그와 간단한 대화를 하고는 일찍 취침했다.

◀한 폭의 그림 같은 아름다운 벨베데레 궁전. '좋은(bel) 전망(vedere)의 옥상 테라스'라는 이탈리아 건축용어에서 유래한 '벨베데레'는, 1683년 오스트리아를 침략한 오스만튀르크 군을 무찌른 전쟁영웅 외젠 왕자의 여름별장으로 지어진 것이라고.

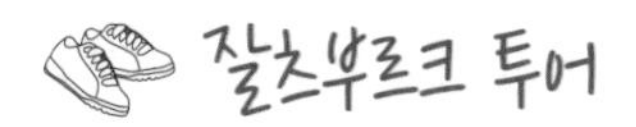

## 잘츠부르크 투어

• [11일차] 2014. 3. 10(월)

• 오늘 쓴 돈 61,500원(41유로—숙박 10.5유로 · 전망대 입장료 11.5유로 · 점심과 저녁 19유로)

새벽에 깨어나 시계를 보니 4시 30분이었다. 피곤하기는 한데 이후 잠이 오지 않았다. 그저께 쇼핑백에 넣고 다니던 음식물을 눈 깜짝할 사이에 도난당했기에, 오늘부턴 조금 거추장스럽지만 아예 배낭을 메고 다니기로 했다. 무거워서 불편한 점도 있지만 우선 도난 염려가 없고, 필요한 잡동사니를 모두 갖고 다닐 수 있으므로 오히려 편한 점이 많을 것 같았다. 배낭을 메고 다니려니 어쩔 수 없이 신발도 운동화에서 등산화로 바꿔 신었다.

이번 여행을 준비하면서 가장 실수한 점이 쓸데없는 물건을 잔뜩 가져왔다는 점이다. 위도가 제주도보다 높으므로 매우 추우리라고 지레 짐작하여 옷을 너무 많이 가져왔고, 비가 많이 온다기에 우산까지 준비했는데, 춥지도 않았고(현지에서도 금년은 이상기후라고 했다) 비는 거의 안 왔다. 침구들도 깨끗하고 춥지도 않아서 침낭도 필요치 않았다. 이런 물건들을 가져오지 않았더라면 캐리어도 굳이 가져오지 않아도 됐을 텐데, 두고두고 후회스럽다. 내 옆 좌석에는 필리핀에서 3살 때 이민 온 여자 대학생이 앉아 있어서, 즐거운 대화의 시간을 가질 수 있었다. 주로 내 여행이야기를 해주었는데 무척 신기해하며, 자신은 해외여행을 거의 못 해봤다면서 조만간 꼭 하고 싶다고 말했다. 내가 정말 부럽다면서.

잘츠부르크는 기대가 너무 큰 탓인지, 아니면 내가 아름다운 제주에 살아서인지, 생각보다 기대에 못 미쳤다. 오후 1시까지 열심히 걸으며 투어를 마치고 2시 8분발 비엔나행 열차에 탑승했다. 배낭을 메서 그런지 허리가 갑자기 시큰거리기 시작했다. 숙소에서 쉴까 생각해 보았지만 Westbahnhof에 도착하니 마음이 달라졌다. 계획을 변경하여 내일 아침 부다페스트로 출발하기 전 쇤부룬 궁전을 구경하려던 것을 오늘로 앞당겼다. 허리도 아프고 피곤했지만 오늘로 투어를 마치고, 내일 아침엔 밀린 일기나 쓰면서 휴식하는 게 더 나으리라고 생각했다.

사실 이때부터 고민이 시작되었다. 어제 오후 4시경 1일 교통권을 사서 펀칭을 했는데 유효시간이 지나버리고 만 것이다. 표를 다시 끊으려니 억울하다는 생각이 들었다. 유레일패스를 거의 백만 원이나 주고 끊었는데, 쇤부른 궁전을 한 번 가기 위해 꼭 표를 다시 사야 하나? 그 동안 수십 번 열차를 탔어도 단 한 번도 검문당하지 않았는데. 딱 한 번 암스테르담에서 검문하는 장면을 본 적은 있지만……. 결국 나는 무임승차를 하기로 마음먹었다.

궁전을 구경하고 숙소로 돌아오는 지하철을 타기 위해 지하 플랫폼으로 내려가니, 어떤 여자가 큰 소리를 치고 있었다. 중동인 가족 4인이었는데 그 앞에는 사복을 입은 남녀 두 사람이 휴대하고 있던 기계를 꺼내놓고 뭔가를 적고 있었다. 바로 무임승차 단속원이었다. 그때부터 가슴이 콩닥콩닥 뛰기 시작했다. 다시 올라가서 표를 사려니 더 의심을 받을 것 같고. 뛰는 가슴을 겨우 진정시키고 좀 더 멀리 가서는 자연스럽게 서 있다가 오는 열차에 올라탔다. 십년감수한 느낌이었다. 다음부터는 꼭 표를 사서 타야겠다고 굳게 다짐해 본다.

• [12일차] 2014. 3. 11(화)

• 오늘 쓴 돈 46,800원(39유로-숙박 10.5유로 · 교통비(48시간권) 20유로 · 저녁 8.5유로)

헝가리 부다페스트로 가는 열차는 오전 9시 48분에 있었지만, 일찍 역에 도착하였다. 이제껏 어느 역에도 와이파이 존이라는 게 없었는데, 비엔나의 중앙역에는 여객들이 편히 쉬면서 인터넷도 할 수 있도록 테이블이 구비된 와이파이 존을 운영하고 있었다. 신선한 충격이었다. 어제 저녁에 산 케밥과 밀크커피 한 잔을 마시고, 여유롭게 카카오스토리에 답글을 달며 밀린 일기를 쓰면서 시간을 보냈다.

부다페스트 역에 내리자마자 택시기사와 환전 브로커, 숙소를 안내해 주겠다는 사람들이 우글거렸다. 역과 사람들의 복장은 우중충하고,

감탄을 금치 못하게 하는 세체니 다리의 야경.
1839년부터 10년에 걸쳐 건설된 세체니 다리는 도나우 강에 놓인 최초의 다리로, 건설 이전까지 전혀 왕래가 없던 '부다'와 '페스트'를 한 도시로 통합하는 견인차 역할을 했다.

거리는 건설하느라고 온통 먼지투성이다. 그러나 사람들은 모두 활기 있게 보였다. 건축물 역시 어느 유럽에 내놔도 손색없을 정도로 중세 건물의 특성을 잘 보여주고 있었다. 다만 건물 외벽을 청소하지 않은 게 타 지역과는 약간 다른 점이었다. 우리나라 70년대에 한창 건설 붐이 일어났을 때와 비교될 만큼, 시내는 이곳저곳이 공사하느라고 정신이 없을 정도였다. 숙소 주인은 젊은 친구였는데 무척 친절했다. 그런데 숙소에 도착하자마자 스케줄표를 분실하고 말았다.

부지런히 투어를 마치고 오후 8시 30분경에 숙소 인근에 와서 케밥과 맥주로 저녁을 먹었다. 케밥이 싸고 좋은 음식이라는 것을 이번 여행에서 절실히 느끼고 가는 것 같다. 내일은 헝가리에서 유명하다는 스파나 하면서 푹 쉬어야겠다. 야경 투어는 정말 환상적이었다.

• [13일차] 2014. 3. 12(수)

• 오늘 쓴 돈 49,500원(33유로–숙박 10.5유로 · 점심 7유로 · 저녁 15유로)

어제 도착하자마자 48시간 동안 모든 교통수단을 이용할 수 있는 티켓을 3만원에 구입하였다. 숙소 주인이 말하길 "이 표만 있으면 온천욕을 무료로 이용할 수 있다."고 했다. 거기다 수영복까지 빌려주면서 "수건도 꼭 지참하라."고 했는데, 그만 깜빡하고 수건을 안 가져갔다. 하지만 꿩 대신 닭이라고, 가지고 있던 조그만 손수건으로 잘 해결했다. 온천 시설은 정말로 대단했다. 규모도 규모지만 모든 시설이 고객에게 편리하게 되어 있었다. 야외 풀장에선 수영도 할 수 있었지만, 수영모자가 없는 관계로 입장을 못한 점이 못내 아쉬웠다. 온탕, 냉탕, 열탕이 구분되어 있고 사우나실, 음수대, 화장실, 탈의실 등이 수도 없이 많아서 사용하는 데 전혀 불편한 점이 없었다. 약 두 시간 동안 온 · 냉탕을 번갈아 오가며 충분한 휴식을 취했다.

어제 강행군을 하였고 내일 하루 투어를 할 시간이 충분하므로, 오늘은 맘껏 즐기고 싶어서 천천히 느긋하게 걸었다. 메트로와 버스를 번갈아 타며 시내를 구경하다가 저녁에 숙소로 돌아오니, 주인이 숙소 인근의 유명한 식당가를 추천해 주었다. 식당 이름과 메뉴까지 미리

▼세체니 온천.
193년에 문을 연 유럽에서 가장 큰 온천 가운데 하나로, 지하 천 미터에서 뿜어 나오는 온천수로 유명하다. 시민공원 안에 있어서 현지인들이 가족들과 함께 많이 오는 곳이라고 한다. 두 시간의 온천욕으로 그동안 쌓인 피로를 말끔히 날려버렸다. 세계적으로 유명한 헝가리 온천의 역사는 고대 로마시대부터 이어진다. 목욕문화에 익숙한 로마인들이 곳곳에서 온천수가 뿜어 나오는 헝가리를 온천지로 개발했는데, 헝가리엔 전국적으로 450여 곳의 온천이 있으며 그 가운데 100여 군데가 부다페스트에 있다고 한다.

알고 찾아갔는데, 좌석에 앉아 메뉴표를 보니 내가 갖고 있는 헝가리 돈으로는 모자랄 것 같았다. 결국 그 식당을 나와서 인근의 중국집에서 음식을 시켰다. 양이 너무 많아 볶음밥은 남길 수밖에 없었다. 가격은 와인을 포함하여 15유로로 비교적 저렴한 편이었다. 숙소에 돌아오니 러시아에서 시베리아 횡단열차를 8일간 타고 왔다는, 37세의 서울 청년이 같은 방에 배정되어 있었다. 서글서글하고 붙임성 있는 청년이었다. 이제까지 겪은 다른 한국 젊은이들과는 완전히 달랐다. 대부분의 한국 학생들은 인사를 해도 잘 받지 않는 등, 왠지 서먹서먹했었는데 말이다.

## 부다페스트 투어 2

**• [14일차] 2014. 3. 13(목)**

**• 오늘 쓴 돈 34,500원(23유로–숙박 10.5유로 · 리프트 3유로 · 점심 6.5유로 · 저녁 3유로)**

어제 충분한 휴식을 취했고 오늘이 부다페스트 투어 마지막 날이므로, 오후 5시까지 부지런히 걸어 다녔다. 호스텔 주인이 추천한 리베고 전망대까지는, 버스에서 내린 후 30여 분간 숲길을 걸은 다음 다시 언덕을 향해 15분간 더 걸어 올라가야 했다. 전망대 위에서 바라보는 시내 선경은 생각 외로 밋밋하기만 했다. 그동안 다뉴브 강을 끼고 보는 전망이 매우 좋았기 때문에, 상대적으로 별로였다는 생각이 들었나 보다.

오후에는 다뉴브 강변을 따라 겔레스트 언덕과 시타델라 요새를 구경하였다. 그저께 어부의 요새에서 보는 전망보다 시타델라 요새에서 보는 조망이 훨씬 좋았다. 이곳에서도 왕복 1시간을 걸은 후 오후 4시 30분경에 숙소에 도착했다. 이제 헝가리의 모든 일정도 오늘 저녁으로 끝이 난다. 내일은 새벽 5시에 숙소를 나서서 6시 5분 발 자그레브행 열차를 타고 6시간을 가야하므로 일찍 잠을 청한다.

▲리베고 전망대에서 본 헝가리 시내 모습. 탁 트인 전망이 마음을 상쾌하게 해준다.

##  헝가리~크로아티아 이동

• [15일차] 2014. 3. 14(금)

• 오늘 쓴 돈 49,500원(33유로–숙박 10.5유로 · 교통비 4유로 · 플리트비체 입장료 12유로 · 식비 6.5유로)

오늘 아침 6시 25분에 자그레브행 열차를 타야 하므로, 어제 저녁에 알람을 4시 50분으로 세팅하였다. 새벽에 소리가 들리기에 얼른 폰을 끄고 조용히 일어나서 옷을 입고는, 가방을 들고 밖으로 나왔다. 화장실에 다녀와서 무심코 시계를 보니 아뿔싸, 4시 50분이 아니고 2시

30분이었다. 확인해 보니 알람소리가 아니고 전화 벨소리였다. 로밍을 안 하고 왔기 때문에 전화가 올 수 없는데 이상했다. 전화 발신자는 전혀 모르는 사람이었고. 다시 가방을 들고 안으로 들어가서 누웠지만 한번 깬 잠은 다시 오지 않았다. 나 때문에 딴 사람이 깨지나 않았는지 걱정되고 미안했다. 누운 채 이 생각 저 생각을 하다가, 4시 50분에 일어나서 준비하고 역에 도착하니 5시 30분. 6시 5분에 출발예정이던 열차는 20분 늦은 6시 25분에야 출발하였다.

크로아티아 국경이 다가오자 무장한 경찰관들이 우르르 올라와서는 헝가리 경찰과 크로아티아 경찰이 동시에 여권검사를 했다. 크로아티아는 내전이 끝난 지 10여 년밖에 안 되어서인지 어쩐지 삼엄하고 으스스한 기분이 들었다. 숙소를 찾은 후 시내투어를 나섰는데 기대에 못 미쳤다. 아마도 부다페스트가 무척이나 좋았기 때문일 것이다. 내일 갈 예정인 플리트비체 공원이나 기대해 봐야겠다.

▼타일 모자이크의 지붕이 돋보이는 성 마르코 성당. 왼쪽은 크로아티아, 오른쪽은 자그레브 문양이다. 크로아티아의 수도인 자그레브는 공산주의 붕괴와 함께 관광지로 유명세를 타고 있는 다른 동유럽 국가들과는 달리, 20여 년이 지난 지금에 와서야 관심의 대상이 되고 있다. 지상낙원이라 칭송받는 크로아티아의 수도라고 하기에는 너무 초라하고 소박하지만, 과거의 영광을 되찾기 위해 끊임없이 노력 중이다.

## 플리트비체 국립공원 투어

- [16일차] 2014. 3. 15(토)
- 자그레브~플리트비체~자그레브
- 오늘 쓴 돈 63,700원(42.5유로-숙박 10.5유로 · 교통비 23유로 · 점심 4유로 · 간식 5유로)

버스역까지 걸어서 10분밖에 안 걸리는 사실을 잘 알면서도, 혹시나 하는 불안한 마음에 새벽 5시 50분에 기상하였다. 아침을 간단히 먹고 6시 30분에 숙소를 나섰다. 역에 도착하여 역 구내를 어슬렁거리며 시간을 보냈다. 버스 안은 거의가 중국과 일본인, 한국인 관광객들이었고, 배낭여행하는 사람은 나 외에 한국인 여성 2명과 일본인 여성 2명, 멕시코 여성 1명이었다. 20대의 멕시코 여성이 내 옆에 앉았는데, 커다란 배낭을 들고 버스에 타서는 피곤한지 금세 잠이 들었다. 한 달간 배낭여행을 한다고 했다. 내가 7개국째 배낭여행 중이라고 했더니, 그중에 어느 곳이 가장 좋았느냐고 물었다. 묻자마자 체코 프라하를 꼽았다.

플리트비체는 듣던 대로 정말 장관이었다. 나이아가라 폭포처럼 장대하지는 않았지만, 16개의 폭포와 숲과 호수가 조화를 이루는 가운데 멋진 자태를 뽐내고 있었다. 4개의 트래킹 코스 전부를 답사했지만 3시간밖에 걸리지 않았다. 돌아오는 버스는 아침에 탄 차보다 낡은 탓인지, 가격도 5쿠나나 저렴했다. 중간에 5분간 휴식하는 휴게소가 있었는데, 비시즌이라 식당들은 모두 문을 닫고 있어서 음식을 사 먹지는 못했다. 가이드북에 미리 점심을 준비하라고 적혀 있는 것을 여러 번 보았고, 내 일정표에도 점심을 준비해 가자고 적어놓았지만, 깜빡 잊고 그냥 가는 바람에 배가 무척 고팠다. 버스 밖으로 나온 김에 화장실이나 다녀오자 해서 용변을 보고 나오니, 3쿠나를 달라고 했다. 지불하려고 돈을 찾아보니 돈이 없었다. 버스 안에 벗어둔 잠바 속에 동전 주머니를 놔두었기 때문이다. 손짓으로 차에 가서 돈을 가져오겠다고 해도, 알아듣지를 못하는 것인지 못 믿는 것인지 막무가내다. 버스 출발시간은 다가오고 해서 돈을 주고 가라는 소리를 뒤로한 채, 차 안으로 뛰어가서 돈을 가져와 지불하는 해프닝이 있었다.

숙소로 돌아와 슈퍼에서 산 인스턴트 음식으로 간단히 먹으려고 주방에서 저녁준비를 하고 있으려니, 미국인 여성이 자기가 먹던 파스타를 먹겠느냐고 물어왔다. 그래서 고맙다고 하고 냉큼 받아먹었다. 역시 인스턴트 음식보다는 만들어 먹는 음식이 맛이 있었다.

##  자그레브~류블랴나

- [17일차] 2014. 3. 16(일)
- 오늘 쓴 돈 40,000원(27유로-숙박 11.4유로 · 점심 7유로 · 저녁 6유로 · 리프트 22유로)

크로아티아의 자그레브에서 슬로베니아의 류블랴나로 가는 열차가 낮 12시 30분에 있으므로 푹 자도 되련만, 새벽 4시가 되니 어김없이 잠에서 깼다. 도둑고양이마냥 누운 채로 카카오 스토리에 답글을 달고 카톡을 하면서 시간을 보내다가, 6시에 식당에 가서 아침을 먹었다.

미국여성 1명과 한국여성 2명은 숙면 중이고, 아침식사를 하는 사람은 나 혼자뿐이다. 어제 들은 바로는 그들은 9시 이후에나 잠에서 깬다고 한다. 하기야 나도 젊었을 때는 마찬가지였지만. 이럴 땐 늦게 일어나는 사람들이 그렇게 부러울 수가 없다. 7시에 체크아웃을 하고 역에서 출발시간을 재확인하고는, 배낭을 메고 캐리어를 끌면서 시내를 걷다가 공원이 보이면 쉬곤 했다. 마침 와이파이가 되는 식당이 문을 열었기에, 들어가서 주스를 마시며 카톡을 했다. 그러고는 역 앞 분수대 앞에서 슈퍼에서 산 맥주를 마시며 따스한 봄볕을 즐겼다. 조금 있으니 고등학생들로 보이는 학생 10여 명이 분수로 왔다. 그중 유일한 남학생 하나가 옷을 입은 채로 분수에 들어가서는, 물속에 있는 동전을 꺼냈다. 얼마인지 모르지만 쉽게 돈 버는 방법이라는 생각이 문득 들었다.

▼이상한 행성에 온 것 같은 착각에 빠질 만한 기묘한 설치미술이, 숙소 주위에 빼곡하게 널려 있다. 여자들이 밤에 보면 꽤 놀랄 것 같다.

류블랴나 숙소는 역 근처라 쉽게 찾을 수 있었다. 원래는 감옥이었던 곳을 리모델링하여 배낭여행객을 위한 호스텔로 바뀐 곳인데, 호스텔 벽면은 물론 옆 건물 모두에 그라피티가 빼곡하였다. 숙소 내부도 독특하고 감각적인 인테리어로 잘 꾸며져 있었다.

## 블레드 호수 투어

- [18일차] 2014. 3. 17(월)
- 오늘 쓴 돈 73,500원(49유로-숙박 11.4유로 · 교통비 12.6유로 · 아침 3유로 · 점심 14.6유로 · 입장료 9유로)

늦게까지 자고자 하였으나 오늘도 불발이다. 새벽 4시에 기상하여 침과 뜸을 놓고 7시 30분에 아침을 먹었다. 아침은 3유로(4,500원)인데 주스, 커피, 토스트, 우유, 잼, 버터, 치즈, 돼지고기, 소고기 등 없는 게 없었다. 블레드에 내리자마자 길가 상점에서 물을 0.6유로 주고 샀다. 동전을 너무 많이 갖고 있었기에 이 기회에 동전을 소모할 생각으로 1센트짜리 6개를 골라서 주었더니, 상점 주인이신 할머니께서 하나

◀인증 샷도 한 장!
빙하가 후퇴하면서 생성된 블레드 호수는 슬로베니아를 대표하는 관광명소로서 길이 2,120m, 폭 1,380m, 수심 30m이며, 바닥이 보일 정도로 짙은 옥색을 띠고 있는 호수이다. 블레드는 특히 호수, 성, 그리고 섬이 어우러져 환상적인 풍경을 자아낸다.

를 골라내서는 바닥에 탕 내려놓으며 뭐라 뭐라 하신다. 알고 보니 유로화가 아니고 딴 나라 동전이었다. 내가 일부러 속이려고 한 것으로 생각하는 것 같았다. 말이 안 통하니 설명할 수도 없고, 미안하고 창피하기도 했다.

블레드 성에 올라가니 입장료가 6유로에서 9유로로 올라 있었다. 볼거리가 있는 줄 알고 돈을 내고 올라갔는데, 본전 생각이 절로 날 정도로 별로였다. 비싸도 너무 비싸다는 느낌을 떨쳐버릴 수 없었다. 성을 내려와서는 둘레가 6.7km 된다는 호수를 한 바퀴 산책하며 찬찬히 걸었다. 인구 6,000여 명이 살고 있는 알프스 서쪽의 작은 마을 블레드는, 소박하면서도 수려한 자연경관으로 '율리안 알프스의 보석'이라고 불린다고 하는데 한마디로 환상적이었다.

▼성에서 내려와 호수를 한 바퀴 돌았다.
6.7km의 호수 주위를 아름다운 풍광에 빠져 걷다보니 어느새 두 시간이 훌쩍 지나 있었다. 지금은 호텔이 되어버린 구 유고 대통령 티토의 별장을 방문한 김일성이, 블레드의 아름다움에 반해 정상회담이 끝난 뒤에도 2주나 더 머물렀다는 일화가 있다.

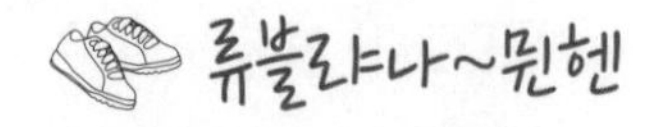

## 류블랴나~뮌헨

• [19일차] 2014. 3. 18(화)

• 오늘 쓴 돈 57,000원(38유로–숙박 11.5유로 · 아침과 점심 7.1유로 · 저녁 14유로 · 슈퍼 5.6유로)

Belijak 역에서 오전 9시 16분에 한 번 환승하는 뮌헨행 열차를 타고, 오전 7시 27분에 류블랴나 역을 출발했다. 1등실엔 손님이 나 혼자뿐이었다. 9시 8분에 Villah Hoff 역에 도착했다. 이 역 도착 직전에 2등실의 손님에게 "Belijk 역은 몇 정거장 더 가야 되느냐?"고 물었다. "한 정거장만 더 가서 갈아타라."고 하였다. 그런데 역 표지판 어느 곳에도 Belijk라고 표시되어 있지 않았다. 조금 전 2등실 손님이 잘못 가르쳐 준 게 확실해 보였다. 불안한 마음에 다른 사람에게 확인하려고 1등실을 다 훑어보았으나 아무도 안 보였다. 열차 밖으로 나가서 9시 16분 belijk라고 표시된 인쇄물을 보여주며 물었다. "건너편의 열차가 뮌헨행 열차가 맞느냐?"니까 그렇다고 했다. 표지판이 다른 게 미심쩍었으나, 얼른 원래 열차로 돌아가 허둥지둥 짐을 갖고 내려와서 건너편 열차에 올라탔다. 그래도 불안한 마음에 다시 3명의 승객에게 물었으나 한결같이 맞는다고만 했다. 어느 누구도 왜 역명이 다른지는 설명해 주지 않았다. 잠시 후 의문점이 풀렸다. 검표하는 승무원에게 물은 결과 'Belijk'는 슬로베니아식 표현이고, 독일식 표현은 'Villah'이기 때문에 일어난 해프닝이었다. 만약에 무심코 유인물에 나온 Belijk라는 표지판이 나오기만 기다렸다면, 큰 낭패를 볼 뻔한 아찔한 순간이었다.

며칠 전에 들렀던 찰스부르크 여정 중에는, 창문 밖으로 아름다운 풍광을 보느라고 눈과 마음이 마냥 즐겁기만 하였다. 산봉우리에 하얀 눈이 쌓여 있는 설산이 이어졌고, 산 중턱에는 그림같이 예쁜 집들이 옹기종기 모여 있었으며, 산 아래에는 조그만 강물이 흐르는 엽서 속에서나 볼 수 있는 아름다운 절경이 파노라마처럼 가는 내내 펼쳐졌다. 날씨도 모처럼 쾌청하니 하늘도 더욱 높고 푸르렀다. 이제까지 보아왔던 유럽의 다른 나라와는 건물의 색깔도 성당의 모양도 확연히 달라서 이색적으로 보였다. 유럽의 다른 나라가 파란색, 노란색, 주황색 등 3원색의 화려한 모양의 지붕이었다면, 독일은 주황색이 약간 있긴 했으나 대부분이 검은색 계통의 색상을 띠고 있었다. 산 중턱과 산 아래에 있는 마을풍경이 퍽이나 평화롭고 아늑해 보였다. 열차 내 시설은 역시 독일이 최고인 것 같다. 깨끗하고 쾌적하기도 했지만 무엇보다도 편리했다. 어느 것 하나 흠 잡을 게 없었다. 외형이나 멋을 추구하지 않고 합리적이고 실용성을 추구하는 독일의 국민성을 잘 알 수 있는 계기가 되었다.

4인용 1등실에서 6시간 이상을 혼자 앉아 있으려니 나도 모르게 노래가 나왔다. 서유석의 '가는 세월'과 조영남의 '모란동백' 등 평소에 즐겨 부르던 노래가 줄줄이 나왔다. 장기 도보여행 시에는 거의 매일 노래를 부르곤 했는데, 이번에는 워낙 일정이 빠듯하고 피곤이 겹쳐서 오늘에야 처음으로 불러본다. 컨디션도 정상으로 돌아오고 어제 저녁에는 숙면을 취했으며 주위에 아무도 없고 하니, 자연스럽게 노래가 나오는 것 같았다. 이제껏 정시에 출발하고 정시에 도착하는 열차를 타본 적이 거의 없었는데, 독일 열차는 역시 다르다. 정확한 시간에 출발하고 정확한 시간에 도착했다. 숙소에 와서 접수처에서 추천하는 중국집으로 갔는데, 대부분의 음식 가격이 너무 비싸서 좀 저렴한 음식인 해물국수를 9.9유로에 시켰다. 어제 류블랴나 중국음식점의 풀코스 음식과 같은 가격임에도 맛은 정말 별로였다.

## 뮌헨~취리히

• [20일차] 2014. 3. 19(수)

• 오늘 쓴 돈 67,500원(45유로-숙박 28유로 · 점심 및 저녁 27유로)

지금 시간은 7시 45분, 지난 한 시간이 어떻게 지났는지 도무지 정신이 없다. 한마디로 넋이 나간 상태였다고나 할까? 사연인즉슨 이렇다.

어제 오후에 숙소의 접수하는 아가씨가 내게 말하길 "이번엔 12인실을 예약했는데 다음부터는 5~6인실을 예약해야 한다. 12인실은 젊은이들이 대부분이므로 밤새 시끄러워 잠을 자기가 곤란하기 때문이다."라고 했다. 이 말을 듣고 처음에는 이해가 되지 않았다. 시끄럽든 안 시끄럽든 그건 내가 알아서 판단할 일이고, 가격이 제일 저렴한 방을 구하기 위한 나의 어쩔 수 없는 선택이었는데, 그걸 두고 왈가왈부하는 게 이상했다. 이해를 못하겠다고 재차 설명을 요구했으나, 그녀의 말이 너무 빨라 내 짧은 영어실력으로는 알아들을 수 없었다. 체크인을 하고 방으로 들어갔는데 방에는 아무도 없었다. '아, 나이 많다고 나를 배려하는 차원에서 독방에 들게 했구나.' 하고 내 멋대로 엉뚱한 착각을 했다.

짐을 내려놓고 얼른 투어에 나갔다가, 투어 후에 저녁을 먹고 8시경 숙소로 돌아왔다. 컴퓨터를 하려고 컴퓨터실로 갔더니 이미 모두 사용

▲사진을 찍고 보니 다리에서 스킨십을 하는 연인들이 찍혀 있다.
많은 사람들이 스위스의 수도로 착각하는 스위스 제1의 도시 취리히는, 2천 년 전 로마시대에 게르만들과 무역을 하기 위해 세관이 설치되면서 발달하기 시작했다고. 오늘날에는 스위스뿐만 아니라 세계 금융의 중심지로서 제 구실을 톡톡히 하고 있다.

중이었고, 그 옆방에는 20여 명의 젊은이들이 술을 마시며 왁자지껄했다. 그중 한 만취한 젊은이가 내게도 합류를 권하였다. 마음 같아선 그들과 합류하고 싶었지만, 그 청년이 이미 많이 취한 것 같아서 정중히 사양했다. 방에 들어오니 그새 대만인 대학생 3명이 들어와 있었다. 그들도 나처럼 영어가 짧아서인지, 아니면 놀기를 좋아하지 않는 탓인지, 금세 잠을 잤다. 샤워와 빨래를 하고 들어오니, 나머지 침대 위에도 새로 들어온 사람들의 짐들로 가득했다. 잠을 자려고 누웠는데 그때부터 술에 취한 젊은이들이 밤새 들락날락거리기 시작했다. 아침 7시 17분에 출발하는 열차를 타야 하므로, 늦어도 6시에는 일어나야 했다. 뮌헨에서 스위스 취리히로 가는 열차는 하루에 한 번밖에 없으므로 반드시 그 열차를 타야 했다. 자명종을 진동으로 해놓고 슬리퍼와 운동화까지 배낭 속에 미리 놔두었으며, 세면도구와 휴대폰, 작은 가방만 침대 머리맡에 두었다.

아침에도 수차례나 소음 때문에 눈을 뜨고 감기를 여러 번 하다가 깜빡 잠이 들었는데, 눈을 뜨고 시계를 보니 6시 45분이었다. 열차가 출발하기까지 겨우 32분밖에 안 남았다. 이때부터 갑자기 공황상태에 빠져들었다. 사물함 위에 놓아둔 바지와 윗도리, 세면도구 등을 꺼내려고 하니, 그 위에 다른 옷들이 수북이 쌓여 있었다. 그 옷들을 모두 땅바닥에 내려놓고 희미한 조명 아래서 내 옷과 세면도구를 골라내려니 여간 힘들지 않았다. 가슴은 콩닥콩닥, 식은땀은 등허리로 줄줄 흘러내렸다. 차를 놓치면 꼼짝없이 오늘 하루 뮌헨에서 할 일 없이 시간을 보내야 함은 물론, 모든 숙소에 예약을 해놓은 상태라 예약비까지 날리게 되는 끔찍한 상황에 봉착하게 되는 것이다. 말 그대로 절체절명의 순간이다.

짐을 들고는 세면이고 뭐고 다 팽개치고, 역을 향해 냅다 달리기 시작했다. 신호등도 무시하고 지나가는 행인을 밀치기도 하면서. 다행히도 역이 숙소와 아주 가까운 곳에 있어서, 역에 도착하니 7시 5분. 출발하기까지 12분이나 남아 있는 상태였다. '휴, 이젠 살았다!' 하고 안도의 숨을 내쉬었다. 플랫폼을 확인하고 아침과 점심용으로 피자 2개를 샀다. 이제까지는 샌드위치나 케밥만 먹었기에 피자도 한 번쯤 먹고 싶었기 때문이다. 열차에 탑승하자마자 배낭 속에 넣어둔 피자를 꺼냈는데, 속 내용물이 밖으로 다 나와 있었다. 포크도 없으니 거지처럼 손으로 꾸역꾸역 입으로 집어넣었다. 식사 후에 화장실에서 양치질과 세면을 하고 나니, 이제야 나갔던 정신이 들어온 느낌이다.

지나고 나면 이런 모든 변수와 상황들이 즐거운 추억으로 남으리라 생각한다. 이런 해프닝 또한 배낭여행과 도보여행의 묘미인 것이겠지만, 암튼 다음부터는 이런 불상사가 닥치지 않도록 사전에 철저한 준비를 해야겠다고 다짐해 본다. 어제 같은 경우도 진동으로 해놓지 말았어야 했고, 세면도구도 배낭 속에 미리 넣어놓고, 침대 옆에 배낭과 옷을 놔뒀어야 했다. 그런데 나는 도난사고를 예방한답시고 배낭과 캐리어를 사물함에 놔두고 키를 잠갔고, 사물함 위에 다른 사람이 옷을 올려놓을 수도 있다는 사실을 예측하지 못한 채 내 옷과 세면도구를 올려놓는 실수를 저지른 것이다. 어떻든 여행은 배움의 연장이고, 인생살이와 똑같은 것 같다. 오늘의 실수를 내일의 기회로 만들자고 한 번 더 다짐해 본다.

## 취리히~인터라켄

- [21일차] 2014. 3. 20(목)
- 취리히~인터라켄~루체른~인터라켄
- 오늘 쓴 돈 39,000원(26유로-숙소 24유로 · 간식 2유로)

인터라켄으로 가는 열차의 1등칸에는 모두가 한국인 단체 여행객들뿐이었다. "어디로 가느냐?"고 물었더니 "인터라켄으로 간다."고 했다. 그렇다면 굳이 긴장할 필요 없이 푹 쉬다가 그들이 내릴 때 같이 내리면 되겠다고 생각하고는, 느긋하게 창밖의 풍경을 보면서 쉬고 있었다. 어느 순간 그들이 "아, 인터라켄이다." 하면서 가이드를 따라 줄줄이 내렸다. 창밖을 보니 '인터라켄'이라는 글자는 안 보이고 대신

'Spiet'라고 쓰여 있어 이상했지만, 가이드가 있으니 잘못 내릴 리 없을 거라 생각하고 그들을 따라 내렸다. 내려서 지나가는 외국인에게 "이곳이 인터라켄이냐?"라고 물으니 웬걸, 한 정거장 더 가야 된다는 것이다. 부랴부랴 다시 탑승해서 다른 승객에게 물어도 대답은 마찬가지. 어제에 이어 오늘도 또 한 번의 생쇼를 한 셈이다.

인터라켄은 툰 호수와 브리엔츠 호수 사이에 있어서 '호수 사이'라는 뜻의 라틴어 '인터라쿠스'(Inter Lacus)에서 지명이 유래되었다고 한다. 융프라우 정상까지 가는 철도가 1912년에 완성되었는데 그때부터 본격적인 발전의 길을 걷게 된 것이다. 알프스의 유명한 봉우리인 묀히, 아이거, 융프라우로 가는 등산열차에는 한국, 중국, 일본과 유럽의 관광객들로 늘 북적거린다고 한다.

숙소에는 쉽게 도착했는데 모든 게 완벽해 보였다. 짐을 놔두고 루체른행 열차를 탔다. 가는 두 시간 동안 아름다운 절경에 빠져 사진을 찍느라 정신없이 바빴다. 독일어로 '빛의 도시'라는 어원을 지닌 루체른은 13세기에서 19세기까지 알프스 무역의 중심지가 되어 부를 축적한 도시로, 지금도 도시 곳곳에서 그러한 풍요로움이 느껴지는 곳이다. 루체른을 한 시간가량 돌면서 '빈사의 사자상' '무제크 성벽' '슈프

▼그림같이 아름다운 풍경들.
이동하는 내내 호수를 끼고 평지를 달리기도 하고 험준한 산봉우리로 올라가기도 한다. 호숫가에도 집들이 있었지만 산 중턱에도 어김없이 집들이 있었다. 국토의 75%가 산악지대이다 보니 농사를 지을 곳이 절대적으로 부족한 상태라, 어쩔 수 없이 산 중턱에 집을 짓고 땅을 개간해서 살고 있는 것이다. 그러고 보면 우리나라는 스위스에 비해 입지조건이 매우 좋다는 생각을 새삼 하게 된다.

로이어 다리' 등을 보고 난 후에는 더 볼 게 없었다. 시계를 보니 역까지 빨리 간다면, 오후 4시 5분에 출발하는 열차를 탈 수 있을 것 같아 거의 뛰다시피 했다. 도착하니 열차 출발 1분 전이었다.

인터라켄행 열차에 타고 나서는 문득 '내가 지금 무슨 짓을 하고 있는 거지?' 하는 생각이 들었다. 종일 정신없이 이리 뛰고 저리 뛰고 하는 내 자신이 불쌍하게 느껴졌다. 이건 뭐 여행을 하는 건지, 아니면 무슨 걷기 시합을 하는 건지……. 처음부터 짧은 일정에 많은 도시를 투어하려는 계획이 너무 무모했다는 것을 새삼 깨닫는 순간이었다. 마음으로는 여유를 갖자고 다짐하면서도, 막상 아침에 눈을 뜨고 나면 언제 다시 이곳에 올지도 모르는데 하나라도 더 보고 가자는 생각에, 어제까지의 다짐은 물거품이 되곤 했다.

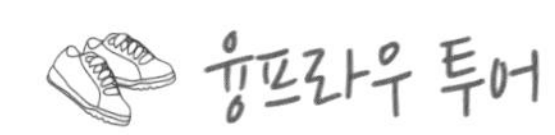

## 융프라우 투어

- [22일차] 2014. 3. 21(금)
- 인터라켄~융프라우~트래킹(클라이네샤이텍~윙게르네프)~인터라켄
- 오늘 쓴 돈 231,000원(159유로–숙소 24유로 · 점심 25유로 · 열차요금 110유로)

인터라켄 동역에서 7시 35분에 융프라우행 열차를 탔다. 윌더스빌까지는 어제 루체른으로 가는 길과 동일한 탓에, 별 흥미를 느끼지 못했다. 그러나 그 다음부터 2시간 반 동안은, 벌린 입을 다물지 못할 정도로 감탄사를 연발하며, 계속 사진 찍어대기에 바빴다. 나중에 더 좋은 장면들이 많아 애써 찍은 사진을 다 지우고 말았지만. 객실엔 한국,

중국, 일본인 관광객이 90% 이상이었고 10%만이 스키를 타러 가는 유럽인들이었다. 안내방송도 영어, 독어, 일본어, 중국어, 한국어 순으로 나왔다. 중국은 워낙 관광객 수가 많으니 그렇다 치고, 일본보다 우리나라가 관광객 수도 많은 것 같은데 왜 일본이 우리나라보다 먼저 방송되는지 이해가 안 됐다. 아무것도 아닌 일에 괜한 자존심을 내세우는 자신이 우스워, 나도 모르게 피식 웃었다.

융프라우는 '처녀의 어깨'라는 뜻을 갖고 있는 해발 3,454m의 우아한 능선으로, 유럽에서 가장 높은 곳에 위치한 유명한 기차역이다. 아돌프 구에르첼러가 설계해 1912년에 완성된 등산열차를 클라이네샤이텍에서 타고 올라간 다음, 엘리베이터로 해발 3,571m에 있는 스핑크스 전망대에 다다르면 눈부신 만년설에 덮인 융프라우 봉우리는 물론 세계에서 가장 긴 알레치 빙하도 볼 수 있다. 정상에 오르니 유럽의 최정상에 올랐다는 감동의 물결이 가슴속으로 잔잔히 밀려왔다. 관람순서에 따라 융프라우 파노라마, 스핑스 전망대, 알파인 센세이션, 얼음궁전과 고원지대를 구경하고 나니 어느새 11시 30분이었다.

식당은 두 곳이 있었는데 한 곳은 모두 단체 관광객 예약석으로 꽉 차 있었고, 나머지 한 곳은 셀프 서비스 식당이었다. 메인 요리를 시킨 후 손님이 쟁반, 수저와 나이프, 음료들을 들고 창구에 와 다시 메인 요리를 들고 가서 식사를 한 후, 빈 그릇을 식기 보관소 옆에 갖다놓는 방식인데, 가격이 저렴해서 좋았다. 어제부터 햄버거로만 식사를 한 탓에 영양보충을 위해서라도 좋은 음식을 먹고 싶었다. 메뉴 중에 가장 비싼 비프스테이크를 시켰다. 가격은 우리 돈으로 37,000원 정도였다. 해발 3,454미터의 유럽에서 가장 높은 곳에 위치한 융프라우에서, 옆 창문을 통해 눈부신 만년설을 바라보며 음식을 먹는다고 생각하니 돈이 조금도 아깝지 않았다. 그동안에는 눈이 호강했지만 오늘은 눈과 더불어 입도 동시에 호강한다. 식사를 하고 나서 융프라우 열차 티켓을 찬찬히 살펴보니 "이 표를 가진 자는 누들이 무료"라는 문구가 눈에 띄었다. 필요한 사람에게 주어야겠다고 생각하고 주위를 두리번거리는데, 한국인 여자 한 분이 보여 그녀에게 표를 주었다. 한국제 컵라면 한 개였다. 그 후 그 여성과 40분간 트래킹을 같이하기도 하였다.

트래킹 코스는 눈이 수북이 쌓여 있어서 미끄럽지 않았고, 주위가 온통 빙하와 하얀 눈으로 덮혀 있는데도 전혀 춥지가 않았다. 우리가 걷는 길 바로 옆으로 스키어들이 계속 지나갔고, 우리 머리 위로는 스키를 타기 위해 산 위로 쉴 새 없이 올라가는 리프트들이 보였으며, 행글라이더를 타고 가다가 눈 위에 내리자마자 스키를 타는 장면들을 바라보면서 즐거운 트래킹을 하였다. 눈에 보이는 사방천지가 조금 전 융프라우 정상에서 본 풍광과는 또 달라, 더 멋있었다. 그 수많은 한국인과 중국인, 일본인 관광객과 배낭여행객 중에 트래킹을 하는 사람은 우리 둘뿐이었다. 만일 트래킹을 하지 않고 내려갔더라면 눈앞에 펼쳐지는 이런 아름다운 풍광을 볼 수 없었을 터인데, 우린 정말로 운이 좋은 사람들이라면서 둘이 맞장구를 치기도 했다.

▼유럽의 정상에 올랐다는 인증 샷!

▼내 식탁 위 음식들. 22일 동안 투어를 하면서 외롭다는 생각을 한 번도 안했는데, 이 순간만은 외롭다는 느낌을 받았다. 옆에 와이프가 있으면 얼마나 좋을까 하고.

## 인터라켄, 동역, 서역 투어

• [23일차] 2014. 3. 22(토)

• 오늘 쓴 돈 93,000원(62유로–숙박 24유로 · 저녁 33유로 · 점심 5유로)

오늘은 참으로 요상한 날이다. 아침 8시 15분부터 현재 시각인 오후 2시까지, 일이 계속 꼬이기만 한다. 어제 저녁에 패러글라이딩 요금(206,000원)을 숙소 카운터에 지불하고, 오늘 아침 8시 30분에 픽업되기를 기다리고 있는데, 출발 10분 전에 "오늘 종일 강한 비바람이 예상되어 일정이 취소되었다."면서 돈을 돌려주었다. 밖에 나가보니 어제는 바람 한 점 없는 더없이 맑은 날씨였는데, 오늘은 구름이 잔뜩 끼었고 세찬 바람이 불고 있었다.

스위스의 수도인 베른 투어를 하고자 열차를 타고 베른에 도착했지만, 비가 세차게 내리고 있어서 도저히 밖으로 나갈 수가 없었다. 이번 여정 중에 한 번도 사용하지 않은 우산은 숙소에 놔둔 배낭 깊숙이 있고, 비가 그치기를 기다리다 그칠 비가 아닌 것 같아서 다시 숙소가 있는 동역으로 돌아왔다. 동역에는 바람만 불 뿐 비는 오지 않으므로,

◀가로수 하나에도 온갖 정성을 쏟은 스위스 사람들이 존경스럽다.
바람에 흔들릴세라, 추위에 얼세라, 동물들이 갉아먹을세라, 예방을 위해 완벽한 조치를 해 놓은 모습이 인상적이다.

무료 유람선(유레일패스 소지자는 무료)을 타고 호수나 구경할까 해서 선착장으로 갔다. 그런데 가는 날이 장날이라고 "오늘은 행사가 있어서 서역에서만 유람선을 운행한다."고 하는 게 아닌가. 다시 버스를 타고 서역의 선착장으로 가니, 두 시간을 기다려야 툰 호수로 가는 유람선이 출발한다고 했다. 시간표를 봐도 두 시간 후에 툰 호수를 갔다 와서는 너무 늦을 것 같았다.

아침부터 일이 계속해서 꼬이는 것이, 오늘은 무조건 숙소에서 쉬라는 하느님의 계신인 것 같은 예감이 들었다. 오후 3시에 숙소로 와서 세탁기로 점퍼와 바지를 포함한 모든 빨래를 하고, 커피를 마시고, 인터넷을 하며 그동안 쌓인 피로를 풀었다. 대낮에 숙소에서 쉬려니 '이건 아니다.'라는 생각이 들기도 하지만, 인터라켄은 특별한 볼거리가 없는 조그만 도시인데다 이미 다 보았기 때문에 딱히 더 가볼 곳도 없는 상태였다. 다만 아침에 베른으로 가기 전 일기예보를 확인하고 우산을 가져갔더라면 좋았을 것을 하는, 뒤늦은 후회를 할 뿐이다.

## 인터라켄~밀라노

- [24일차] 2014. 3. 23(일)
- 오늘 쓴 돈 62,300원(41.5유로–숙소 35유로 · 교통비 1.5유로 · 맥주 5유로)

오늘도 일진이 별로 안 좋다. 인터라켄에서 밀라노로 가려면 중간에 두 번 열차를 갈아타야 하는데, 첫 번째가 Spiez 역이다. Spiez 역에 도착해 밖으로 나가려고 도어 벨을 눌렀는데 문이 열리지 않는다. 1등

객실엔 나 혼자뿐이라 얼른 옆방으로 가서 어떤 남자에게 도움을 요청했다. 그가 나와서 벨을 눌렀는데도 문은 요지부동이다. 그런데 정차한 지 채 1분도 안 되어 열차가 바로 출발해 버리고 말았다. 아마도 내려야 할 사람이 나 혼자뿐이라, 바로 출발하지 않았나 싶다. 하는 수 없이 다음 역인 튠 역에 내렸는데, 두 시간 후에야 열차가 있다고 한다. 2시간 동안 튠 시내를 투어하고 싶었으나, 눈보라가 심하게 내리는 관계로 밖으로 나갈 수가 없었다. 역 안의 벤치에 앉아 아까의 상황을 복기해 본다. 내가 벨을 너무 약하게 누른 결과가 아닌가 하는 생각이 들었다.

불행은 여기서 끝나지 않았다. 10시 25분에 튠 역에서 출발하여 두 번 열차를 갈아타고 밀라노 역에 도착하니, 원래 예정시간보다 거의 3시간이나 늦은 오후 2시 32분이었다. 전철을 타고 2정거장 지나서 두오모 역에 내렸다. 바로 역 앞에 두오모 광장이 있었다. 이곳에서 또 한 번 말도 안 되는 실수를 하였다. 준비한 인쇄물에는 "성당을 등지고 왼쪽 길로 가다가 자라가 있는 건물의 골목으로 들어가라."고 씌어 있는데, 꼭 무엇에 홀린 사람마냥 성당을 앞에 보고 왼쪽 길로 갔다. 반대 길로 간 것이다. 그것도 모르고 자라 조각을 찾기 위해 좌우를 열심히 살피면서 20여 분간 직진했는데 찾을 수가 없었다. 인파가 너무 많아 골목 쪽 입구를 그냥 스쳐 지났는지도 모른다고 생각하고, 왔던 길을 다시 되돌아오면서 찾아보았지만 역시 자라 모양의 어떤 물체도 발견할 수 없었다. 마침 순찰 중인 경찰이 있기에 주소를 가리키며 물어보았더니 "자신들은 외지에서 와서 모르겠고 지역경찰에게 물어보라."고 했다. 한참 후에 지역경찰에게 물으니 구글에서 찾아보고는 "길을 잘못 들었다."고 하는 것이었다. 그때서야 성당을 등지라고 한 얘기가 퍼뜩 떠올랐다. 반대 방향으로 10여 분간 걸었는데도 자라 조각이 보이지 않았다. 이때 지나가는 한국인 유학생에게 물어보니, 자라는 동물이 아니라 여성 의류매장 이름이라는 것이다. 두오모 광장 바로 옆에 'ZARA' 매장이 있었다.

오늘 아침에 일어나니 허리가 약간 시큰거렸다. 두오모 광장에 도착할 때부터는 허리가 끊어질 듯 아프기 시작했다. 걷다가 갑자기 그 자리에 주저앉기를 여러 번 하면서 겨우 호스텔에 도착했다. 호스텔의 문을 열자마자 프런트에 있던 직원이 달려와서는 짐을 들어주는 등, 첫인상이 무척 좋았다. 대부분의 호스텔은 아침만 주는데 이곳은 저녁까지 준다 하였고, 지금 뭐 마시고 싶은 게 있느냐고 물으면서 음식이나 음료 모두 무료라고 하기에, 맥주 한 잔을 시켜 마셨다. 방에 들어가 보니 남자 두 명과 여자 두 명이 있었다. 충전기를 꽂아놓고 시내로 나갔다가 10여 분 만에 되돌아왔다. 아파서 도저히 걸을 수 없었기 때문이다. 20여 년 전의 증상이 다시 나타났다. 길을 걷다가 갑자기 푹 고꾸라질 정도로 허리통증이 심했다. 꼬부랑 노인네들이 걷듯 허리에 양팔을 대고 어슬렁어슬렁 걷다가 투어를 포기하고 방에 들어오니, 스마트폰의 충전기 선이 바뀌어져 있었다. 충전이 안 되는 선이었다. 방에 있는 친구들에게 물어봐도 모두 모르겠다고만 했다. 귀신이 곡할 노릇이다. 각기 다른 충전기를 쓰기 때문에 일부러 바꿔갈 일은 없고, 아마도 누가 착오로 바꿔간 모양이었다. 여행 중에 폰 충전은 더없이 중요한 일이므로 충전기 선을 못 찾으면 정말로 큰일이다.

오후 7시 30분에 저녁을 먹으러 바에 내려가니 한 마디로 북새통이었다. 크고 경쾌한 음악 속에 모두들 손에 술잔을 잡고 담소하는가 하면, 식사를 하는 팀들도 있었다. 숙소에 묵는 사람만 있는 게 아니라 시민들도 함께 들어올 수 있는 파티장이었다. 누구나 술만 사서 마시면 음식은 공짜이니, 많은 사람이 모일 수밖에 없는 환경이었다. 나도 식사와 함께 흑맥주 한 잔을 5유로를 주고 마셨다. 처음으로 접해보는 서양인들의 바 문화, 음주 문화였다. 술 한두 잔 마시면서 몇 시간이나 즐겁게 노는 그들의 문화가 약간 생경한 면도 있었지만, 한편으로는 부러운 마음도 들었다. 내가 술을 사기 위해 줄을 서고 있는데 직원이 멀리서 나를 보고는, 얼른 다가와 "좌석에 앉아 있으면 갖다드리겠습니다."라고 하였다. 경로우대를 받는 기분이 들어 고맙기도 했지만, 어쩐지 내가 늙긴 늙었구나 하는 씁쓸한 마음도 들었다. 식사 후에 아픈 허리를 두 손으로 감싸고 조심조심 침대로 향했다. 허리 병은 걷기에 불편할 뿐 죽는 병은 아니니 잘 견뎌 보리라.

##  밀라노~베네치아

**• [25일차] 2014. 3. 24(월)**

**• 오늘 쓴 돈 79,500원(53유로–숙박 35유로 · 점심 4유로 · 저녁 3.5유로 · 허리 약 8.9유로 · 교통비 1.5유로)**

새벽에 일어났는데 허리가 여전히 아팠다. 오전 7시 30분에 아침을 먹고 양손으로 허리를 감싼 채 조심조심 밖으로 나가 걸어보았다. 허리에 뒷짐을 지고 한 발자국씩 어기적어기적 걸었는데도, 도저히 더 걸을 수가 없었다. 캐리어 속에 멘소래담이 있는 것을 깜빡 잊고는, 약국에서 허리에 바르는 약을 사서 30분 만에 숙소로 돌아오고 말았다.

마침 숙소에는 아무도 없어 침을 놓고 약을 바르고 침대에 누워 쉬다가, 11시에 체크아웃을 하고 호스텔에 짐을 맡겨놓은 채로 다시 밖으로 나왔다. 숙소 인근에 있는 전자제품 상가로 갔다. 충전기 세트 가격을 문의하니 27.5유로(우리 돈으로 4만1천 원)라고 하여 너무 비싸서 그냥 나왔다. 좀 불편하더라도 민박집이나 호스텔에서 주인이나 손님들의 충전기를 이용해야겠다고 생각하고 안 산 것인데, 나중에 보니 그게 아니었다. 숙소에 여분의 충전기도 많지 않을 뿐만 아니라 대부분이 아이폰을 쓰고 있어서, 내 스마트폰인 갤럭시와는 충전기가 달랐다. 허리 통증으로 투어를 포기하고 다시 숙소로 되돌아왔지만, 이미 체크아웃을 한 상태라 침대에서 누워 쉴 수도 없는 형편이었다. 숙소의 충전기를 빌려서 충전하면서 식당 의자에 앉아 쉬었다. 2시간쯤 후에 충전기를 예비 충전기와 바꾸려고 보니, 충전 상태가 그대로였다. 직원들이 일을 하면서 충전기를 건드려서 충전기 선이 빠진 것 같았다. 베네치아로 가기 위해 마지막으로 숙소를 나올 때까지, 겨우 30% 충전한 상태였다. 이때부턴 사진 찍는 것을 가능한 한 삼가다가 나중에는 폰을 아예 꺼버렸다.

다시 충전하면서 쉬고 있으려니, 어제 바에서 잠깐 얘기를 나누었던 브라질 교수가 말을 건넸다. 태권도 초단의, 한국을 좋아하는 이공계 교수였다. 이스라엘에서 1년간 있을 때 한국인들이 종교적인 이유로 많이 방문하는 것을 보았는데, 자신은 동양에 그렇게 많은 기독교도가 있는 줄 몰랐다고 한다. 나이는 47세이고, 3년 전에 이혼하고 작년에 재혼했다면서 전처가 낳은 딸 세 명의 사진을 보여주었다. 딸 셋 모두 장성하였고 모두 미인들이었다. 재결합을 원했는데도 전처가 들어주지 않아 속상하고, 이혼한 사실 때문에 마음이 우울하다고 했다. 참 안 됐다는 생각을 금할 수 없었다.

허리는 아침보다는 약간 나은 것 같았으나 정상적인 걷기는 요원한 상태였다. 일단 베네치아까지 가보고 이틀 후에 피렌체로 갈지 여부는, 몸 상태를 보면서 결정하기로 했다. 피렌체로 가는 열차비와 숙소 예약비가 조금 아깝지만 그때까지도 몸이 이 상태라면, 베네치아에서 일주일간 푹 쉬면서 몸을 정상화시킨 다음에 다시 가자고 결심했다. 베네치아로 가는 열차는 시설도 좋고 서비스도 좋았다. 중간에 마치 비행기에서 기내 서비스를 하는 것처럼, 물 티슈에 땅콩 안주와 와인, 맥주, 음료수들을 주었다. 가는 내내 의자에 등을 못 붙이고 허리를 꼿꼿이 세운 채 앉아 있으려니 너무 고역이었다. 조금만 등을 구부려도 허리가 너무 아팠다. 숙소에 오니 이제까지의 고생을 한 방에 날려버

▼비토리오 에마뉴엘레 2세 회랑의 모자이크.
두오모와 라 스칼라 극장 사이에 있는 아케이드로, 유리로 만든 거대한 천장이 아름답고 그에 못지않은 내부도 눈길을 끈다. 밀라노의 응접실이라 불리는 이 아케이드는, 1865년에 주세페 멘고니가 설계한 것인데 내부에는 카페, 레스토랑, 유명 브랜드숍들이 들어서 있다.

리려는 듯, 나에 대한 특별한 혜택이 주어졌다. 최근에 호스텔을 2개로 확장한 곳인데, 110유로짜리 독실을 원래 계약된 40유로보다도 저렴한 35유로에 해주는 것이었다. 호텔이나 진배없는 아주 좋은 방이었다. 아마도 예약 손님이 없었기에 그러는 것 같았다. 고진감래라고 오늘까지 3일간 악몽의 연속이었는데, 이제 서서히 악몽이 끝나고 내게도 새로이 희망의 태양이 떠오르려는 징조인 것 같아 기분이 매우 좋았다. 다만 숙소에 나와 같은 충전기를 사용하는 사람이 아무도 없어서 카카오 스토리와 페이스북에 사진을 올리지 못하므로, 가족과 지인들이 걱정할까봐 그게 제일 걱정이다. 내일은 제발 허리가 낫기를 바라면서 일찍 잠을 청한다.

##  베네치아 투어

• [26일차] 2014. 3. 25(화)

• 오늘 쓴 돈 121,500원(81유로–숙박 35유로 · 교통비 18유로 · 점심 11.5유로 · 저녁 15유로 · 물 1.5유로)

바다 위에 집을 짓고 바다를 사랑하고 바다를 다스려서 12세기의 해상무역권을 장악하고 막강한 부와 권력을 가졌던, 도시국가 베네치아 공화국! 이후 세월의 부침 속에 이탈리아로 편입되었으나, 아직도 베네치아를 찾는 사람들에게 낭만과 멋을 선사하고 있었다. 아침 일찍 산타루치아 역을 출발하여 산 마르코 광장으로 갔다. 가는 길엔 각국에서 온 많은 인파가 붐비고 있었다. 길가 상점에는 거의 가면과 관련

된 상품들이 진열되어 있는 점이 특이했다. 산 마르코 성당은 한창 수리 중이었고, 넓디넓은 산 마르코 광장은 옆으로는 거대한 종탑이, 그 너머엔 두칼레 궁전이 위용을 자랑하고 있었다. 강 건너엔 산 조르조 마조레 성당이 그 멋을 한껏 뽐내었다. 사실 산타루치아 역에서 산 마르코 광장으로 갈 때까지는 약간 실망했었다. 그러나 막상 산 마르코 광장에 도착하고 나니 입이 다물어지지 않을 정도였다. 해상무역의 왕자답게 찬란한 문화를 꽃피웠던 흔적이 도처에 남아 있었다. 홍콩에 도착했을 때 바다를 끼고 높이 솟아 있는 고층빌딩 숲에 놀랐듯이, 베네치아는 바다를 끼고 웅장하고 아름답게 지어진 중세 건물들의 숲에 놀라지 않을 수 없었다.

24시간 동안 수상버스인 바포레토를 무제한 탈 수 있는 티켓을 18유로에 구입하였으므로, 이제부턴 이 티켓을 최대한 활용할 생각으로 점심 후 유리공업의 중심지인 무라노 섬으로 향했다. 1시간의 항해 끝에 배에서 내리니 온 섬이 유리공예품 전시장이었다. 섬세한 유리공예품을 보면서 이탈리아의 장인정신을 높이 사지 않을 수 없었다. 어느 상점에선 상점 내부에서 직접 작업하는 모습을 볼 수 있었는데, 얼마나 많은 연습을 하면 저렇게 할 수 있는지 신기하기만 했다. 쇠를 녹인 물을 가지고, 흙을 가지고 물건을 만드는 것보다 더 빠르고 더 정확하게 유리세공품들을 만들고 있었다. 정말 신기에 가까운 기술이었다. 이후 베네치아의 레이스 생산의 중심지인 부라노 섬으로 갔다. 알록달록 파스텔 톤 가옥들이 인상적인 조용한 어촌마을이었다.

부라노 섬 투어를 마치고 숙소로 돌아왔다. 어제 처음 숙소에 도착했을 때는 지배인이 충전기 문제를 해결할 수 없다고 하여 무척 난감했었는데, 오늘 아침엔 젊은 사장이 와서 자신의 충전기를 흔쾌히 빌려주어 충전에 아무런 지장이 없게 되었다. 미모의 부인을 두고 있는 40대 사장은, 준수한 외모에 무척 상냥하고 다정다감한 사람이었다. 자신은 서울에서 사업을 하고, 베네치아 두 곳의 민박집은 부인이 운영한다고 했다. 그는 식사 전 식당 밖에 서서는, 식당으로 들어가는 투숙객들에게 일일이 "맛있게 드세요." 하고 인사를 했다. 식사 후에도 역시 "맛있게 드셨습니까?" 하고 정중히 인사하는가 하면, 손님이 와서 벨을 누르면 2층에서 1층까지 뛰어 내려와서 짐을 들어주는 등, 손님을 진심으로 대하는 태도가 감동적이었다. 허리 통증은 완치되지 않았지만 많이 나아진 것 같다. 걸을 때 조금 불편하기는 하지만 투어를 하는 데 별 지장은 없을 것 같다.

▼수상버스를 타고 투어를 마친 후 야경을 구경하며 숙소로 향하고 있다. 앞에 보이는 다리가 리알토 다리이다. 리알토 다리는 대운하의 가장 좁은 곳에 걸쳐 있는 베네치아를 대표하는 대리석 다리로서, 19세기까지 대운하에 놓인 유일한 다리였으며 처음에는 목조 교량이었다고 한다. 잦은 화재로 결국 붕괴되어 1588~1592년에 대리석으로 개조되었다고. 이 일대는 베네치아에서 가장 번화한 곳이다.

## 베네치아~피렌체

• [27일차] 2014. 3. 26(수)

• 오늘 쓴 돈 84,000원(56유로–숙박 40유로 · 점심 6.7유로 · 슈퍼 8유로 · 아이스크림 1.5유로)

오늘로 아픈 지 5일째 되는 날이다. 아침 4시에 일어나 보니 어제보다 훨씬 나아진 것 같은 기분이 든다. 이제 완치될 날도 얼마 안 남은 것 같아서 무척 기분이 좋다. 잠을 더 자려고 해도 잠이 안 와서 발바닥 부딪히기를 천 번 하고, 스트레칭은 무리인 것 같아 생략한 채 누워서 폰을 만지작거렸다. 그제와 어제 카카오 스토리에 사진을 못 올렸기에 사진을 올리려고 했으나, 와이파이가 자꾸 끊겨 포기하고 말았다. 9시에 체크아웃을 하고 4시까지 짐을 찾으러 온다고 약속하고는 밖으로 나왔다. 베네치아는 어제 거의 다 봤기 때문에 오늘 남은 것은 토마와 리도 섬 투어뿐이다. 리도 섬은 카지노 개장기간인 4~9월과

◀옆으로 기울어진 성당 건물.
바다 위에 세운 도시인지라 지반이 약해, 피사의 사탑처럼 옆으로 기운 건축물을 많이 볼 수 있었다.

베네치아 국제영화제 기간이 되면 많은 사람들로 붐빈다는데, 한여름 바캉스 시즌이 아니라서 썰렁했다. 바캉스 시기엔 유명한 영화배우들이 많이 찾아오고 카지노도 성황이라고 한다.

중앙역에서 리도 섬으로 가면서 검표원에게 "내 티켓의 유효시간이 언제인지 체크해달라."고 했다. 어제 9시쯤에 표를 사서 10시경부터 탑승했지만, 펀칭 요령을 잘 몰라 펀칭은 두 번째 배를 탄 이후에 했기 때문에 그 시간을 기억하지 못했기 때문이다. 다행히 "오후 4시 30분까지"라고 해서 안심하고 탑승할 수 있었다. 어제 오늘 수상버스를 탄 시간이 8시간 이상은 될 듯하다. 이 정도면 본전을 뽑고도 남는 장사이다. 오늘은 어제에 비해 바람이 무척 세게 불었는데, 희한하게도 수상버스는 그다지 롤링을 하지 않았다. 교통수단의 99%가 선박인 베네치아의 선박기술이 어느 정도인가를 객관적으로 나타내는 증표인 것 같다. 이 정도의 바람이라면 무척 흔들려야 정상인데 말이다. 문득 우리나라 여객선들도 이들의 선박건조 기술을 배웠으면 좋겠다는 생각을 해본다.

12시 30분에 베네치아 투어를 모두 마치고 역에서 최종적으로 피렌체로 가는 열차시간을 확인하고는, 근처 맥도날드 가게에서 햄버거로 점심을 먹으면서 이 글을 쓰고 있다. 가게 안은 앉을 자리가 없을 정도로 사람들로 붐볐다. 원래 이곳에서 오후 4시까지 있으면서 인터넷을 하려고 계획을 세웠었는데, 이상하게도 와이파이가 잘 잡히지 않았다. '나처럼 죽치고 앉아서 인터넷 하는 사람을 배제하고자 와이파이가 터지지 않게 한 것은 아닐까?' 하는 엉뚱한 상상도 해보았다. 오후 4시에 숙소에 가서 4시 30분까지, 그동안 올리지 못했던 카카오 스토리에 사진을 올리고 체크아웃을 했다. 역의 안과 밖은 수학여행을 온 고등학생들로 발 디딜 틈이 없었다.

피렌체로 가는 열차를 타고 보니, 내 앞 좌석에 한국인 여성이 타고 있었다. 그녀는 로마에서 스마트폰을 도난당했다고 했다. 인터라켄에선 한국인 남성이 지갑을 소매치기 당했다고 하고, 오늘 저녁엔 숙소에서 한 여성이 나폴리에서 스마트폰을 소매치기 당했다고 했다. 그들에 비하면 나는 허리 통증 때문에 밀라노에서의 하루 일정을 허송세월했을 뿐이니, 그나마 얼마나 다행인가! 앞으로 매사에 조심조심해서 불상사가 일어나지 않도록 해야겠다. 유럽 사람들이 말이 많다는 것은 익히 알고 있었지만, 내 앞의 신사는 정확히 한 시간 동안이나 전화를 했다. 빠른 말로 쉴 새 없이 떠드는 걸 보면서, 참으로 대단하다는 생각이 든다. 도대체 무슨 말을 하기에 여자도 아닌 남자가 저렇게 끊이지 않고 한 시간씩이나 말을 할 수 있는지…….

열차에서 내려서 5분쯤 걸어가니, 길가에서 조그만 좌판에 이어폰 같은 것을 파는 동양인이 보였다. 혹시나 해서 "충전기 연결선이 있느냐?"니까 있다고 했다. 5유로라고 해서 "너무 비싸다. 3유로면 사겠다."고 흥정을 했다. 이때 갑자기 내게 아이폰용 충전기 선이 있는 것이 생각났다. 그래서 내가 "아이폰용 충전기 선을 줄 터이니 2유로에 팔아라."고 하니, 조금 생각하다가 "오케이!" 하였다. 밀라노에서 27.5유로에 사지 못한 것을 후회했는데, 사지 않길 정말 잘한 것 같다. 숙소도 쉽게 찾을 수 있었다. 부모가 경상도 출신인 중국동포가 운영하는 민박집이었다. 아주 상냥하고 설명도 잘 해주고 매우 친절했다. 아침과 저녁을 준다는 사실을 깜빡하고, 열차 안에서 산 햄버거로 저녁을 먹은 게 억울했다. 주인으로부터 내일 갈 피사와 친퀘테레에 대한 설명을 듣고 침대로 고고! 예부터 이탈리아 북부 리구리아 해안을 따라 형성된 좁고 긴 지역은, 지중해의 강렬한 태양 아래 알록달록한 색채를 뽐내는 마을들과 울창한 숲으로 인해 휴양지로 사랑받아 오고 있다. 친퀘테레는 이탈리아어로 '5개의 땅'이라는 뜻으로, 몬테소로부터 리오마조레 사이에 있는 다섯 마을을 이르는 말이라고 한다.

##  피사~친퀘테레

- [28일차] 2014. 3. 27(목)
- 피렌체~피사(피사의 사탑)~라스페차~몬테레소~베르나체~코리글리스~라스페차~피렌체
- (열차, 버스 4시간 33분/트래킹 3시간)

오늘 아침부터는 허리도 거의 다 나았고 이제까지 숙원이었던 충전기 선도 저렴하게 구입하여 기분이 좋았다. 그런데 어제부터 이상하게 카카오 스토리에 사진을 올릴 수 없었다. 왜 그럴까? 젊은 친구들에게도 물어봐도 다들 모르겠다고만 하였다. 다만 짐작가는 것은 와이파이 회선 상태가 미약해서 그런 게 아닐까 하는 것이다.

오늘은 가파른 절벽길 트래킹이라는 색다른 경험을 한 날이다. 40여 분간 폭 1미터도 안 되는 좁은 돌길을 하염없이 올라가기도 했고, 때론 숲길과 꽃길을 걸으며 아슬아슬한 절벽의 경사면에 지은 파스텔 톤의 가옥들과 산비탈에 계단식으로 만든 포도밭과 레몬밭을 보면서 즐거운 트래킹을 했다. 걸은 거리는 7.2km밖에 안 되지만 높은 경사면을 줄곧 걸은 관계로, 평지를 30km 이상 걸을 때보다 더욱 힘들었다.

같은 열차에 수백 명의 관광객이 타고 갔는데 트래킹을 하는 사람은 10명도 채 안 되는 것 같았다. 평소 걷기를 즐겨한 내 도보실력이 유감없이 발휘된 순간이었다. 3시간 동안 단 1분의 휴식시간도 없이 부지런히 걸어서, 친퀘테레 하이킹 코스 4구간 중 가장 어렵다는 2개의 구간을 무사히 완주했다. 시간만 허락된다면 나머지 구간도 더 걷고 싶었는데, 라스페차에서 오후 5시 36분에 피렌체로 가는 열차를 타야 하므로 2구간을 걸은 것으로 만족하고 도보를 끝낸 게 못내 아쉬울 따름이다. 하지만 일부러 고생한 보람이 있었다. 트래킹을 하지 않았다면 결코 보지 못했을 아름다운 풍광을, 눈에 가득 담아올 수 있었기 때문이다.

8시 40분에 숙소에 도착하여 돼지갈비와 함께 맛있는 저녁을 먹고 수면을 취했다. 젊은 친구들은 식당에서 맥주파티를 하는 것 같았지만, 피곤해서 처음 몇 십 분은 떠드는 소리가 들리는가 싶더니 이내 잠에 빠지고 말았다.

▼베르나차 마을을 뒤돌아본 풍경.
내 바로 앞에는 멋있는 카페가 있어서 차라도 한 잔 하며 낭만을 즐기고 싶었지만, 시간이 촉박하여 그냥 지나쳤다.

## 피렌체 투어 및 나폴리 이동

• [29일차] 2014. 3. 28(금)

• 오늘 쓴 돈 49,500원(33유로–숙박 16유로 · 점심 5.5유로 · 저녁 6유로 · 간식 5.5유로)

아침식사를 하면서 오늘 저녁에 나폴리로 간다고 하니, 주인아줌마와 나폴리에 오래 살았다는 한 아가씨가 이구동성으로 충고를 해주었다. "나폴리는 날치기, 소매치기가 극성을 부리니 절대로 방심하지 말라."고. 이런 얘기들은 출발 전에도 티브이를 통해 수차례 보았기 때문에, 그 심각성을 이해하기가 쉬웠다. 남은 7일 동안 정신을 바짝 차려서 실수를 하지 않아야겠다고.다짐해 본다. 오후 2시까지 시내 투어를 마치고 숙소 옆의 중앙시장에서 저녁거리를 사고 숙소로 와 밀린 일기를 썼다. 재래시장인 중앙시장은 물건값들이 정말로 저렴해, 점심과 저녁용 음식들을 구매했다.

이탈리아 열차의 시설과 서비스는 최상급에서 최하급까지, 극과 극을 달린다. 오늘 열차처럼 항공기보다 더 쾌적한 특급 열차 비즈니스급이 있는가 하면, 일반 열차는 너무 지저분했다. 고장 난 곳 투성이였고 특히 화장실은 너무 불결하여, 보통 용기를 가지고는 용변을 보기 겁날 정도였다. 역 청사의 수준도 열차와 마찬가지로 각양각색이었다. 반면에 네덜란드, 스위스, 독일, 오스트리아는 특급 열차는 물론 일반 열차도 깨끗하고 쾌적하였다. 이탈리아는 비단 이런 점뿐만 아니라 시내 청결문제, 걸핏하면 벌이는 파업 등, 선진 복지국가가 되기엔 아직 넘어야 할 산이 많다는 느낌을 받았다. 조상을 잘 만나서 지금까지는 혜택을 많이 받고 있지만, 국민 모두가 정신을 바짝 차리지 않으면 머지않아서 중진국들에게 밀리고 말 것이다. 부자 부모를 만나 아무리 유산 상속을 많이 받아도, 관리를 잘하지 않으면 3대가 못 가듯 나라도 마찬가지다. 이런 문제는 어쩌면 우리나라에도 적용될 수 있는 게 아닌지 모르겠다.

##  폼페이, 나폴리 투어 및 로마 이동

- [30일차] 2014. 3. 29(토)
- 피렌체~폼페이~피렌체~로마
- 오늘 쓴 돈 90,000원(60유로-숙박 30유로 · 교통비 4.6유로 · 폼페이 입장료 11유로 · 점심 5유로 · 간식 및 화장실 3.5유로 · 저녁 5유로)

나폴리와 폼페이 중에 한 곳은 투어를 포기해야 했다. 서울에서 출발 전까지는 폼페이 투어를 안 하는 것으로 해서 계획을 잡았으나, 막상 나폴리에 오니 마음이 바뀌었다. 허리도 다 낫고 했으니 좀 무리를 하더라도 하루 만에 두 곳을 다 구경하자고 계획을 변경했다. 그러나 결과적으로 크게 잘못된 결정이었다. 두 곳 모두 대충 구경하다 보니 힘만 들고 어느 것 하나 제대로 본 게 없었다. 나폴리를 오후 한 나절 본 느낌은 쓰레기가 곳곳에 넘쳐나고, 쓰레기통마다 쓰레기가 꽉 차 있으며, 사람들도 길가 아무 데서나 함부로 쓰레기를 버리고, 차도가 좁은 관계로 길을 불법 횡단하는 사람들과 자동차가 서로 엉켜 버스를 타도 진행이 되지 않을 정도였다. 폼페이행 열차가 있는 가리발디 역으로 가기 위해 유니버시타 역에 가니, 전철 운행이 중단되었다고 한다. 정확한 설명도 없이 어떤 문제가 있다고만 한다, 추측컨대 갑자기 노조원들이 파업을 한 것 같았다. 파업은 늘 있는 일이라는 걸 미리 알았었지만, 황당한 경험이긴 했다. 하는 수 없이 버스를 타고 갔는데 교통이 복잡하여 너무 더디게 운행하였다. 오후에 나폴리 시내를 투어하고 바로 로마로 가야 하므로, 폼페이는 대충대충 구경했다. 나폴리 투어 일정을 이틀로 잡든지, 아니면 폼페이 투어는 생략할 걸 하는 후회를 계속했다.

로마로 가는 열차를 타기 위해 출발 1시간 전인 오후 6시 반경에 피렌체 중앙역에 도착했다. 전광판 앞에 앉아서 열차가 출발하기를 기다렸지만, 예정 출발시간인 7시 31분이 되어도 전광판에 플랫폼 번호가 뜨지 않았다. 배낭을 메고 캐리어를 붙잡은 채 1시간 10분 동안 서 있었다. 누구 한 사람 나와서 왜 늦는지, 언제쯤 열차가 출발하는지 말해주는 사람이 없었다. 더욱 희한한 것은 나처럼 열차를 기다리는 사람들이 대부분 말없이 전광판만 볼 뿐, 불평하거나 화를 내는 사람이 없었다는 것이다. 8시 40분에 출발하는 로마행 열차의 플랫폼 번호가 뜨

◀폐허가 된 폼페이 유적지에서. 로마 귀족들의 휴양지로 각광받던 고대도시 폼페이는, 79년 베수비오 화산의 격렬한 폭발에 의해 헤르쿨라네움 및 스타비아이와 함께 매몰됐다. 이 고대도시들의 유적들은 그리스 · 로마 시대의 생활상을 보여주는 독특한 자료가 되고 있다.

자, 사람들이 우르르 플랫폼으로 가기 시작했다. 나도 덩달아 그들을 따라가다가 옆의 사람에게 내 표를 보여주며 물었다. “원래 내가 탈 열차는 이 열차인데 한 시간을 기다려도 도착하지 않았다. 지금 출발하는 열차에 타도 되느냐?”고. “안 된다.”는 대답이 돌아왔다. 그래서 다시 전광판 앞으로 가면서 곰곰이 생각해 보았다. 이 열차를 놓치면 오늘은 아예 로마로 못 갈지도 모른다는 생각이 들었다. 그래서 좌석이 있든 없든, 불법이든 아니든, 무조건 이 열차를 타고 가자고 마음먹었다. 중간에 검표 과정이 있었지만 별 일 없었다. 11시 가까이 되어야 숙소에 도착할 것 같다. 열차 안에서 비상연락망을 통해 이번 여정 중 최초로 로밍을 신청하고, 숙소 주인에게 카톡으로 예상 도착시간을 말해주었다. 로마에 도착하니 9시 41분. 숙소에 도착하여 빨래하고 누우니 밤 12시다. 오늘도 힘든 하루를 보낸 것 같다.

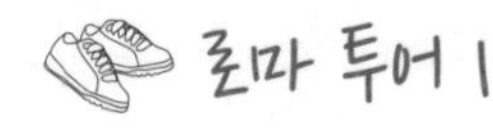


- **[31일차] 2014. 3. 30(일)**
- **오늘 쓴 돈 87,000원(58유로–숙박 30유로 · 점심 16유로 · 콜로세움 입장료 12유로)**

민박집 주인에게 오늘 투어 일정을 알아보려고 했는데, 바쁜 일이 있다면서 아침 일찍 나갔다. 그렇다면 가이드북에 있는 코스로밖에 갈 수 없었다. 테르미니 역을 출발하여 먼저 콜로세움으로 갔다. 사진으로만 보던 콜로세움을 직접 보니 정말 감회가 깊다. 2천 년 전에 지어진 이 원형극장에서 검투사들끼리 혹은 맹수와의 목숨 건 혈투가 벌어지고, 그것을 바라보면서 즐거워했을 로마 시민들을 생각하니, '사람이 이렇게 잔인할 수도 있구나.' 하는 생각에 소름이 끼친다. 처음에는 이른 시간이라 사람들이 거의 없었는데, 오전 10시 이후가 되자 관광객들이 엄청 몰려들었다. 길가에는 각종 길거리 공연들, 즉 일본인이 하는 마술과 이탈리아인들이 하는 1인 팬터마임, 동남 아시아인들의 공중부양 트릭, 로마병정 모습을 하고 사진 모델이 되어주는 사람들, 악기를 연주하는 멕시코인들, 노래를 부르는 서양인들, 캐리커처를 그리는 사람들, 콜로세움을 보면서 그림을 그려 현장에서 파는 사람 등등. 볼거리가 정말 많아서 콜로세움과 포로 로마노를 수차례 왔다 갔다 하면서 보고 또 보았다.

캄피돌리오 광장을 보고 난 후 계속 가다가 보니 길가에 잔디밭이

▼포로 로마노.
팔라티노 언덕과 캄피돌리오 언덕 사이에 자리 잡고 있는 포로 로마노는 고대 로마제국의 정치, 종교, 경제의 중심지이자 시민의 마당이며 번화한 상가 거리였다. 그러나 지금은 화려한 과거를 짐작케 하는 기둥이나 초석만 남아 있을 뿐, 황량해 보이기까지 한다.

있었다. 1시간 동안 쉬면서 카톡을 하고 있는데, 길 건너의 조그만 성당 같은 곳에 사람들이 줄을 서서 들어가는 게 보였다. 조그만 박물관인 듯해 대수롭지 않게 생각했다. '나보나 광장이나 가볼까?' 하고 가이드북을 보니 너무 멀어 보여서 저녁에 가자고 마음먹었다. 콜로세움과 포로 로마노에서 시간을 보내다가 오늘 투어를 마치고 싶었다. 그런데 포로 로마노를 거쳐 콜로세움으로 갔을 때 갑자기 '진실의 입'을 가봐야겠다는 생각이 나서 행인에게 물었다. 그가 가리키는 방향으로 걸어가 30여 분 만에 도착해 보니, 조금 전에 잔디밭에서 쉴 때 길 건너 사람들이 줄지어 있던 바로 그곳이었다. 50미터만 걸으면 될 곳을 무려 한 시간이나 걸은 셈이었다. 관광안내도를 보면 쉽게 찾아갈 수 있는데도, 오직 사람들에게 물어서만 찾아가는 악습 때문에 사서 고생을 한 것이다. 머리가 멍청하면 팔다리가 고생한다는 말이 생각나 혼자 웃는다.

##  바티칸 투어

**• [32일차] 2014. 3. 31(월)**

**• 오늘 쓴 돈 147,000원(98유로–숙박 30유로 · 교통비 3유로 · 바티칸 투어 35유로 · 입장료 16유로 · 점심 13유로)**

민박집 주인에게 부탁하여 바티칸 투어를 하기로 했다. 오전 7시 30분에 마조레 성당 광장으로 가니 20여 명의 사람들이 모여 있었다. 가이드 요금 35유로를 내고 왕복 버스표를 사서 바티칸으로 이동하였다.

돈을 내고 하는 가이드 투어는 처음이라 너무 비싸다는 생각을 떨칠 수 없었다. 그러나 막상 몇 시간 동안 가이드의 설명을 들으며 바티칸 박물관을 구경하고 나니 생각이 달라졌다. 돈을 얼마를 주더라도 박물관은 반드시 유료 투어가 필요하다는 것을 깨달았다. 2009년 파리 루브르 박물관에 들렀을 때 가이드 없이 혼자 4시간을 구경할 때는 아무런 감흥이 없었는데, 이번에는 정말 재미있고 유익했다. 점심을 단체로 먹고 나서 성 베드로 성당을 구경한 후 해산하였다. 성 베드로 성당의 쿠폴라를 구경하러 갔더니, 가는 날이 장날이라고 무슨 문제가 있다면서 4시밖에 안 됐는데도 쿠폴라에 올라갈 수 없다고 했다. 내일 아침에 가면 역광 때문에 사진을 찍을 수가 없으니, 천상 내일 오후로 미뤄야겠다.

저녁엔 민박집 주인이 "오늘이 저녁을 제공하는 마지막 날"이라고 하여서 왜 그러냐고 물었다. 이탈리아 당국에서 "호스텔에선 아침만 제공하는 데 반해, 한국의 민박집에서는 아침과 저녁을 제공하므로 이탈리아 식당들이 타격이 많다."면서 저녁을 제공하면 영업정지를 시키겠다고 했다는 것이다. 그동안에도 몰래 저녁을 제공하다가 들켜서 벌금을 내곤 했

성 베드로 대성당의 내부 모습. ▶
정면에 보이는 높이 20m의 천개는 베르니니가 교황 우르비노 8세의 명을 받고 만들었는데, 판테온 정면 지붕을 장식하고 있는 청동조각상을 뜯어와 만드는 바람에, "야만인도 하지 않은 짓을 한다."는 비난을 받기도 하였다고.

는데, 이젠 아예 영업정지를 시키므로 하는 수 없이 전 민박집에서 4월 1일부로 저녁제공을 안 하기로 결정했다고 한다. 참으로 황당하고 웃기는 이탈리아 정부의 발상이었다. 이런 경우가 이탈리아 말고 세계 어느 곳에 있을는지?

##  로마 투어 2

• [33일차] 2014. 4. 1(화)

• 오늘 쓴 돈 49,500원(33유로–숙박 30유로 · 아이스크림 2.5유로)

로마에 오니 한 시간이 멀다 하고 왱왱 큰 소리를 내며 달리는 앰뷸런스를 볼 수 있었다. 십중팔구 교통사고가 난 것일 게다. 교통신호 시스템이 잘 안 돼 있어, 나 역시 길을 건널 때마다 늘 불안했다. 파란불 점등시간도 너무 짧은 것 같고, 신호등을 지키는 사람도 차량도 많지 않았다. 오늘은 이번 여정 중 최고로 천천히 걷고 자주 쉬면서 여유로운 투어를 했다. 미리 계획한 일정을 거의 소화했기 때문이다. 어제는 '진실의 입'을 구경하러 갔다가 입장객들이 너무 많아 밖에서 사진만 찍

진실의 입에 손을 넣고. ▶
영화 '로마의 휴일'에 등장해 유명해진 곳. 거짓말쟁이가 해신 트리톤의 입에 손을 넣으면 트리톤의 입이 다물어진다는 전설이 있는데, 실제로 옆의 문을 통해 들어간 한 자객이 입에 손을 넣은 정적의 손을 잘라내었다고 한다.

고 왔는데, 오늘은 시간도 있고 해서 안으로 들어가서 사진을 찍었다. 점심은 어제 민박집 주인이 "바티칸 투어 시 간식으로 먹으라."고 주었던 빵과 바나나, 오렌지로 대신했다. 아이스크림 하나를 2.5유로 주고 사고 나니 이제 40유로밖에 안 남았다. 남은 기간은 모레 아침까지 이틀이나 남았고.

##  로마 투어 3

- [34일차] 2014. 4. 2(수)
- 오늘 쓴 돈 82,500원(55유로–숙박 30유로 · 교통비 6유로 · 욕장 입장료 6유로 · 쿠폴라 입장료 7유로 · 저녁 6유로)

어제 밤새도록 충전을 시켰는데도 아침에 보니 어젯밤 그대로였다. 충전율이 겨우 43%였다. 눈을 뜨자마자 충전하면서 어제 야경을 찍은 사진들을 카카오 스토리에 올렸다. 그런데 충전율이 점점 떨어진다. 충전은 되고 있는 게 확실한데 이상했다. 충전이 안 되면 사진을 찍을 수 없고, 숙소의 사람들은 모두 아이폰을 쓰고 있어 내 것과는 맞지 않았다. 카카오 스토리를 쓰면서 충전기를 사용하니까 충전이 안 되는 게 아닐까 해서, 카카오 스토리를 하지 않고 충전했더니 그때서야 충전율이 조금씩 올라갔다. 오전 9시 30분까지 겨우 46%밖에 충전이 안 됐지만 어쩔 수 없는 일, 투어를 시작했다.

어제 입장하지 않고 그냥 지나치며 사진만 찍었던 카라칼라 욕장으로 들어갔다. 그 규모에 엄청 놀랐다. 그런데 설명해 주는 사람 없이 혼자 구경하다 보니 '고대 로마인들이 무지무지하게 화려한 생활을 했나보다.' 하는 생각만 들었다. 가이드 설명이 없는 박물관은 절대로 가지 않겠다는 생각을 다시금 하게 된다. 벤치에 앉아 가이드북을 천천히 살펴보니 이제 로마에서도 더 볼 것이 없었다. 유명한 곳은 몇 번씩이나 다녀온 상태였다. 베드로 성당의 쿠폴라만 남았을 뿐이다. 일찍 가봐야 역광 때문에 사진을 찍지 못하므로, 일부러 오전 11시 20분경에 도착했다. 그곳은 이미 구경하고 나오는 사람들로 인산인해를 이루고 있었다. 입구까지 가는데도 정말 발 디딜 틈이 없었는데, 입구에

쿠폴라에서 본 성 베드로 대성당 광장.
베르니니가 1656~1667년에 만든 길이 340미터,
너비 240미터 성당. 베드로가 예수에게
받았다는 천국의 열쇠 형상을 하고 있다.

겨우 도착하니 이미 입장한 사람들이 많아서 어느 정도 사람들이 나올 때까지는 입장할 수 없었다. 입구 기둥에 기대 일기를 쓰고 간식을 먹으며 하염없이 기다렸다. 이처럼 많은 입장객이 있는 관광지를 본 것은 처음이었다. 도대체 하루 입장료 수입이 얼마나 될까? 물론 성 베드로 성당 입장은 무료지만, 쿠폴라와 바티칸 박물관 입장료는 대단할 것 같았다. 이 생각 저 생각을 하며 기다리다가 드디어 1시간 40분이 지난 후에 입장이 시작되었다.

성당 안은 어제 구경을 마쳤기에 7유로를 주고 쿠폴라로 향했다. 에스컬레이터를 타고 한참 올라간 후, 처음엔 50센티 정도의 길을 수백 개의 나선형 계단으로 올라가다가 나중엔 거의 30센티의 좁은 길로 올라갔다. 서로 교차가 불가능했을 뿐만 아니라, 살찐 사람은 올라가기 힘들 정도였다. 쿠폴라 전망대에 오르기 직전 돔 안을 한 바퀴 돌 수 있었는데, 돔 내부도 화려한 그림으로 장식되어 있었고, 벽면에도 아름다운 그림들이 그려져 있었다. 전망대에 서니 360도 방향으로 로마 시내를 조망할 수 있었다. 성 베드로 광장을 보았을 때는 감격스럽기까지 하였다. 늘 사진과 영상에서나 보던 그 성 베드로 광장을, 늘 언젠가 나도 꼭 한 번 보고 싶다 했던 그 장면을 드디어 보게 된 것이다. 특히 타원형 광장과 사다리꼴 광장이 이어져 있으며, 베드로가 예수에게서 받았다는 천국의 열쇠 형상을 하고 있었다. 혹자는 광장의 형태가 팔을 벌려 사람들을 감싸안는 예수 그리스도의 모습을 형상화한 것이라고 해석한다. 타원형 광장 중앙에 서 있는 높이 25.5m의 오벨리스크는 갈리굴라 황제가 이집트에서 가져온 것이다. 오벨리스크를 중심으로 광장을 둘러싸고 있는 주랑에는 284개의 도리아식 기둥이 있다. 4열로 늘어선 이 기둥들은 신기하게도 광장에 표시되어 있는 어느 지점에서 모두 하나로 겹쳐 보인다고 가이드북에 나와 있는지라, 한참 동안 찾아보았지만 애석하게도 찾을 수 없어서 무척 아쉬웠다. 오늘 남부 투어를 안 가고 이곳으로 온 것이 무척이나 잘한 일이라고 생각되었다. 이제 사실상 이번 유럽 배낭여행의 대장정이 모두 끝난 셈이다. 이제 안전하게 귀국하는 일만 남은 것 같다. 마지막까지 안전한 여행이 되도록 최선을 다해야겠다.

##  로마~런던~서울

- [35일차] 2014. 4. 3(목)
- 로마 테르미니 역~로마 피우미치 공항~런던 히드로 공항~서울 인천 공항
- 오늘 쓴 돈 6,000원(4유로–테르미니에서 공항까지의 버스요금)

4시에 눈을 뜨자마자 어제 미리 준비한 배낭과 캐리어를 들고 조용히 밖으로 나왔다. 곧바로 핸드폰의 플래시로 혹시 떨어진 물건이 없나 하고 마지막으로 방을 체크했다. 화장실에서 고양이 세수를 하고는, 짐을 들고 부지런히 걸어서 테르미니 역 앞에 있는 버스정류장으로 갔다. 시계를 보니 새벽 4시 20분. 짐을 버스 아래 칸에 넣은 후 좌석에 앉아 비행기 표를 확인하려는데 글자가 보이지 않았다. 그때서야 안경을 끼지 않았다는 사실을 알았다. 가만히 생각해 보니 세수할 때 세면대 위에 안경을 올려놓고는 그냥 온 것이었다. 숙소에 다시 갔다 오기에는 이미 늦은 상태였다. 그동안 별 탈 없이 잘 지내왔는데 마지막 순간에 끝내 실수를 저지르고 말았다. '다초점 안경을 한 지 오래되

어 안 그래도 언제 바꿀까 하고 생각했었는데, 이번 기회에 안경을 바꾸자'고 편하게 마음먹고 언짢은 감정을 털어버렸다. 그렇지만 안경이 없으니 글을 전혀 볼 수가 없어서 너무 불편했다.

로마공항에 도착하여 캐리어와 배낭을 부치고 나서, 민박집 주인이 싸준 빵과 바나나로 아침을 먹었다. 그때 생각나는 한 가지! 아차, 또 한 번 실수하고 말았다. 분실한 것은 항상 쓰고 다니는 다초점 안경이고, 컴퓨터 할 때나 글 읽을 때 사용하는 일반 돋보기도 가지고 왔는데, 조금 전 배낭 속에 돋보기를 넣고 짐을 부쳐버린 것이다. 이번 여정 중에 한 번도 사용을 안 했기에 그냥 배낭 속에만 놔둔 상태였다. 핸드폰 글씨도 안 보이고 비행기 티켓 내용도 안 보인다. 여행 후기를 비행기 안에서 쓸 예정이었는데……. 거기다가 와이파이를 쓰려고 폰을 켜니 배터리가 모두 방전돼 있었다. 공항에 전기를 사용할 수 있는 곳이 있기에 어댑터를 꽂으려고 했는데 맞지가 않는다. 이제까지 아무 이상 없었는데 로마에서만 안 되는 것이었다. 이런 경우를 대비해서 만능 어댑터를 준비했건만, 그것마저도 배낭 속에 넣고 부쳐 버렸으니! 한국에 도착할 때까지 핸드폰은 사용하지 말고 푹 쉬라는 하느님의 계시로 생각하련다.

바르베리니 광장에서. ▶
로마시내의 주요도로들의 기점이면서 조용하고 우아한 느낌을 주는 광장으로, 광장 중앙에 있는 베르니니의 트리톤 분수가 근사하다. 돌고래 4마리가 받치고 있는 조개 위에서 고동을 부는 바다의 신 트리톤을 멋지게 표현한 이 분수는, 교황 우르바누스 8세를 위해 350년 전에 만든 것이다.

## 나 홀로 유럽 10개국 17개 도시 배낭여행을 마치며

내 나이 금년으로 68세. 요즘이 아무리 장수시대라 해도 앞으로 최고로 살아 봐야, 100세까지 산다고 해도 32년밖에 안 남았다. 물론 1~2년 내에 죽을 수도 있다. 설령 32년이 남았다고 해도 건강이 허락되어야 움직일 수 있는 것이지, 80~90세가 되어 거동이 불편하다면 오래 산다는 것도 아무 의미가 없다 할 것이다. 그렇다면 움직일 수 있을 때 가능한 많이 걷고, 많은 나라를 여행하고 싶은 게 나의 솔직한 소망이다.

앞으로 언제 끝날지 모르지만 가능한 한 매년 1회씩 800km 이상을 걷는 장거리 도보여행을 하고 싶고, 1회는 세계 각국을 배낭여행하고 싶다. 어느 여행이건 간에 힘들지 않은 여행이 있을까마는 이번 여행처럼 힘든 경우는 처음이었다.

첫째는 배낭여행 국가와 방문 도시가 많았으며 여행 기간이 너무 짧았다는 점이다. 그 이유를 살펴보면 산티아고 도보여행을 3회 하면서 유럽 4개국 즉 스페인, 포르투갈, 프랑스와 영국을 4개월간 충분히 배낭여행하였다. 2014년에는 터키, 그리스 등 발칸 반도 국가와 스웨덴, 노르웨이, 핀란드 등 북유럽을 제외하고 그동안 안 다녀온 나라를 모두 가고 싶었다. 그러다 보니 자연스럽게 많은 나라와 도시를 선택하게 된 것이다. 10개국 17개 도시를 여행하려면 최소한 석 달은 되어야 하는데, 잘못된 판단으로 일정을 짧게 잡은 것이다. 4월 5일과 5월엔 집안행사가 있어서 그 전에 여행을 끝내야 했고, 내가 추위에 약하므로 추운 겨울은 피해야 했다. 게다가 여정 중에 유럽의 최고봉인 스위스 인터라켄의 융프라우를 가야 했기에, 더욱 추운 기간의 여행을 기

피할 수밖에 없었다. 이런 모든 조건들을 대입하여 얻은 결론이 추위가 어느 정도 가시는 2월 28일에 출국하고, 집안행사 전날인 4월 4일에 귀국하는 일정이었다.

여행을 준비하면서 가장 신경 쓴 것이 배낭 싸기와 숙소 예약이었다. 2013년 3월 한 달 동안 해남 땅끝마을에서 강원도 고성 통일전망대까지 821km를 국토종단하면서 가장 고생한 점이 추위였기에, 배낭을 싸면서 추위에 대비한 물건들을 많이 가져갔다. 내복, 방한복, 모자, 등산화, 장갑, 버프, 핫팩 등 방한에 관련된 물품들을 이것저것 넣다보니, 배낭 하나로는 모자라서 캐리어도 갖고 가게 되었다. 그러나 막상 현지에 도착해서는 추위에 대비하여 가져간 물건들을 단 한 번도 사용하지 않을 정도로 날씨가 따뜻했다. 심지어 주위가 빙하와 눈으로 덮인 고도 4,850m의 스위스 융프라우의 날씨도 영상이었다.

둘째는 출국하면서 로밍을 안 하고 갔던 점이다. 인천공항에서 로밍하려고 수속을 밟던 중에 무슨 생각으로 그랬는지 갑자기 로밍을 하지 않았다. 로밍을 하려고 했던 이유는 사전에 모든 숙박업소를 예약했기 때문에 그곳을 찾는 데 필요한 앱 등, 여러 가지 필요한 앱을 잔뜩 폰에 깔아놓고 그걸 아무 때든 이용하려는 생각이었다. 갑자기 로밍을 안 한 이유는 앱을 활용한다는 생각은 까마득히 잊고, 다만 정보를 이용하는 데 하루 9천 원씩 총 30여 만 원을 쓸 필요가 있을까 하는 생각만 한 것이다. 조금 불편하더라도 와이파이가 되는 숙소나 식당에서만 사용하면 되겠지 하는 안일한 생각을 했던 것이다. 현지에 도착해 숙소를 찾으려니 인터넷이 안 되어 구글을 사용하지도 못하고, 전화도 걸 수 없어서 매일매일 무척이나 애를 먹었다. 그때마다 지금이라도 로밍을 할까 하다가도, 이제까지 잘 해결하며 견뎌 냈으니 그냥 지내보자고 미뤄 뒀다. 그러다가 인터라켄에서 밀라노로 갈 때 열차가 1시간 이상 연착되어 밤 11시경에 숙소에 도착할 것 같은 상황이 도래하자, 부득이 국내로 전화하여 3일간 로밍을 해서 그날부터는 편하게 지낼 수 있었다.

셋째는 현지 지도를 활용하지 않고 가지고 간 가이드북에 나온 일정대로만 투어를 하려 했으며, 길도 미리 인포메이션 센터에서 자세히 묻고 가면 될 것을 지나가는 행인에게만 물음으로써 길을 찾는 데 시간을 많이 허비했다는 점이다. 이렇게 한 이유는 내가 도보여행과 배낭여행을 시작한 이래로 현지 지도를 참고하지 않고도 무난히, 그리고 쉽게 투어를 할 수 있었기 때문이다. 그러나 이번처럼 짧은 기간에 많은 나라를 투어하는 배낭여행에선, 결코 바람직한 방법이 아니었다. 시내투어 지도를 보면 쉽게 찾을 수 있는 곳도, 물으면서 가다 보니 한참 헤맨 경우가 여러 번 있었다.

위와 같은 여러 가지 실수를 하였음에도 결과적으로는 몸 건강히 별탈 없이 여행을 마칠 수 있었던 것은, 그나마 그간의 5차례에 걸친 장기 도보여행을 한 경험이 크게 도움이 되었다고 할 수 있겠다. 이번 여행에서 특히 아쉬웠던 점은 스위스의 인터라켄에서 강풍 때문에 패러글라이딩을 하지 못한 것과, 갑작스러운 허리 통증으로 밀라노 여행을 제대로 하지 못한 것이다.

여러 사람이 내게 묻는다. "왜 걷느냐고? 걸으면 뭐가 좋으냐고?" 그때마다 나의 대답은 한결 같다. "자유를 만끽하고 싶어 걷는다. 걸으면 기분이 좋아진다."고. 돌이켜보면 걷기 시작한 2007년 6월 말 이후로 참 많이도 걸어 다녔다. 국내외 유명한 도보여행 코스는 몇 코스만 빼고는 다 걸어 봤는데, 어느 곳 하나 좋지 않은 곳이 없었다. 도보여행자들의 걷는 이유도 각양각색이다. 건강 때문에 걷는 사람, 사진을 찍기 위해 걷는 사람, 동호회 활동차 걷는 사람, 남들이 다 걸으니까 안 걸으면 대화에 낄 수 없을 것 같아 걷는 사람, 골치 아픈 일을 잊으려고 걷는 사람, 새로운 구상을 위해서 걷는 사람 등등. 나의 경우 새벽 4시 반~5시 반 사이에 배낭을 짊어지는 순간, 짜릿한 희열감이 온몸을 휘감는다. 누구에게도 간섭받거나 방해받지 않고 온전히 나만의 시간을 갖는 자유와, 오늘 걸을 길에 대한 기대, 그 길에서 만날 사람들과의 소중하고 즐거운 인연, 아름다운 풍경 구경, 다양한 음식 체험 등을 생각하노라면 나도 모르게 콧노래가 흘러나오고 흥분이 된다. 그리하여 하루 동안 비록 잘 못 먹고 갖가지 고생을 하며 시원찮은 잠자리에 피곤한 몸을 뉘이지만, 그럴수록 수많은 어려움을 극복하고 무사히 완주한 사실에 뿌듯함을 느끼게 된다.

정말로 걸으면 좋은 점은 무엇일까? 걷기 전엔 1년이 후딱 지나갔었다. 걷기 시작하고서는 매일매일 수많은 새로운 경험을 하게 되니, 하루하루가 무척 길게 느껴진다. 이젠 언제 죽더라도 후회 없는 삶을 사는 것 같은 기분이 든다. 육체적으로는 전날 아무리 장거리를 걷고 수면 시간이 부족하더라도, 자고 일어나면 피로가 싹 풀리는 점이 또 걷고 나서 달라진 점이다. 한마디로 정리하자면 하루하루가 새롭고 활기찬 나날을 보냄으로써, 행복한 시간을 갖는다는 점이다. 고로 난 죽는 그날까지 계속 걷고 싶다.

- **지출경비 세부내역–총계 4,866,260원**

  1) 교통비 2,680,000원

     항공료 1,120,000원/유레일패스 931,000원/이탈리아 구간 예약비 131,700원/기타 시내이동 교통비 429,000원/제주~서울 교통비 69,000원

  2) 숙박비 1,212,500원

  3) 기타경비(입장료 · 식대 등) 934,000원

  4) 여행자 보험 39,060원

- **여행국가 및 도시 숫자–10개국 25개 도시**
- **도시별 차량 탑승시간–4시간 10분**
- **국가별, 도시별 숙박일 수**

  1) 이탈리아 11박

     (로마 5박/베니스 및 피렌체 2박/밀라노 및 나폴리 1박)

  2) 스위스 4박(인터라켄 3박/취리히 1박)

  3) 독일 4박(베를린 2박/프랑크푸르트 및 뮌헨 1박)

  4) 체코 3박

  5) 헝가리 3박

  6) 네덜란드 암스테르담 2박

  7) 오스트리아 비엔나 2박

  8) 크로아티아 자그레브 2박

  9) 슬로베니아 류블랴나 2박

  10) 벨기에 브뤼셀 1박

**권선복**
도서출판 행복에너지 대표
대통령직속 지역발전위원회
문화복지 전문위원

"여행이란 우리가 사는 장소를 바꾸어 주는 것이 아니라, 우리의 생각과 편견을 바꾸어 주는 것이다."란 말이 있습니다.

이 책 〈고계수의 걷는 세상〉의 저자야말로 '배낭여행은 젊은이들만의 전유물'이라는 편견을 과감히 깨게 해준 일등공신입니다.

정년퇴임 후 60세가 넘은 나이에도 불구하고 자신의 오랜 꿈인 해외 배낭여행과 국토종단 여행을 위해, 차근차근 준비해 나감과 동시에 마침내 그 꿈을 실천으로 옮기는 그의 모습을 통해, 어느 젊은이 못지않은 열정과 패기를 느낄 수 있었습니다.

고계수 저자는 말합니다. "내가 오늘도 혼자 걷는 이유는 단 한 가지다. 길에 서면 행복해지기 때문이다. 길은 인생과 무척이나 닮아 있다.

가끔 길을 잃고 헤매기도 하지만, 포기하지 않는 한 길은 어디에도 있다. 길은 내게 있어서 꿈이고 도전이며, 걷다 보면 건강과 행복은 덤으로 온다."

그에게는 나이와 상관없이 꿈을 품고, 포기하지 않고 노력하여, 마침내 그 꿈을 이뤄낸 사람에게서만 맡을 수 있는 향기가 납니다.

여유와 용기, 바로 그것입니다.

책을 만드는 내내, 배낭 하나 달랑 메고 낯선 길을 걸으면서도 환하게 미소 짓는 저자의 모습이 떠올랐습니다.

그의 여정을 따라가면서, 진정한 자유란 역시 자신이 직접 성취해 낼 때 훨씬 더 값지다는 것을 다시 한 번 배웁니다.

그가 길에서 만난 사람들과 방대한 양의 사진, 그리고 그 길들과 만났던 순간들을 꼼꼼히 기록해 놓은 일기장이, 이 책의 기본 베이스입니다.

저자의 진솔한 꿈과 도전의 이야기가 오롯이 담긴 〈고계수의 걷는 세상〉이, 길을 떠날 준비를 하고 있는 이들에게는 훌륭한 동반자요, 꿈을 향해 새 길을 내고 있는 이들에게는 삶의 길잡이 역할을 해주리라 확신하며 독자들에게 기쁨충만한 행복에너지가 팡팡팡 샘 솟으시길 기원드리겠습니다.

## 소리(전 8권)

**정상래 지음 | 각 권 13,500원**

쏟아져 나오는 책은 많지만 읽을거리가 없다고 탄식하는 독자들이 많다. 그렇다면 근대 한국사에 담긴 우리 한恨의 정서에 관심이 있다면, 대하소설의 참맛에 대해 잘 알고 있다면, 정말 제대로 된 작품을 읽어볼 요량이라면 이 소설은 독자를 위한 더 할 나위 없는 선물이자 생을 관통할 화두가 되어 줄 것이다.

## 조영탁의 행복한 경영이야기 세트(전 10권)

**조영탁 지음 | 각 권 15,000원**

행복한 성공을 위한 7가지 가치, 그 모든 이야기를 담은 『조영탁의 행복한 경영이야기』 전집은 자신은 물론 타인의 삶까지 행복으로 이끄는 '행복 CEO'가 되는 길을 제시한다. 다양한 분야에서 칭송을 받아온 인물들의 저서에서 핵심 구절만을 선별하여 담았다. 저자는 이를 '촌철활인寸鐵活人(한 치의 혀로 사람을 살린다)'으로 재해석하여 현대인이 지향해야 할 삶의 태도와 마음에 꼭 새겨야 할 가치를 제시한다.

## 열정 리더십의 스파크 경영

**최유섭 지음 | 280쪽 | 15,000원**

책 『열정 리더십의 스파크 경영』은 현재 20년 넘게 전문 전자부품 분야에서 정상의 자리를 지켜오고 있는 '텔콤'의 최유섭 대표이사의 경영론 모음집이다. 백전노장 CEO가 전하는 각종 경영 스킬은 임원이든 직원이든 회사 생활을 하는 사람이라면 그 누구라도 공감할 만한 현실 감각과 통찰력을 내비치며 신뢰감을 더해 준다.

## 하루 일자리 미학

**김한성 지음 | 260쪽 | 15,000원**

책 『하루 일자리 미학』은 현재 인력소개업을 하는 저자의 생생한 경험담을 바탕으로 인력소개업계가 앞으로 나아가야 할 올바른 방향은 무엇인지, 기업과 근로자 모두가 상생하는 방안은 무엇인지에 대해 제시한다. '건설인력업계 민간 부문 최초의 책'으로서 더욱 주목받고 있으며, 수많은 일용근로자들에게 삶을 알차게 가꿀 계기를 마련해주는 이정표가 되어 줄 것이다.

## 이것을 알면 부자된다

**이정암 지음 | 416쪽 | 25,000원**

풍수대가 '운정도인 이정암'이 전하는, 학문에 근거한 '부자 되는 비결'을 담은 『이것을 알면 부자 된다』는 일상생활 중 아파트, 주택, 일터, 사무실 등에서 출입문과 침실, 주방, 책상의 각 방위가 상생하는지 여부와 본인의 명궁을 비교하여 생기복덕궁을 통한 왕기로써 부자가 되는 비법을 전한다. 경영자는 물론 일반인도 부자의 꿈을 실현할 수 있는 방안을 제시한다.

## 마음이 아름다우니 세상이 아름다워라

**이 채 지음 | 224쪽 | 13,500원**

저자는 이 시집에서 우리가 늘 살아가고 있는 이 세상을 노래하였다. 우리는 늘 세상을 긍정적으로 바라보고 타인을 존귀하게 대해야 한다고 배우지만 힘겨운 세상살이 속에서 말만큼 쉽게 되는 일은 아니다. 이채 시인은 바로 의미를 깨달을 수 있는 쉬운 문장들을 독자에 마음에 점자처럼 펼침으로써 읽은 이 스스로가 마음을 매만지게 한다.

## 사랑하는 나의 어머니

**정진우 지음 | 344쪽 | 15,000원**

101세의 일기로 떠나보낸 어머니와의 평생, 그 눈물겨우면서도 감동적인 여정! 가정의 달 5월을 맞아, 그 이름 부르기만 해도 마음이 편해지고 힘든 이 세상에서 편히 쉬기 하는 삶을 유일한 안식처 '어머니'를 노래하다! 서울대 의과대학을 졸업하고 현재 뉴욕에서 비뇨기과를 운영하고 있는 저자의 첫 에세이로, 독자의 마음에 잔잔하게 퍼지는 온기를 전할 것이다.

## 공부의 길

**김정환 지음 | 400쪽 | 25,000원**

『공부의 길』은 1996년 이래 약 20년간 서울 대치동에서 "수학강사"로 시작하여 "공부 학습법 교육 연구소" 소장, 나누리 에듀의 원장을 역임하고 있는 김정환 원장이 평생의 공부법 연구를 집대성한 책이다. 학생 본인은 물론 부모, 선생, 강사 등 교육자의 위치에 있다면 누구든지 꼭 한 번쯤은 읽어 봐야 할 '암기 · 오답노트 중심의 학습법, 과목별 학습법' 등을 제시한다.